Urs Faes

Webfehler

Roman

Lenos Verlag

Band 35 der Reihe Litprint
Lenos Verlag, Basel

Satz und Gestaltung: Lenos Verlag, Basel
Umschlag: Konrad Bruckmann
Foto: Rudolf Bussmann
Printed in Germany
ISBN 3 85787 112 1

„Dann habe ich mich umgesehen, und in meiner Umgebung, und auch fern von meiner Umgebung, habe ich bemerkt, dass alle abwarten, sie tun nichts weiter, tun nichts Besonderes, sie drücken den anderen die Schlafmittel in die Hand, das Rasiermesser, sie sorgen dafür, dass man kopflos an einem Felsenweg spazierengeht, dass man in einem fahrenden Zug betrunken die Tür aufmacht oder dass sich einfach eine Krankheit einstellt. Wenn man lange genug wartet, kommt ein Zusammenbruch, es kommt ein langes oder kurzes Ende. Manche überleben das ja, aber man überlebt es eben nur."

Ingeborg Bachmann

Der Autor dankt dem „Kuratorium für die kulturelle Förderung des Kantons Aargau” für die Unterstützung dieser Arbeit.

Der Schnellzug nach Paris ab Basel, französischer Bahnhof, stand schon bereit, als Anne und Bettina die Zollstelle durchquerten. Der Zöllner schien müde. Nach einem kurzen Blick in ihre Pässe liess er sie durch. Das Gepäck blieb unbehelligt. Gottseidank, meinte Bettina, ich hätte den Koffer kaum wieder zugebracht. Anne, die ältere, nickte und lud ihren Koffer auf eines der Metallwägelchen, die auf dem Perron herumstanden. Sie fanden das reservierte Couchette rasch und verstauten die Koffer im Gepäcknetz.
Bis zur Abfahrt blieben noch gut vierzig Minuten: Zeit für einen halben Roten an der Stehbar. Ich kann dir kaum sagen, wie ich mich freue, endlich einmal nach Paris zu fahren. Bettina schien ganz verzückt. Sie lachte, stiess übermütig ihr Glas mit dem Annes zusammen.
Anne schien nachdenklich, verhalten in ihrer Freude. Für mich wird es schon ein wenig sonderbar sein, nach Jahren wieder nach Paris zu fahren, das ich lange bewusst gemieden habe. Ich hatte Angst, dass an alte Wunden wieder gerührt würde. Es ist lächerlich, nach so langer Zeit, ich weiss, aber manches lässt sich nicht so rasch vergessen. Ich habe Paris nur als graue Stadt in Erinnerung, Februar ist gewesen, dichter Nebel jeden Tag, viel Grau war in mir selber, damals.
Sie tranken noch ein Glas, schluckten ein Tenebral. Schlaf wird uns gut tun. In Paris werden wir doch kaum welchen finden. Anne summte leise die Melodie von Brels Les prénoms de Paris: je reviens à Paris. Komm, gehen wir. Sie hielten sich

um die Schultern, taumelten singend den Perron entlang zwischen Koffer schleppenden Reisenden hindurch, die sich nach ihnen umsahen. Die jungen Frauen heutzutage. Die ältere Dame, die sie leicht angestossen hatten, konnte ihren Ärger, der wohl eher auf ihren allzuschweren Koffer als auf Anne und Bettina zurückzuführen war, nicht unterdrücken.

Die Nacht war klar, kühl für die Jahreszeit; vor zwei Tagen war Schnee gefallen. Und sie hatten gehofft, in Paris noch warme Herbsttage zu erleben.

Anne und Bettina waren allein im Abteil, lagen noch eine Weile wach. Bei Crossmann ist jetzt alles auf Computer umgestellt worden, sagte Bettina, schon seit Wochen wurden alle Medikamente aufnotiert, damit programmiert werden konnte. Letzte Woche bekamen wir Bildschirme auf unsere Pulte. Direktor Rebmann meinte, alles würde einfacher, auch würde Personal eingespart. Die ganze Faktura-Abteilung wird aufgehoben. Wir seien der letzte Medikamenten-Grossverteiler in der Schweiz, der auf Computer umstelle, was aus Gründen der Konkurrenzfähigkeit unerlässlich gewesen sei.

Anne, die auch einmal für zwei Monate bei Crossmann gearbeitet und wie Bettina als Telephonistin, die Apotheken anzurufen und Bestellungen aufzunehmen hatte, fragte, wie viele denn entlassen würden.

Im ganzen etwa 25, vor allem den älteren hat man den Austritt durch eine Entschädigung schmackhaft gemacht. Rebmann meinte, der Betrieb würde wieder übersichtlicher, gewissermassen familiär. Wir sind wieder ganz unter uns, hat er gesagt. Einige haben auch freiwillig gekündigt, auch der alte Casi, der uns manchmal einen Zweier ins Büro gebracht hat. Er hat gesagt, er sei für diese Umstellung zu alt, dreiundzwanzig Jahre habe er im Lager die Medikamente zusammengesucht, alle Namen kennengelernt, und nun sollte er auf einmal nur noch nach Nummern suchen.

Anne und Bettina hatten manchmal nach der Arbeit mit Casi ein Glas getrunken. Er war 58, klein, rundlich, mit einem vollen Gesicht, ein paar spärliche Härchen auf dem mächtigen Kopf. Arturo Casanova hiess er mit vollem Namen, aber alle nannten ihn Casi. Nach der Arbeit ging er in den „Aargauerhof" an die Langstrasse, da sei er zu Hause, hatte er zu Anne und Bettina gesagt. Und er hatte sie manchmal mitgenommen. Ein Wirtshaus der alten Leute: verraucht, wacklige Holzstühle und Bänke, das Menu zu 6.50, Rentner, Huren, Betrunkene an den Tischen. Casi kannte alle, nannte ihre Namen, war mit der Wirtin auf Du, ging auch mal hinter die Theke.

Anne mochte ihn. Was wird er tun? fragte sie. Bettina wusste es nicht. Er werde dann schon sehen, habe er gemeint, aber computerisieren lasse er sich nicht. Dann wolle er lieber stempeln gehen.

– Der Betrieb verändert sich, mir macht es auch Angst. Bettina schien nachdenklich.

Anne konnte nicht schlafen, lauschte auf das gleichmässige Scheppern der Räder. Sie konnte im

Zug nie schlafen, fiel höchstens in einen unruhigen Schlummer.
Sie liebte das Gefühl, mit dem Zug in die Nacht hineinzufahren, in die Ferne getragen zu werden, irgendwohin, eine Fahrt, die nie zu Ende sein sollte. Vor mehr als zehn Jahren war sie im gleichen Zug diese Strecke gefahren, um Georg zu besuchen, mit dem sie verlobt war. Einundzwanzig Jahre alt war sie gewesen, jünger als Bettina jetzt. Noch immer waren die Bilder überdeutlich, als sei es gestern gewesen. Sie war damals früh aufgestanden, hatte das Couchette zurückgeklappt und sich ans Fenster gesetzt. Draussen war aus der Dämmerung eine neblige Landschaft erwacht: ebenes Land, Äcker, Wiesen, selten ein Haus; langsam schien der Zug in den Morgen hineinzugleiten: die Bidonvilles, die Vororte, der Gare de l'Est: Bonjour Tristesse.
Georg würde sie erwarten. Anne fühlte sich unsicher, fürchtete sich vor der Begegnung, obwohl Georg und sie sich schon lange kannten. Anfang Dezember war er nach Paris gefahren, Studienaufenthalt, danach wollten sie heiraten. Sie sah ihn von weitem, als sie auf den Bahnsteig trat, er trug den grünen Regenmantel, die Hände in den grossen Taschen stand er da, die Schulter leicht an den weiss gekachelten Stützpfeiler gelehnt, zögernd, fast ängstlich kam er auf sie zu, gab ihr die Hand, ein flüchtiger Kuss, bei dem sich die Lippen kaum berührten. Nach drei Tagen war sie abgereist. Paris, Februar 1970.
Anne hörte Bettinas regelmässige Atemzüge. Das

gedämpfte blaue Deckenlicht gab ihrem Gesicht einen bleichen Glanz. Bettina schien verändert, seit sie aus den USA zurückgekehrt war. Anne schaute auf die Uhr: ein Uhr sechsunddreissig, noch drei, vier Stunden bis zur Dämmerung. Wenigstens eine Stunde schlafen. Sie nestelte in der Handtasche, fand die kleine Blechschachtel mit den Seresta.

Jahre war das her, und noch immer standen jene drei Tage in Paris wie eine Wand in ihrer Erinnerung. Sie hatte Georg noch einmal gesehen. Nach seiner Rückkehr aus Paris hatte er seine Bücher geholt, die Platten, Kleidungsstücke.

Und auf einem Zettel hatte er alles notiert, was er bezahlt hatte, er nannte die Summe, gab ihr Zeit für die Rückzahlung.

Bettina stöhnte im Schlaf, gab gurgelnde Laute von sich, warf sich herum. Anne starrte zur Dekke, sah den schmalen Lichtstreifen, der vom Korridor ins Abteil fiel. Sie stellte sich, wie sie es als Kind getan hatte, eine ziehende Schafherde vor. Es war Mutters Rezept zum Einschlafen gewesen. In der Apotheke hatte sie andere Schlafbringer kennengelernt: Tenebral, Valium, Seresta. Anne benutzte sie von Zeit zu Zeit. Eine Weile dachte sie an Mühlhaupt und seine alte Apotheke, an die Tage, die sie mit Bettina dort verbracht hatte. Dann fiel auch sie in einen unruhigen Schlaf.

Mit einem Ruck wurde die Türe zum Abteil aufgestossen. Der Schlafwagenbeamte fragte, ob sie noch schlafen wollten. Als sie verneinten, klappte er die Sitze zurück. Beide gähnten, sahen sich an und lachten laut. Es war halb sieben. Draussen begann es zu dämmern, regnerisch war der Tag, trüb unter einem wolkenverschmierten Himmel. Jetzt einen Kaffee. Anne hielt sich mit den Händen am Gepäcknetz fest und streckte sich. Der Stewart, der mit seiner fahrenden Kaffeebar im Korridor erschien, kam ihnen wie ein Engel vor, obwohl sein Gesicht diese Vorstellung nicht weckte. Auch der schwarze Schnurrbart war eine Spur zu gepflegt, so, als sei jedem Härchen einzeln die Richtung angegeben worden. Café au lait, Croissants! sagte er mit einem Lächeln durch die halbgeöffnete Tür: ein grosser schlanker Mann von dunkler Hautfarbe, ein schöner Mann, dachte Anne. Er reichte ihnen den Kaffee, legte auf einer weissen Papierserviette ein Croissant dazu, eine seltene Eleganz lag in seinen Bewegungen.

– Ich habe Jacques vom ersten Augenblick an geliebt, meinte Bettina, als alles längst vorüber war.

– Six franc quarante, s'il vous plaît.
Als Bettina mit dem französischen Geld nicht zurechtkam, in der einen geöffneten Hand eine Anzahl Münzen hielt und mit der anderen die richtigen herauszuklauben suchte, umfasste er wie zufällig diese Hand und nahm, ohne Bettina anzusehen und eine Spur zu langsam, zu sicher, als dass es hätte spontan sein können, das Geld aus Bettinas Hand und liess es schwungvoll in der Tasche seines weissen Kittels verschwinden. Mit einem Bon appetit, Mesdames drehte er sich um und verschwand.

Anne, die bei Bettina so etwas wie Verwirrung festzustellen glaubte, schlürfte scheinbar gleichgültig den dampfenden Kaffee.
Anne erzählte, dass sie die Kreativitätskurse in der Schule für experimentelle Gestaltung im Sommer wieder aufnehmen wolle. Ich habe das Gefühl, ich finde da für mich neue Wege. Martin ist zwar dagegen, meint, die Schule sei viel zu wenig effektiv, zu teuer für das, was geboten werde. Aber er findet immer ein Haar in der Suppe.
Martin hatte sie zur Bahn gebracht und ihnen gute Reise gewünscht. Anne hatte gespürt, wie sehr er sich freute, allein zu sein. Nichts als seine Bücher um sich zu haben, seine Notizblätter und Zeitungsausschnitte. Weggehen von Martin. Anne hatte diesen Gedanken schon oft erwogen und doch im entscheidenden Augenblick nie den Mut gefunden, es endgültig zu tun.
Anne blickte einen Moment von ihrem Buch auf. Sie sah Martin vor sich: er würde an seinem Schreibtisch sitzen, die Pfeife im Mund, Rotstift und Lineal in der Hand, das Haar durchwühlt, Schweissperlen auf der Stirn. Schreibarbeit nannte er das. Armer Martin, wieviele Bücher würde er durcharbeiten, während sie fort war. War es noch Mitleid oder schon Gleichgültigkeit, was sie empfand?
Sie stand auf, trat in den Gang hinaus. Regentropfen rannen über die Scheibe. Äcker, Wiesen flogen vorüber, Kraterlandschaften, dachte Anne, ausgebrannt, leergefegt, ohne Häuser, ohne Menschen: Sizilien, letztes Jahr, Sommer, Wochen am Meer.

Die ersten Ferien ohne Martin. Anne seufzte. Warum war sie zurückgekehrt? Pflichtgefühl? Angst vor der Ungewissheit? Aber es war ihr immer schwerer gefallen, mit Martin zu sprechen. Er schien nicht zu merken, was mit ihr vorging, welches Unbehagen sie oft erfasste, wenn sie mit ihm zusammen war. Und wie widerwillig sie mit ihm schlief; ein Ritual, an dem sie nicht beteiligt war, das sie ablaufen liess, weil Widerstand noch aufwendiger gewesen wäre als Ergebenheit. Danach das schale Gefühl von Feigheit und Schwäche, für das sie sich rächte, indem sie mit andern Männern ins Bett ging. Flüchtige Abenteuer, zufällig und oberflächlich, aber wenigstens mit dem Reiz des Neuen und Fremden. Auflehnung war darin, nicht nur gegen Martin, auch gegen eine katholische Erziehung. Todsünde, hatte der Pfarrer gesagt, und gerade dieses Gefühl des Verruchtseins, so lächerlich es erscheinen mochte, trieb Anne in immer neue Abenteuer. Sie genoss es, wenn sie, ungeduscht, verschwitzt, mit dem Geruch eines anderen Mannes, in die eheliche Wohnung zurückkehrte.
Martin schien von all dem nichts zu merken, nichts merken zu wollen. Wohl begehrte er gelegentlich auf, wenn sie spät nach Hause kam, aber wie sie kam, was in ihr vorging, merkte er nicht. Er lebte seine Tage wie eh, in einer für Anne geradezu niederschmetternden Ahnungslosigkeit, die sie schmerzte und kränkte. Wie sollte sie es ihm sagen, wie ihn aufwecken? Er kreiste so sehr um sich selbst und seine Probleme.

Anne sah Bettina am anderen Ende des Ganges in ein Gespräch mit dem Stewart vertieft. Sie bemerkte Anne nicht, wirkte übermütig, fröhlich in ihren Bewegungen und Gesten.
Anne kehrte in ihr Abteil zurück, las weiter. Der Regen war heftiger geworden. Halb neun. Die Fahrt kam ihr endlos vor. Vorbei das Gefühl von gestern nacht: die Freude, in die Ferne zu fahren. Ungeduld.
– Jacques, so heisst der Kellner, der uns bedient hat, wird mich besuchen. Bettina strahlte.
– Gehst du aber ran, eine geradezu atemberaubende Geschwindigkeit. Anne hatte es lachend gesagt, aber Bettinas Schweigen gab dem Satz ein anderes Gewicht, als sie beabsichtigt hatte.
– In einer Stunde sind wir in Paris.
Anne liess das Buch fallen, sank noch einmal in einen erzwungenen Halbschlaf. Je reviens à Paris. Bilder von damals: ihre erste Reise nach Paris, mit Robert, einem französischen Studenten. Sein kleines Dachzimmer im Marais, ganz in der Nähe der Place des Vosges: Tag für Tag die Rue St. Honoré hinunter, die ständig ihr Gesicht veränderte, von den brüchigen Fassaden im Marais zu den supermodernen, teuren Geschäften unten am Palais Royal. Bilder, Momentaufnahmen waren da: der Wochenmarkt in der Rue de Mouffetard, Samstag früh, und das Gesicht einer alten Frau, die auf einem Kistchen nur gerade Zitronen und Knoblauch verkaufte; der Eisverkäufer auf der Ile St. Louis, ein dunkelhäutiger Araber, der immer irgendwelche Geschichten erzählte; das „Spectacle"

im Wachsfigurenkabinett des Musée Grévin: Landschaften, die sich aus dem Dunkel schoben, tropische Gebiete Afrikas, die exotische Träume wachriefen, dann der Ferne Osten, das Schlaraffenland. Robert war jedesmal wieder begeistert gewesen, obwohl er das Spektakel längst kannte, wie auch die Zauberkunststücke, die im Nachbarsaal zu sehen waren: sie wirkten nicht neu, die Routine war dem Zauberkünstler deutlich anzumerken, aber seine Selbstverständlichkeit faszinierte.

Etwas von diesem Paris wollte Anne Bettina zeigen, Bilder von damals, Orte und Zeiten abschreiten, Tageszeiten: der frühe Morgen unten an der Seine bei der Ile St. Louis, wo die Clochards sassen oder lagen, der Abend auf der kleinen Place de Fürstemberg mit den wunderschönen Lampen. C'est mon Paris, pflegte Robert zu sagen. Zu seinem Paris gehörten auch die Hallen, die es damals noch gab: um halb vier waren sie hingegangen, hatten zugeschaut, wie der Riesenmarkt erwachte: in den Bistros wurde Kaffee ausgeschenkt, auf den Strassen wurden die Früchte aufgeschichtet, Türme von Orangen, Äpfeln, Birnen; Zeitungsverkäufer brachten die Morgenausgaben. Manchmal assen sie zusammen bei „Chartier" am Faubourg Montmartre: Es waren wenige Orte, die sie mit Robert kennenlernte, aber sie waren fest in der Erinnerung geblieben. Nie würde sie den Flohmarkt an der Porte de Vanves vergessen oder das älteste Bistro von Paris an der Brücke Louis-Philippe. Die Namen und die Bilder waren geblieben.

Anne zeigte sie Bettina.
Sie durchwanderten die Stadt wie eine grosse Landschaft, die sie zum erstenmal entdeckten. Und keine Uhr mass die Stunden aus, kein Plan legte Gänge fest. Was heute war, hätte auch gestern sein können, und das Heutige würde auch morgen sein und immer.
Sie sahen Formen und Zeichen und Farben, und alles wurde zu einer Flut von Bildern, die sich ineinander schoben zu einem grossen Tableau. Gerüche und Namen, Laute und Worte traten zu den Bildern, willkürlich und ungeordnet, aber immer nah und körperlich. Manche Tage sind ein ganzes Leben, sagte Bettina zu Anne, als sie eines Abends unten an der Seine sassen und dem Treiben zusahen. Kähne glitten vorüber, Boote mit Tanzgesellschaften; über die Brücke Louis Philippe rollte Abendverkehr.
– Ich denke, fuhr Bettina fort, ich möchte das alles anhalten, für einen Moment, damit ich es ganz aufnehmen kann.
– Und schon morgen sitze ich bei Crossmann und notiere Bestellungen. Wenn du wüsstest, Anne, wie sehr mir davor graut.

Ein dunkles Treppenhaus. Jemand, der hinter ihr geht, unsichtbar, leuchtet ihr die Stiegen hinunter. Eine schwere Metalltür wird geöffnet, zögernd tritt sie ein: grelles Licht, das die Augen blendet. Hinter ihr fällt die Tür zu. Von der Decke Tausende von Glaskugeln, die Gesichter spiegeln, Gesichter von Toten in geöffneten Särgen unter den Glaskugeln. Zögernd geht sie näher, schrickt zusammen, bekannte Gesichter.
Rasch dreht sie sich um, rennt zum Ausgang, schlägt mit dem Kopf gegen das Glas. Sie hämmert wie wild gegen die geschlossene Tür.
Der Radiowecker piepst, klassische Musik, ein Klavierkonzert. Bettina schlägt mit der flachen Hand auf den Wecker und dreht sich. Noch einmal erscheinen für Sekunden die Gesichter der Toten auf den Glaskugeln.
Beim zweiten Piepsen öffnet sie die Augen: 5.40. Licht fällt in Streifen durch die Lamellenstoren auf Bettdecke und Wände. Ein Glänzen liegt auf den Gesichtern der Who. Auf dem Bierkistchen stehen noch Weingläser; zwei leere, und eine angebrochene Flasche. Mein Gott, wir haben wieder zugeschlagen. Kein Wunder, dass ich Kopfweh habe. Bettina steht auf, tritt ans Fenster. Der nasse Rasen glänzt zwischen den Hochhäusern. Eine ältere Frau stellt umständlich ihren Kehrichtsack auf den Stapel am Strassenrand. Ein Mann führt den Hund spazieren.
Duschen. Kaffee. Bettina sucht die auf dem Boden verstreuten Kleider zusammen, schaltet auf dem

Weg ins Badezimmer die Espressomaschine ein. Das warme Wasser tut gut. Ankleiden. Kaffee trinken. Gabi, mit der sie die Wohnung teilt, noch einen Zettel schreiben. Zu Fuss zur Busstation.
6.20. Bettina steht ungeduldig an der Bushaltestelle Bifangstrasse. Sie kann heute nicht schon wieder zu spät kommen. Rebmann würde protestieren. Pünklichkeit, meine Damen. Rebmanns Morgenlächeln, der breitgezogene Mund, das sorgfältig gekämmte blonde Haar, die gute Laune. Morgenstunde, meine Damen, Sie wissen schon. Bis halb acht muss das Alibiphon abgehört, müssen die darauf eingegangenen Bestellungen registriert sein. Dann die ersten Anrufe. Die Frühaufsteher unter den Apothekern wollen vor Ladenöffnung bestellen. Bewahren Sie Ruhe, meine Damen, Ihre freundliche Stimme am Telephon ist das Aushängeschild der Firma. Rebmann, die Hände auf dem Rücken, zwischen ihren Pulten, Rebmann, der Präsenz markiert, auch mal einen Scherz macht, sich locker gibt. Rebmann spielt Golf. Zur Entspannung, sagt er. Ohne Golf keine Woche bei Crossmann und Co. Rebmann, Mitte vierzig, gibt viel auf Sportlichkeit, auch was die Kleidung anbetrifft.
Halb sieben. Strömender Regen. Die Schlange der Wartenden, die sich unter dem Milchglashäuschen zusammendrängen, ist grösser geworden. Sauwetter. Ein Blickleser flucht, weil von einem Regenschirm Tropfen auf seine Schlagzeile gefallen sind: Zwanzig Jahre Zuchthaus für die Blattlaus Schmid. Untertitel. Sie liebten sich wie die Täubchen und stahlen wie die Elstern.

Endlich der Bus. Gedränge wie üblich. Stossen. Fluchen. Bettina braucht die Ellbogen. Keine Angst kriegen jetzt. Ein paar Sekunden, dann bist du drin. Nicht nachgeben. Auf den nächsten Bus warten ist unmöglich. Rebmann wird schon da sein. Rebmann kommt im BMW. Da drängt einer. Ein Ellbogen gegen deine Brust. Das schmerzt. Rücksichtsloser Kerl. Schweissperlen. Dir wird eng. Durchhalten. Das Trittbrett. Die Tür schliesst sich. Geschafft.
Bettina umklammert die Stange. Dieser Kampf jeden Morgen. Seit der Einführung des Computers ist jede Verspätung eine Katastrophe. Computer sind unerbittlich, meine Damen, sie verlangen Disziplin, hatte Rebmann gesagt, Ausdauer und Genauigkeit. Beweisen Sie, meine Damen, wozu Sie fähig sind.
Regentropfen, die an den Scheiben niederrollen, erst zögernd, dann schnell, schmale Bahnen nachziehend, Landschaften ohne Menschen. Bettina muss an die Glaskugeln in ihrem Traum denken: Kugeln, in denen sich Gesichter von Toten spiegelten. Und sie sieht die Gesichter im Bus: kaum ein Wort, das gesprochen wird, auseinandergefaltete Zeitungen, Blick war dabei, einer ärgert sich, weil ein anderer seine Zeitung mitliest. Kaufen Sie sich Ihre eigene Zeitung. Verdrossene Gesichter, Gähnen. Keiner lacht. Eine ältere Dame spricht mit dem Wagenführer, was, wie ein Schild vermerkt, verboten ist.
– Einfach unerhört ist das.
– Es könnte etwas passieren wegen so einer, kein Anstand ist das.

– Das muss man melden, anzeigen.
– Das kann nicht geduldet werden.
Die Dame steigt aus, beim Vorderausgang, was auch gegen die Regel verstösst. Die Damen ärgern sich noch Stationen weiter. Wir sind ein Volk von Lehrern und Polizisten. Den Satz hatte Anne gesagt.
Mit Anne fährt sie gerne Tram, Anne hat manchmal so abstruse Ideen, die sie zum Lachen bringen.
Tag für Tag diese Morgengesichter, das war weniger zum Lachen, diese Blickleser, Gaffer, die sie fixieren, Gedränge, Körperkontakte, Hände, die wie zufällig ihre Hüften streifen; und wenn sie sich umdreht, blickt sie in ein ausdrucksloses Gesicht.
Was hat das alles mit mir zu tun, denkt Bettina.
Sie sieht zum Fenster hinaus: Wagenkolonnen, die stadteinwärts rollen, Wagen an Wagen, Lichter, die sich in den Regen spreizen, Fussgänger an den Zebrastreifen, Ampeln, die von Rot auf Grün wechseln, auf den Trottoirs gestapelte Kehrichtsäcke, auf der Kreuzung beim Novapark ein Polizist im grellroten Plastikanzug: den Arm korrekt abgewinkelt, die Hand im weissen Handschuh, winkt er die Blechlawine heran. Regentropfen haben sich an seiner Mütze gesammelt.
Automaten und Automatenmenschen.
Spielfiguren mit geschmiertem Räderwerk.
In Amerika war das anders, denkt Bettina immer, da waren ihr die Menschen fröhlicher vorgekommen. Anne will ihr nicht glauben. Du machst die USA zum Traumbild, hatte sie gesagt.

Am Albisriederplatz noch einmal Gedränge. Glück gehabt: ein Neuner fährt ein. Geschnappt. Das wird reichen. Rebmann wird staunen. Ich schätze Ihre Pünktlichkeit, meine Damen. Rebmann kann sich grosszügig geben. Heute geb ich einen aus, besorgen Sie Kuchen, machen Sie Kaffee, wir verlängern die Pause. Wir sind keine Unmenschen.
Manchmal kann Rebmann ganz zugänglich sein: wenn er von seinen Kindern erzählt, kommt ein anderer Ton in seine Stimme. Bettina hatte ihn einmal auf einem Foto mit seinen Kindern gesehen: er warf seinem Sohn einen Ball zu.
6.55. Zwei Treppen hoch. Bettinas Hand gleitet über das Metallgeländer. Trippelschritte über die Marmorstufen. Im Innenhof stehen die Camions, grelles Gelb, darauf in schwarzen Grossbuchstaben: Crossmann und Co, Pharmaprodukte en gros, neben den Camions Rebmanns BMW 3500. Die andern sitzen schon hinter den Bildschirmen. Bettina setzt sich hinter das dritte der sechs Pulte, die in zwei Reihen nebeneinander stehen. Die kleinen Zwischenwände, die früher die sechs Pulte voneinander getrennt hatten, aus Gründen des Lärmschutzes, waren bei der Umstellung auf Computer entfernt worden. Die Bildschirme würden ohnehin wie kleine Zwischenwände wirken, hatte Rebmann gemeint, stolz auf die Computereinrichtung, als hätte er sie selbst erfunden. Und er hatte den Spezialisten, der ihnen das neue System erklärte, die ganze Zeit unterbrochen. Ein neues Zeitalter kehre nun im Betrieb ein, hatte er

gemeint, Champagner ausgeschenkt und jeder Telephonistin ein neues Set Kugelschreiber überreicht.
Bettina legt sich den Kopfhörer um, telephoniert; da ist schon die Stimme des Apothekers am andern Ende des Drahtes, sie tippt ein:

02 G 10	SARIDON	TBL		100 ST

Umgehend erscheinen die Zeilen auf dem Bildschirm, Lagerbestand, Preisangabe.

04 H19	LEXOTANIL	TBL	1,5 MG	30 ST
04 H 20	LEXOTANIL	TBL	3 MG	50 ST
21 C 10	PARAFON	KAPS	30 MG	3 ST
53 J 04	HYGROFON	TBL	50 MG	3 ST

Die gleichgültige Stimme des Apothekers, der seine Liste herunterleiert.
– Ich kann nicht so schnell tippen.
– Und ich habe es eilig, Fräulein.

09 F 16	UPSALGIN	DRAG		30 ST
16 D 06	PURSENIL	DRAG		20 ST
18 D 02	OCULSAN	TRP		20 ST
58 B 12	DIANABOL	TBL	20 MG	5 ST

Wenn dieses Arschloch doch langsamer sprechen würde. Der weiss doch, dass ich tippen muss. Bettina verwirft den Kopf. Hinhören, eintippen, Bildschirmzeilen ablesen.

22 K 06	METADON	TBL	10 ST

Ein Blinkzeichen auf dem Bildschirm. Metadon fehlt.
– Soll ich es nachbestellen?
– Ja, bitte, tun Sie das.

33 G 12	TONOPAN	DRAG	6 ST
33 G 14	TONOPAN	ZPF	20 ST
19 C 06	MAALOXAN	SUSP	2 ST

Bildschirmzeilen, ein mattes Grün, eckige Buchstaben mit Millimeterbruchstellen. Der Film von gestern abend im Fernsehen, Gary Cooper und Katherine Hephurn auf einer Insel „The holy Island". Blockhüttenromantik.
Es war spät geworden. Zwei Flaschen Wein. Gabi wollte nicht mit Trinken aufhören. Und dann noch Kaffee um elf. Da war an Schlaf nicht mehr zu denken. Gabi war so unruhig in letzter Zeit. Sie hatte von ihrem neuen Freund erzählt, von Röbi, den sie an der Fastnacht kennengelernt hatte, ein richtiger Sunnyboy sei das, immer so aufgestellt. Einfach toll ist der, sagte Gabi, bei dem will ich eine Zeitlang bleiben. Der hat auch einen guten Posten, bei einer Elektrofirma ist er in der Forschung tätig. Er fährt einen Porsche. Einfach toll, sage ich dir. Ich ziehe bald hier aus, zu Röbi. Bettina erschrak beim Gedanken, allein in dieser Hochhauswohnung sein zu müssen. Gabi wechselte ihre Freunde oft. Trennte sie sich von einem, war schon der nächste in Sichtweite. Ja, die schaffte es

immer wieder. Doch vielleicht würde es auch diesmal bald vorüber sein. Und Gabi würde bleiben. Bettina beneidete sie manchmal ein wenig. Gabi ähnelte ihrer Mutter, die eine schöne Frau war. Sie hatte eben wieder geheiratet, einen Perser, der sagenhaft reich sei. Einmal hatte sie das alte Dorf, wo Gabis Vater noch immer wohnte, wieder besucht. Sie war mit dem Flugzeug in Zürich gelandet, wo ihr Chauffeur sie abgeholt und im Cadillac nach Mägenwil gebracht hatte. Nur um die in Kloten abzuholen, habe der den ganzen Weg von Genf gemacht, erzählte man im Dorf. Im Bären habe die einen Empfang gegeben, wie eine grosse Dame. Und viele Gäste eingeladen. Auch Bettina war dabei gewesen: ein riesiges Bankett mit den ausgesuchtesten Spezialitäten. Der Bärenwirt habe auswärts bestellen müssen, so etwas habe er noch nie erlebt in seiner dreissigjährigen Zeit als Wirt. Ja, die habe arg aufgetrumpft. „Die", sagte man im Dorf, weil Gabis Mutter nach ihrer Scheidung eine Zeitlang eine Nutte gewesen sei in Zürich, obwohl dies mehr ein Gerücht als eine erwiesene Tatsache war. Dort habe die wohl auch diesen steinreichen Araber kennengelernt, wurde gemunkelt.

Bettina drückt die Endsumme. Der Computer schnattert. Unten im Lager wird der Zettel ausgespuckt. Einer, Casi vielleicht, würde ihn aufnehmen, von Gestell zu Gestell eilen, der Computer schreibt die Reihenfolge vor, indem er die Bestellungen nach der Lagerordnung sortiert.

– Ihr haltet uns in Trab, fluchen die Lageristen.

Rebmann nennt es Effektivität. Und er spricht von der Konkurrenz. Alle haben jetzt Computer. Wenn wir nicht mithalten, sind wir weg vom Fenster. Ihre Arbeitsplätze, meine Damen, wir kämpfen für Ihre Arbeitsplätze.
Nächster Anruf. Kreuzapotheke Horgen. Eine freundliche Stimme. Gottseidank. Fünf Zeilen. Ein kurzer Auftrag. Atemholen. Noch acht Anrufe bis zur Kaffeepause. Dann bleiben noch achtzehn bis elf. Bis elf müssen Sie durch sein, meine Damen, damit der Computer bis halb zwei fakturieren kann. Um zwei beginnt die Auslieferung. Früher, ohne den Computer, war das anders gewesen, denkt Bettina. Die Anrufe konnten über den ganzen Tag verteilt werden, da lag auch mal ein aussergeschäftlicher Schwatz drin mit einer Apothekerhelferin, die für ihren Chef bestellen musste.
Auch gab es Apotheker, die gern ein wenig plauderten. An einen kann sich Bettina gut erinnern. Der hatte immer Sprüche gemacht, hatte Familienneuigkeiten erzählt, Episoden aus seiner Apotheke. Hin und wieder war es auch vorgekommen, dass eine der Telephonistinnen von einem Apotheker zum Essen eingeladen wurde. Es waren meist ältere Herren, die auf diese Weise ihr Glück versuchten. Es war fast so etwas wie Ehrensache, solchen Einladungen zu folgen und am nächsten Tag im Büro zu erzählen, wie es gewesen sei. Nun, mit dem Computer war das anders geworden. Keine unnötige Redezeit, meine Damen, Ihre Zeit ist Geld, der Computer muss gefüttert

werden, sonst bekommt er die Auszehrung. Rebmanns Scherze, über die man aus Höflichkeit lachte. Der Computer sorge für einen gestrafften Arbeitsbetrieb, endlich keine Schlampereien mehr. Fortschritt ist das, meine Damen, Effektivität, wir sind im elektronischen Zeitalter. Sogar die Telephonrechnungen seien im Verhältnis zum Bestellungseingang kleiner geworden. Bei solchen Erfolgsmeldungen bekam Rebmann ein Leuchten im Gesicht.

Früher hatten sie auch manchmal noch geplaudert im Büro, Scherze gemacht, die Kaffeepause in die Länge gezogen.

– Schwanenapotheke Thalwil. Hier Crossmann und Co. Ihre Bestellung. Was? Lassen Sie die Scherze. Es eilt.

Geiler Bock mit seinen anzüglichen Witzen. Könnte ihm hundert Ceylor blau eintippen. Oder was zum Unterbinden: Spetaton.

92 A 10	SARIDON	TBL	20 ST
92 F 12	CONTRA SCHMERZ	TBL	50 ST
66 M 12	PHLOGI-DEMIL	CRM	5 ST
66 P 18	SANGESIC	TBL	10 ST
18 C 06	SPASMO-CIBALGIN	ZPF	10 ST

Scheint wieder alles geil. Der Apotheker lacht. Alter Knacker. Das müsste jetzt auf dem Bildschirm erscheinen, denkt Bettina, und auf der Bestellung. Casi würde sich totlachen im Lager: Schwanenapotheke Thalwil, alter Knacker.

09 F 18	UPSALGIN	BR TBL	6 ST
26 D 12	MELIOR	SRP	4 ST
25 K 04	TENEBRAL	TBL	10 ST

Bald Kaffee. Katherine Hephurn auf „The holy Island". Ein Mann und eine Frau in einer Blockhütte. Mit Bogart auf einem Boot hatte sie ihr besser gefallen. Die Fahrt mit Anne letzten Sommer nach Cornwall: Steilküsten, gepeitschtes Meer, Fischerdörfer, Tintagel Head mit der Burg von König Artus. Man müsste fliegen können. Flieg Vogel, flieg. Anne war den ganzen Sommer in Cornwall gewesen, hatte gezeichnet, gemalt, diesen und jenen Mann getroffen. Anne konnte sich das leisten, Anne war verheiratet.

Bettina sieht einen Moment auf. Sechs Bildschirme, sechs Pulte, sechs Frauen. Zwei Jahre Crossmann. Wieviele Anrufe mochten das sein? Was hätte sie sonst tun können nach ihrer Rückkehr aus den USA? Wieder in einer Apotheke zu arbeiten, war ihr nach den Erfahrungen mit Mühlhaupt, bei dem sie die Stifti gemacht hatte, zuwider: die lange Arbeitszeit, das Nebeneinander auf engstem Raum, das ständige Gejammer der Kundinnen, die meinten, die Apothekerhelferin sei ein bequemer Prellbock für ihre Launen oder eine Klagemauer für die Unbilden des Alltags.

Nein, das hatte Bettina nicht mehr gewollt. Und so hatte sie sich auf das Inserat der Firma Crossmann gemeldet. Direktor Rebmann persönlich hatte sie empfangen und durch den Betrieb geführt. Auch wenn Bettina ihm nicht alles glaubte, was er an Vorzügen aufzählte, hatte sie doch gehofft, erträgliche Arbeitsbedingungen zu finden. Das hatte sich bald als Illusion erwiesen: ständige Gängeleien und Intrigen unter sechs Telephonistinnen, von denen eine mit dem Chef befreundet war und ihm alles zutrug, hatten ihr längst den Verleider angehängt.

Bettina schaut wieder vom Bildschirm weg. Draussen vor dem Fenster Regen, der an die Scheiben peitscht, die Stadt, die Wagenkolonnen, die dampfenden Auspuffrohre. Plakatwände, grelle Farben: „Tamara – die andere Welt", verkündet ein bronzebraunes Bikinigirl; „Fahr mich – sieh mich – lieb mich: Fiat Panda", „Fly-away – der Duft der weiten Welt – Fly-away". Bettina dreht sich vom Fenster weg.

Wieder der Traum von heute nacht. Tote Körper aufgebahrt. Von der Decke tausend Glaskugeln, die niederhingen und die Gesichter spiegelten. Und sie war zu den Toten hingetreten, hatte sie angeredet, Scherze gemacht. Ihr könnt doch nicht tot sein, ihr. Steht auf, kommt mit. Sie kannte einzelne der Toten. Auch Onkel Franz war da. Onkel Franz aus Genf, ein kleines Baby geworden. Nur das Gesicht war das eines alten Mannes. Ich habe dich doch geliebt, Onkel Franz, steh auf.

Bettina hatte Onkel Franz manchmal besucht in seinem kleinen Haus am Genfersee. Er hatte sich das Haus selber gebaut, jenseits der Grenze im Savoyischen, eine Hütte aus gebrauchten Brettern, die er zusammengetragen und dann zurechtgesägt hatte. Er sei halt aus der Art geschlagen,

hatte Mutter von Onkel Franz gesagt, der nie einer geregelten Arbeit nachgegangen sei, ein Taugenichts eben. Was hat der nicht alles gemacht, zuerst die Legion, Zuchthaus, dann Gärtnergehilfe, Handlanger. Und immer alles gleich versoffen.
Onkel Franz, ein Bruder der Mutter, war schon als Sechzehnjähriger ins Welschland gezogen, hatte im Jura bei Bauern gearbeitet. Danach hatte man Jahre nichts mehr von ihm gehört. Erst die Zuchthausstrafe hatte ihn ins Gedächtnis der Familie zurückgerufen.
– Meine lieben Verwandten, pflegte er zu sagen, wenn er zu Besuch kam, was er alle paar Jahre einmal tat. Er machte die Runde, meldete sich vorher an, eine schwungvolle Schrift auf grünem Glanzpapier. Ein paar Tage später war er da. Er trug immer den gleichen abgeschabten Zweireiher, eine weisse Krawatte mit breitem Knopf, weisse Schnabelschuhe. Mutter war froh, wenn er wieder ging. Der redet uns ja zu Tode. Onkel Franz erzählte von der Legion, von Begegnungen. Bettina hörte ihm gerne zu, sie bewunderte ihn auch ein wenig, weil er sich um nichts zu kümmern schien. Mutter ärgerte sich, wenn er sich über die Schweiz mokierte. In Savoyen, da denken wir immer, da drüben liegt die Schweiz, und es ist, als denke man etwas, was es nicht wirklich gibt, was nur eine Art Spielzeug ist, wie Monopoly, das man Kindern zu Weihnachten schenkt. Und dann stellt man mit Entsetzen fest, dass die das Spiel ernst nehmen und gar nicht mehr aufhören wollen.
Das Grundstück, auf dem Onkel Franz seine

Hütte hatte, glich einer Schutthalde. Er sammelte alles Mögliche, bastelte daran herum, setzte neu zusammen. Blechmaschinen, Wasserräder, Windmühlen. „Museum des Abendlandes" nannte es Onkel Franz. Was noch fehlt, sind die Politiker. Die möchte ich alle ausstopfen lassen und aufstellen.

Rebmann macht seinen Rundgang. Na, wie läuft's, meine Damen. Rebmann sollte man auch ausstopfen lassen. Bettina lacht. Die Damen sind gut gelaunt. Rebmann verbirgt Irritation hinter einem Lächeln, kratzt sich im Haar, geht.

Noch acht Bestellungen, dann Mittagspause. Für anderthalb Stunden aus dem Betrieb heraus. Bettina will die Filme, die sie in Paris gemacht hat, zum Fotografen bringen.

Am Nachmittag noch 22 Anrufe. Dann die Tagesabrechnung. Halb fünf ist Feierabend. Ja, auch dieser Tag wird zu Ende gehen. Und der nächste auch. Dann geht's schon bald auf das Wochenende zu.

Und nächste oder übernächste Woche wird Jacques sie besuchen. Endlich. Krank nehmen bei Crossmann. Es ist wieder einmal fällig.

– Reussapotheke Emmen. Hier Crossmann und Co. Ihre Bestellung, bitte!

Bettina hatte sich krank gemeldet, und Anne stand fröstelnd auf dem Perron. Der Städteschnellzug aus Paris hatte Verspätung. Wenn dieser Jacques nicht käme und alles wäre umsonst gewesen.
Anne dachte an die vielen Vorbereitungen, die Bettina getroffen hatte: die ganze Wohnung gereinigt, Böden gescheuert, Teppiche geklopft, Fenster blank gerieben. Und sie hatte Essen eingekauft, Wein, eine Flasche Sekt, Früchte, französischen Käse. Du bist verrückt, hatte Anne gesagt. Doch Bettina hatte abgewinkt. Lass mich doch.
Anne war skeptisch. Sie jedenfalls hätte sich darauf nicht eingelassen. Sie trank an der Stehbar einen heissen Punsch, blätterte in der Zeitung: die üblichen Schlagzeilen und Kommentare. Anne musste gegen den Widerwillen ankämpfen, den ihr die Sache verursachte: hier auf diesen Jacques zu warten und ihn zu Bettina zu bringen. Sie kam sich wie eine Kupplerin vor, die junge Mädchen an Schmerbäuche verschachert. Sie dachte an einen Film, der in einem Bordell gespielt hatte. Ein Junge von zehn oder elf Jahren war von seinem Onkel ins Bordell mitgenommen und von einer dieser abgetakelten Frauen verführt worden, wie sie auf den Bildern von Toulouse-Lautrec dargestellt waren. Anne lachte, schlürfte den heissen Punsch. Sie schlief ja selber in ziemlich vielen Betten herum. Und war noch immer verheiratet.
Die Bahnhofshalle wirkte fremd zu dieser frühen Stunde. Die Postangestellten konnten ungestört mit ihren Elektromobilen herumkurven. Am Kiosk wurden die Tageszeitungen aufgeschichtet.

Die automatischen Anzeigetafeln schnarrten, Züge fuhren ein, Hotelportiers standen gelangweilt vor dem Informationsbüro, die Uniformen leicht zerknittert, die Gesichter müde. Und doch ging von all dem eine sonderbare Geschäftigkeit aus, die unnötig schien, als würde eine versteckte Mechanik alles antreiben, Tag für Tag.
Die ersten Autos rollten stadteinwärts, Menschen verschwanden auf der Rolltreppe in der Tiefe, andere wurden heraufgetragen. Trams hielten an und Leute stiegen aus, Warenhäuser öffneten die Tore, die Obsthändler auf dem Perron schichteten Äpfel und Birnen zu Pyramiden. Eine riesige Spielzeugwelt, dachte Anne, die keinen Zweck hatte. Ein tödlicher Reigen, in den jeder eingespannt war. „Mehr grün – mehr leben" war mit roter Farbe auf die renovierte Bahnhoffassade gesprayt worden. „Die Bullen sind die Terroristen von morgen", „Remember the Sexpistols".
Anne erkannte Jacques von weitem. Er trug eine schwarze Baskenmütze und einen knöchellangen Wildledermantel, was seine auffällige Grösse noch unterstrich. Ein schöner Mann, zweifellos, um Frauen musste der nicht besorgt sein. Sie ging auf Jacques zu, gab ihm die Hand und führte ihn zum Auto. In einer halben Stunde erreichten sie die Wohnung. Bettina schien glücklich.
– Hab Dank, sagte sie, als Anne sich verabschiedete.
Während Anne durch den Morgenverkehr zurückfuhr, stellte sie sich die beiden vor: wie sie sich gegenüber sassen am reichlich gedeckten Tisch.

Brennende Kerzen, glänzende Gesichter, Augen, die sich trafen, verschämte Blicke, Champagner mit Lachsbrötchen als Vorspeise, im Kassettenrekorder Cat Stevens' Morning has broken.
Anne lachte. Waren das ihre eigenen Sehnsüchte, die da hochkamen? Der Wunsch nach einem Haltepunkt, einer Insel im Alltag, mit jemand sein, Nähe erfahren, keine Zeit fühlen, hinter geschlossenen Gardinen den Tag draussen vergessen mit seinem Verkehrslärm, seiner Betriebsamkeit, seiner tödlichen Leere.
Immer wieder hatte es solche Augenblicke gegeben, aber nie Dauer. Bei ihrer Heirat hatte sie noch daran geglaubt, das zu finden. Ankunft. Heimat. Es war ein Irrtum gewesen.
Anne hielt vor dem Café Senn in Neuenhof an. Richtig frühstücken und dann zu Rösch und seinem dynamischen Team: Print löten. Anne ekelte sich, wenn sie daran dachte. Ohne lange zu überlegen, hatte sie den Job angenommen, den ein Bekannter ihr angeboten hatte. Warum nicht einmal Fabrikarbeit? Ein Job mehr, in dem sie sich versuchte.
Was sich in Bettinas Wohnung abgespielt hatte, erfuhr Anne nie in allen Einzelheiten.
Jacques sei sehr müde gewesen und habe nichts essen wollen. Schlafen, habe er gesagt, er möchte schlafen. Auch könne er nicht lange bleiben, er habe wenig Zeit, müsse schon in der folgenden Nacht zurück. Sie hätten geschlafen zusammen und ein wenig geredet. Es sei sehr schön gewesen, wenn auch nur kurz. Schon am Nachmittag sei

Jacques wieder gegangen. Er müsse noch in die Stadt, einige Besorgungen machen. Er werde wiederkommen, vielleicht einmal für ein ganzes Wochenende.
Anne spürte Bettina die Enttäuschung an, obwohl sie sich nicht beklagte und immer wieder von Jacques erzählte. Und Anne sah Bettina vor sich in der leeren Wohnung: der Tisch gedeckt, die Speisen unberührt, die Champagnerflasche, die Kiwifrüchte, der Mais. Und Bettina liess alles so liegen, tagelang. Maden krochen über das Fleisch, mehlig weiss, die braune Sauce verklumpte. Kein Licht im Zimmer, die Lamellenstoren geschlossen. Und neben dem Bett die zerknüllten Kleenextüchlein.
– Wir brauchen eben Zeit, Jacques und ich, viel Zeit. Er wird wiederkommen. Wir werden uns dann nicht mehr so fremd sein. Ich liebe Jacques.
Anne und Bettina hatten sich zufällig in der Stadt getroffen, und Bettina hatte ein wenig erzählt.
Anne begriff nur zu gut. Die unangerührten Speisen, die Eile des Aufbruches, die nichtgeführten Gespräche. All dies waren deutliche Zeichen. Sie wären es jedenfalls gewesen, wenn Bettina sie hätte sehen wollen. Allein die Hoffnung, eine Sehnsucht, an die sie sich klammerte, um dem Alltag zu entfliehen und um etwas zu finden, was über ihn hinausging, war so gross, dass sie keine solchen Zeichen ins Bewusstsein eindringen liess. Sie hätte es auch Suche nach Heimat und Zärtlichkeit nennen können, nach Begegnung und Aufbruch. Es müsste, hatte sie zu Anne gesagt, doch etwas geben, was die Krusten, das tägliche Einerlei, auf-

sprengt. Und wenn sie auch nicht wusste, wie sie, wäre es da, es leben würde, so lebte sie doch in der Hoffnung, es in einem anderen Menschen finden zu können. Und diese Hoffnung wollte sie sich, was auch immer ihr widersprach, nicht rauben lassen. Auch von Anne nicht.

– Du wirkst so abgeklärt, hatte sie zu Anne gesagt, so ohne Hoffnungen und Träume.

– Warte nur bis du mal sieben Jahre verheiratet bist, hatte Anne geantwortet, wir wollen dann sehen, was von deinen Träumen noch übrig ist. Sieben Jahre. Anne seufzte. Martin war wieder einmal unausstehlich gewesen. Doch sie wollte jetzt nicht darüber reden.

Anne erzählte von ihrer neuen Stelle in der Elektronikfirma und fragte Bettina, wie es bei Crossmann zugehe.

Das Klima, ein Ausdruck Rebmanns, werde von Tag zu Tag unerträglicher. Gestern hätten sie wieder eine Auseinandersetzung mit Rebmann gehabt. Er habe durch den Prokuristen mitteilen lassen, er dulde nicht länger, dass die Kaffeepause in die Länge gezogen werde. Sie hätten sich gewehrt und darauf hingewiesen, dass eine der Telephonistinnen regelmässig eine verlängerte Kaffeepause in seinem Büro mache.

Darauf habe er alle rufen lassen. Eine Frechheit sei das, was da gemunkelt werde, er verbitte sich solche Bemerkungen, Privatsache sei das. Wem es nicht passe, der könne ja gehen. Du weisst ja, wie er einfahren kann. Daran haben wir uns gewöhnt. Aber was schlimm war: wir standen da, keine getraute sich etwas zu sagen, obwohl alle zuvor im Büro sich ereifert und geflucht hatten. Es war so schändlich, wie wir dastanden und Rebmann triumphierte.

– Könnt ihr euch wirklich nicht zusammenraufen, verdammt nochmal. Anne war wütend. Immer dies Gejammer, aber nie eine Aktion.

Im Lager hätten ausser Casi jetzt noch zwei gekündigt, fing Bettina wieder an. Ich halt das einfach nicht mehr aus, dieses Gehetze und die ständigen Vorwürfe, immer musst du auf Trab sein, wie ein Esel, den man vorwärts peitscht. Zuhause geht's auch nicht gut, Mutter meint, es werde immer schlimmer mit Vater, die Krankheit, der Alkohol. Sie wisse manchmal nicht mehr, wie die Tage durchstehen. Sie hat heftig geweint am Telephon.

– Ja, fuhr Bettina fort, in all dem ist eben Jacques so etwas wie eine Hoffnung. Dir kommt das blöd vor, Anne, ich weiss, du bist so verbittert und illusionslos in allem, was Menschen betrifft. Und das kompensierst du mit Politik: die OFRA, die Partei, die Arbeitsgruppen, die Komitees für dies und jenes. Ich will so nicht werden.

Bettina war ungewöhnlich heftig geworden. Sie stiegen am Central aus, überquerten die Strasse und schlenderten den Limmatquai entlang. Ein milder Herbstabend. Die Strassenverkäufer hatten ihre schwarzen Tücher auf dem Gehsteig ausgebreitet und priesen Halsketten, Armringe, Haarnadeln an. Ein junger Mann, ein Asiate, mit dunklem Teint und schwarzem glänzendem Haar, spielte auf der Gitarre. Sie blieben stehen, hörten zu. Bettina erwähnte fast beiläufig, Gabi sei vor zwei Tagen ausgezogen, zu Röbi. Mit einem VW-Bus sei er gekommen und habe ihre Sachen aufgeladen. Er wolle sie herausholen und zu sich nehmen. Gabi habe nicht viel gesagt. Nun stehe das zweite Zimmer leer. Nur ein Poster, das mit den drei weissen Katzen, habe sie hängen lassen. Er sei jetzt schon ein wenig leer und still in der Wohnung, aber daran werde sie sich gewöhnen müssen. Allzu lange wolle sie ohnehin nicht in diesem Hochhaus bleiben, sondern wieder aufs Land ziehen.

Bettina zündete eine Zigarette an. Vielleicht ist es dumm, sagte sie, aber ich brauche die Hoffnung Jacques. Sie ist für mich eine Krücke, die mich ein wenig stützt. Ja, ich fühle mich oft als Krüppel, innerlich, weisst du. Aussen, da stimmt alles, meine Kleider sind ordentlich. Manche finden mich hübsch, Rebmann lobt meine Arbeit, macht auch mal ein Kompliment. Nett sehen Sie aus, mit der neuen Bluse, Fräulein Hauri, Sie machen sich, ich muss schon sagen. Manchmal spricht ein Mann mich an, im Bus, in einem Restaurant.

An der Ecke Limmatquai-Brunbrücke blieben sie eine Weile unschlüssig stehen. Autos fuhren vorüber, Lärm mischte sich ins Gespräch. Sie bogen in die Mühlegasse ein und bummelten durch das Niederdorf zum Rosenplatz. Bettina streifte sich das Haar aus dem Gesicht, alle sehen nur mein Äusseres, aber wie es in mir drinnen aussieht, das ahnt keiner. Wie unsicher ich bin unter Menschen, die Angst, die ich habe, wenn ich unter Menschen bin. Ich halte das nicht aus ohne zu rauchen, zu trinken, ein Lexotanil zu schlucken oder ein Valium. Du kannst das Sucht nennen, für mich sind auch das Krücken, Hilfsmittel. Andere, die kaufen sich teure Wagen, Schmuck oder was weiss ich, du stürzest dich in die Politik. Rebmann spielt Golf, hält sich eine Freundin. Alle lügen ein wenig, belügen sich selber und die anderen.

Anne hatte gezögert, als hätte sie Angst vor den eigenen sauberen Worten, die ihr als Erwiderung auf der Zunge lagen. Wo waren ihre Hoffnungen? Hatte sie ein Recht, Bettina diese Träume auszureden, oder war es gar Pflicht?

Anne hatte geschwiegen. Sie fühlte sich nicht in der Lage, etwas zu sagen. Zu gross waren die Zweifel.

Anne sah Bettina an, wie sie da neben ihr sass, das helle Haar im Gesicht, diesen Zug von Trauer um die Augen, die eckigen, unkontrollierten Bewegungen ihrer Hände, wenn sie sprach. Eine Unruhe schien von ihr auszugehen, ein Getriebensein von Ort zu Ort, als sei sie nie richtig da, immer schon eine Strasse weiter, ein paar Tage voraus. Und immer trug sie andere, neue Kleidungsstükke, die sie mit Geschmack auszuwählen verstand, aber nie lange behielt, als müsste sie auch hier weiter, aus der Haut, in der ihr nicht wohl war, in eine andere.

– Mein Gott ist die nervös, hatte jemand gesagt, nachdem Bettina zum erstenmal Mühlhaupts

Apotheke betreten hatte. Das war vor sieben Jahren gewesen.

– Du bist eine Nervensäge. Alle bei Mühlhaupt bezeichneten Bettina als Nervensäge. Lag es an der fahrigen Art ihrer Bewegungen, an den häufigen Missgeschicken, die Bettina unterliefen: Salben verwechseln, Sprit verschütten.

Anne kam es manchmal vor, als ziehe Bettina Unheil an.

Vergangene Geschichten. Bettina war reifer geworden, gewiss, vielleicht auch besonnener, ruhiger. Aber was bedeutete das schon? War sie nicht ein Kind geblieben, das nicht erwachsen werden wollte. Und Anne gefiel dieser kindliche, verträumte Zug in Bettinas Wesen. Sie konnte noch schwärmen, sich begeistern, spontan sein. Aber vielleicht waren das nur Merkmale, die sie Bettina wie Etiketten aufklebte, weil ihr diese Eigenschaften abgingen.

Sie waren einmal zusammen in einer Bäckerei gewesen. Ein kleines Mädchen, vielleicht fünf oder sechs Jahre alt, hatte einen Butterzopf für fünf Franken verlangt, dies aber mit so schüchternem Stimmchen vorgetragen, dass die Verkäuferin fünf Zöpfe verstanden und diese nacheinander aus dem Gestell genommen und vor dem Mädchen auf den Ladentisch gelegt hatte. Das Mädchen war ganz rot geworden, hatte verlegen auf den Irrtum hingewiesen und seine Bestellung wiederholt. Ob es nicht von Anfang an deutlich sprechen könne, hatte die Verkäuferin gemeint und vier Zöpfe wieder ins Gestell zurückgelegt.

– So bin ich als Kind gewesen, hatte Bettina damals gesagt. Anne musste oft daran denken.
– Komm, trinken wir noch ein Glas, dann muss ich auf den Zug. Anne stand auf.
Im Malatesta bestellten sie einen Halben.
– Du kannst hin und wieder bei mir schlafen. Das zweite Zimmer ist ja vorläufig leer. Und nächsten Monat fahre ich für ein paar Tage zu Jacques.

Moiry St. Denis lag etwas abseits der Hauptstrasse Beaune–Dijon, mitten im Rebgebiet von Gevrey-Chambertin. Jacques hatte Bettina in Dijon mit seinem Motorrad abgeholt. Mit seiner Nickelbrille, die mit einem grauen Band den Lederhelm umspannte, der gepolstert und mit Ohrenklappen versehen war – ein Fliegerhelm aus dem Ersten Weltkrieg, hatte Jacques lachend gesagt – sah er aus wie ein Polarforscher. Sein Motorrad, eine Honda 650, glänzte im Sonnenlicht. Bettina, die ein leichtes Sommerkleid trug, suchte in ihrer Reisetasche nach der weissen Strickjacke. Ungewöhnlich lange wühlte sie in ihren Sachen, während Jacques neben seiner Honda stand und Bettina mit ungeduldigen Blicken bedeutete, sie möge doch endlich vorwärts machen. Bettina strich sich das Haar aus der Stirn, zögerte, bestieg ein wenig ängstlich und mit ungelenken Bewegungen das Motorrad. Der Motor heulte auf. Sie umklammerte Jacques Hüften und war heilfroh, dass er ihr Gesicht nicht sehen konnte.

Langsam fuhren sie durch das Weingebiet der Côte d'Or.

Weicher Dunst lag über den Rebfeldern, tauchte sie in bläuliches Licht. Bettina war, als schwebten sie wie vom Wind getragen über die Felder.

Vor Gevrey bog Jacques von der Hauptstrasse ab, ein schmaler Weg führte durch schattige Wälder, die immer wieder von Wiesen und Lichtungen durchbrochen wurden, manchmal ein einsames Gehöft mit weidenden Kühen, Braunfleckvieh, wie es Bettina aus dem Suhrental kannte.

Das kleine Bistro, ein paar Blechtische auf einem Kiesplatz unter einer mächtigen Kastanie, lag nah an der Strasse. Jacques stellte seine Honda an den Stamm des Baumes und streichelte, ehe er sich Bettina zuwandte, noch einmal den langgezogenen Sattel, dessen Polster aufgerissen und mit rotem Isolierband verklebt war. Beim Eingang, einer breiten Holztür mit Milchglasscheiben, schlummerte, die Beine auf einem Stuhl übereinander gelegt, ein braungebrannter Mann mit kurzem weissem Haar, die Hände über dem Bauch wie zum Gebet gefaltet. Bonjour, Monsieur le prêtre, sagte Jacques und gab dem Alten, dem Wirt, wie sich herausstellte, einen freundschaftlichen Klaps auf die Schulter. Lass diese Scherze, Jacques, brummte der Alte, als er sich hochrappelte, mit einem Fluch aufstand und im Innern des Hauses verschwand, um bald darauf mit einem Weinkrug und zwei Gläsern zurückzukehren. Er wechselte ein paar Worte mit Jacques, setzte sich auf die Bank und schlief alsbald weiter.
Jacques schenkte Wein ein, prostete Bettina, den Arm um ihre Hüfte gelegt, zu. Der dunkelrote Wein, ein Pinot aus der Gegend, war von herbem, metalligem Geschmack.
Bettina schämte sich über die weisse Haut ihrer Arme und Beine beim Anblick des kräftigen Brauns von Jacques, der sein Hemd aufknöpfte und die Ärmel über die Ellenbogen zurückstülpte. – Ein Kloster, Jacques wies mit dem ausgestreckten Arm auf eine vermooste Mauer, hinter welcher zwischen Bäumen ein Zwiebelturm aufragte, der zwei langgezogene Pultdächer verband.

– Zisterziensermönche, die noch immer der Regel des Heiligen Bernhard folgen, der eine Zeitlang hier gelebt haben soll. Im Sommer finden Meditationskurse und Exerzitien statt. Tagsüber kann man beten hören hinter der Mauer, Zivilisationsgeschädigte, Deutsche vor allem und Belgier, leisten vier Wochen Abbitte für ein sündiges Jahr. Jacques lachte. Man sagt auch, viele kämen nur, um ihre überflüssigen Kilos loszuwerden: Gesundfasten.

Bettina gefiel die kleine Glocke, die in der Öffnung des Zwiebelturmes zu sehen war. Die Klostermauer war rissig, Gesteins- und Zementbrokken abgeblättert, staubgetränkte Brennesselstauden. Gräser standen hoch, Ranken und Hecken reckten sich die Mauer entlang. Bettina registrierte die Einzelheiten mit ihren Augen, als müsste sie festhalten, keltern. Sie fühlte sich leicht, getragen von dem, was sie umgab, als sei sie nicht zum erstenmal hier, als sei das alles ein Teil von ihr, vertraut und nah. Sie sah, wie eine graue struppige Katze durch die Brennesseln schlich, so sachte die Pfoten aufsetzte, als wäre zerbrechliches Eis unter ihren Füssen; Käfer krabbelten an den Gräsern hoch. Der Wirt schnarchte laut mit geöffnetem Mund, über seinem Kopf das holzgeschnitzte Wirtshausschild, rissig geworden vom Regen, bleich wie die verwaschene Fassade des Hauses. Aus dem Innern waren Küchengeräusche zu hören: Scheppern und Klappern.

Zwei ältere Männer, zerfurchte Gesichter unter tief in die Stirn gezogenen Baskenmützen, warfen den Wirt erneut aus dem Schlaf. Auch Jacques, der wie Bettina die ganze Zeit über geschwiegen hatte, bestellte einen weiteren Halben und Brot und Käse. Bettina hatte kein Bedürfnis zu sprechen, sie hätte Worte als Einbruch empfunden. „Monatelang", schrieb sie später in ihr Tagebuch, „fühlen wir uns wie Fremde und dann ist das Gefühl von Heimat so urplötzlich da, dass es einen überwältigt und hilflos macht."

Sie wanderten von Pont de Pany ein Stück den Canal de Bourgogne entlang, der parallel zur Ouche verläuft; ein schmaler Pfad führte unter Pappeln nah dem Wasser durch das Kanalgelände, das, wenig gepflegt, von Unrat übersät, verwahrlost aussah. Der Kanal werde nur noch selten benutzt, erzählte Jacques, vor allem in der Ferienzeit von Hobbyschiffern mit Hausbooten.

Bettina gefielen die kleinen Häuser mit den ungepflegten Gärten, in denen alles wild wucherte, Stühle herumlagen, alte Kanapees, dazwischen Hühner, manchmal Schweine. Und Jacques erzählte, wie er als Kind sich oft am Kanal aufgehalten, den Schiffern, die damals noch häufig mit Lastkähnen unterwegs gewesen seien, zugeschaut habe. Doch das sei längst Vergangenheit und all dies nur noch ein Überbleibsel, das niemanden so recht interessiere.

Er nahm Bettina beim Arm und führte sie durch wildes Gestrüpp über einen ausgetretenen Pfad zur Ouche hinunter, zu einer kleinen Hütte, wo er sie kurz und heftig küsste und dann mit ihr schlief. Bettina kam sich überrumpelt vor.

Das Haus von Jacques Vater lag am oberen Ende des Dorfes Moiry-St. Denis, mitten im Rebgebiet. Der Alte musste an die siebzig sein, er ging gebückt, schleppte mühselig das linke Bein nach. Brummig, nicht eben freundlich, hatte er die beiden begrüsst, ihnen zwei Gläser und einen Doppelliter Roten auf den langen Holztisch gestellt und sich gleich wieder am Herd zu schaffen gemacht.
Es dampfte in der niedrigen Küche, der Alte stand wie eine Wache vor seinen Töpfen. Früher habe Vater seinen Weinberg noch bestellt, jetzt habe er ihn verpachtet; zum Verkauf habe er sich noch nicht entschliessen können, aber früher oder später werde er nicht darum herumkommen, da er, Jacques, keine Lust habe, hier zu bleiben. Ihn habe es schon immer in die Welt hinausgezogen, in die grossen Städte. Er liebe das Unterwegssein, das Geräusch der Räder, das fasziniere ihn auch jetzt noch, nach zwei Jahren Zugsdienst.
Nach dem Essen schlug Jacques einen Spaziergang vor. Sie nahmen von Moiry einen schmalen Weg, der schnurgerade zwischen Rebfeldern steil anstieg. Rötlich schimmerte die Erde zwischen den Rebstöcken, von kleinen, gelben Steinen durchsetzt. Eigentlich ein Wunder, sagte Bettina, dass auf diesem Boden die Reben für den besten Wein wachsen, er sieht so karg und trocken aus. Sie hob einige der gelben Steine auf, reinigte sie und verwahrte sie in ihrer Tasche. Sie stiegen höher, liessen die letzten Rebfelder hinter sich und gelangten auf die Hügelkuppe. Unten schwammen die Reb-

felder in einem bläulichen Dunst. Es war ein verlorenes Land, das sich da vor ihnen auftat: lange Heckenreihen zogen sich durch hohes, schilfartiges Gras, das aus dem steinigen Boden emporstrebte; breite Mauern aus geschichteten Steinen grenzten hie und da Weiden ein. Für Schafe, erklärte Jacques, der Bettinas Hand hielt. Hier gibt es grosse Schafherden. Als Knabe habe ich manchmal selber Schafe gehütet, bin tagelang hier oben gewesen, habe an der Sonne gelegen und geträumt. Als Kind, wenn man nichts weiss von der Welt, mag das gehen.

– Bei uns, fiel Bettina ein, zogen immer im Spätherbst oder Winter riesige Schafherden vorbei, die meist aus dem Tessin kamen, von einem Hirten begleitet. Für uns war das ein Ereignis. Die Schafe sind da, hiess es im Dorf. Wir haben den Hirten warme Suppe und Kaffee mit Schnaps hinausgebracht. Manchmal haben sie auch bei uns gegessen.

Immer wieder veränderte sich die Landschaft vor ihnen, sie kamen durch dschungeldichte, feuchte Waldpartien, dann wieder auf offene, steinige Wiesen mit dürren Pflanzen, Disteln, Kerbel und schilfartigen Gräsern.

– Solch dürre Pflanzen habe ich im Wüstengebiet von Utah gesammelt, sagte Bettina. Und sie erzählte Jacques von ihrem Besuch in der Mormonenstadt Salt-Lake-City. Alles gehöre dort der Kirche.

Einmal sei sie hinausgefahren zu den Grossen Salzseen, die in einer faszinierenden Wüstenlandschaft lägen, wo nichts wachse, nichts sei als eine endlose Fläche grauweissen Sandes, wie eine Mondlandschaft von tödlicher Stille. Beim Baden im Salzsee würde der Körper wie ein Stück Kork getragen und nach dem Bad sei man von einer weissen Salzschicht bedeckt.

Sie habe immer gestaunt, wie besessen die Mormonen vom Glauben seien, sie würden beim Weltuntergang als einzige gerettet. In ihrer Nachbarschaft habe ein Lehrer gewohnt, der Mormone gewesen sei, der habe versucht, die Erst- und Zweitklässler zu bekehren. Das habe zu einem Aufruhr im Dorf geführt.

Er halte nicht viel von Sekten, meinte Jacques, die ja neuerdings Mode seien, vor allem diese indischen Gurus, das seien alles Scharlatane. Er selber glaube überhaupt nichts.

Bettina schwieg eine Weile. Aber die suchen doch etwas, wenn sie, oft mit ihrem letzten Geld, nach Indien fahren. Etwas, was sie hier nicht finden in diesem Leerlauf. Ich kann das begreifen, das sind Opfer.

– Opfer? Jacques lachte, Sex suchen sie. Wenn beim Papst Orgien zugelassen wären, würden sie nach Rom reisen.

Ein schmaler Trampelpfad führte sie in eine felsige Gegend, die sich zu einer Schlucht öffnete. Diese Felsen, sagte Jacques, die immer wieder steil abfallen, und sich von Dijon bis Beaune hinziehen, haben dem Departement den Namen gegeben: Côte d'Or, der goldene Hügel.

Bettina kam sich wie in einem Märchenland vor,

sie dachte für einen Moment an die langen Spaziergänge, die sie mit Vater gemacht hatte, bevor er krank geworden war; etwas von der Geborgenheit, die sie damals gefühlt hatte, schien jetzt wieder da zu sein. Sie legte sich auf eine Mauer, starrte in den blauen Himmel, an dem ein paar Wolken vorüberzogen, Grillen zirpten in die Stille, nichts war als dieser Augenblick. Jacques beugte sich über sie, küsste sie lange auf den Mund und legte seine Hand auf ihre Brust.

Später sassen sie in der Gartenwirtschaft. Und Jacques ging im kleinen Kolonialwarenladen auf der andern Seite der Strasse einkaufen. Da lag Jacques geöffnete Tasche. Bettina wollte sich ein Papiertaschentuch herausnehmen. Sie erblickte, war es Zufall oder hatte sie einen Moment zu lange hingeschaut, einen Brief. Sie zögerte einen Augenblick und nahm ihn, sie konnte später nicht mehr sagen warum, drehte ihn in den Händen, unschlüssig, ja ängstlich, und las.

Nach wenigen Zeilen war ihr, als würde alles dunkel. Sie sass wie erstarrt, unfähig zu einer Geste, zu einer Bewegung. Sie sah Jacques zurückkommen, steckte den Brief rasch in die Tasche zurück. Sie blieb wie eine Statue, unfähig sich zu lösen, den Eindruck zu überspielen.

– Was hast du? Was hast du? Jacques Worte kamen wie von fern.

– Du brauchst mir nichts zu erklären.

Nach einer Weile des Schweigens tat er es doch. Bettina hörte wie durch eine Nebelwand seine Worte, halbe Sätze, Wortfetzen, die sie nicht erreichten.

Schweigend gingen sie den Weg zurück.
Es war, schrieb sie später an Anne, als hätte sich der Himmel mit einemmal verdunkelt, und nichts mehr war da, was ich hätte wahrnehmen können. Wie ein Absturz aus der Zeit.

Vielleicht hätten sie nicht ins Tessin fahren sollen, dachte Anne, es war ein Fehler gewesen. Aber sie hatte gemeint, Ablenkung wäre gut für Bettina. Anne sah, sie litt. Und sie sprach von Angst. Ich kann alles Schöne denken, hatte sie geschrieben, und die Angst bleibt. Ich träume so wahnsinnige Träume. Ich denke an Onkel Franz, der tot ist, sein Gesicht, das immer da ist in Träumen. Im Traum habe ich Jacques ermordet mit einem langen Messer, Blut spritzte.

Anne sah auf. Ein grauer Herbsttag, Wolken, ein leichter Wind. Sie wartete auf Bettina. Sie sass in Martins Zimmer und schaute sich um, ein Zimmer, das sie sehr geliebt hatte. Hier hatten sie die ersten langen Nächte verbracht, mit ausgiebigen Gesprächen, eine Nähe erfahrend, wie Anne sie nie für möglich gehalten hätte. Später hatte Martin das Zimmer bezogen, um, wie er mit Überzeugung sagte, ein grosses Arbeitszimmer zu haben, das er für seine Schreibarbeit benötige, er war ja Zeitungsredaktor geworden, beim Landboten, einem Lokalblatt. Sie hatte Einwände, hatte ihn an die Nächte beim knisternden Ofen erinnern und sagen wollen, wie wichtig ihr diese gewesen seien, wie sehr sie gerade dieses Zimmer liebte, mehr als alle andern im Haus. Martin hatte sie überstimmt. Das grosse Zimmer wurde ganz von ihm ausgefüllt. Hohe Bücherwände verdeckten bald die braune Täferung der Wände. Hängeregistraturen wurden angebracht, Poster angeklebt: Che Guevara, Marx auf Silberfolie, Ho Chi Minh, die politische Gesinnung musste an den Wänden ablesbar sein. Es hatte Anne weh getan, wie das warme Zimmer, vor dessen Fenstern Bäume standen, die mit ihren Ästen die Scheiben berührten, zu einem Büroraum umfunktioniert, entstellt wurde, herzlos, wie ihr schien. Sie hätte sich wehren sollen, damals, sie hatte geschwiegen und den Schmerz in sich hineingefressen.

Anne setzte sich eine Weile an den Schreibtisch, fuhr mit der Fingerspitze über die feine Staubschicht, die das dunkelbraune, feinmaserierte Holz mit einem weissen Schimmer überzog; unter der Fingerspitze entstand ein Ornament, zwei Halbkreise in ein Quadrat eingeklemmt, wie sie zuweilen eine Kritzelei auf ihren Zigarettenpakkungen anbrachte. Anne fühlte sich fremd an diesem Schreibtisch, nichts war da, was von ihr zeugte, oder in ihr auch nur das Gefühl von Vertrautsein wachrief, nichts Bekanntes. Das war seine Welt, das waren seine Sachen, die da lagen: die angerauchte Pfeife auf der Schreibunterlage, daneben die rote Tabakdose „dunhill standard mixture", seine Kugelschreiber, Karteikarten mit aufnotierten Zitaten; am rechten und linken Rand des Tisches standen, nach Grösse eingereiht, Bücher, in denen Zeichen steckten, Stichworte festhaltend. Seine Welt: schwarz auf weiss, gesammelt, geordnet, gebündelt. Anne nahm ein Blatt und las.

Wenn er doch nur ein klein wenig das leben würde, was er ständig denkt, sagt, schreibt, dachte Anne. Einmal waren sie zusammen an einer Demo der AKW-Gegner gewesen. Das lebhafte Treiben, junge Menschen, die miteinander redeten, diskutierten, herumsassen, hatte Anne gefallen. Sie hatte geahnt, was Solidarität sein könnte, sie diskutierte in einer Arbeitsgruppe mit, kaufte sich Broschüren, machte sich Notizen. Der Eifer der Teilnehmer beeindruckte sie, auch das Zusammensein mit Menschen aus verschiedenen Gegenden der Schweiz. Und für einen Augenblick glaubte sie an eine Vereinigung all jener, die gegen den Strom dieses Schlaraffenlandes zu schwimmen versuchten, sich auflehnten gegen die Zerstörung von Landschaften, gegen die Übermacht der Konzerne und Politiker. Anne lernte zwei Frauen kennen, die Mitglied der POCH waren. Sie luden sie ein, doch einmal vorbeizukommen. Anne versprach es.

Martin war skeptisch. Die Veranstaltung sei viel zu folkloristisch, meinte er, und deshalb politisch harmlos, auch sei die Bewegung der Atomkraftwerkgegner in viel zu viele kleine Grüppchen gespalten, die alle ihr eigenes Süppchen kochten. 68 sei das noch anders gewesen, da habe man noch einen grossen Atem gespürt, das Konzept einer neuen Gesellschaft. Das sei jetzt vorbei.

Martin sprach häufig von 68, wie das gewesen sei und was sie da alles gemacht hätten.

Martin geriet ins Schwärmen, wenn er von 68 sprach. Wie oft sagte sie, wie lächerlich sie das finde, seine 68-er Nostalgie. Wir müssen jetzt leben und sehen, was wir tun können. Ja, auch er prangerte die Kälte der Zeit an, die Welt, in der sie lebten, erging sich in Tiraden über die Unmenschlichkeit des Systems. Aber er tat nichts. Er sprach

über Zärtlichkeit, wusste die Worte, die Wendungen, die Zitate, aber Zärtlichkeit mitteilen, leben, nein, das gelang ihm nicht. Anne seufzte. Martin nahm sie nicht wahr, hörte ihr nicht zu, lebte eingegraben in seiner Welt wie in einem Schützengraben. Und er war nicht hervorzulocken, mit keinem Mittel. Armer Martin, er war kalt wie das System, das er anklagte.
Ich will nicht ungerecht sein, dachte Anne, aber weggehen, ich muss weggehen, sonst erstick ich hier. Seit einem Jahr will ich weggehen. Warum dieses Zögern, dieses Warten. Vergebliches Hoffen auf eine Wende, die seit Jahren nicht eintritt. Wieviele Frauen warten vergeblich darauf, bis sie alt sind, enttäuscht und verbittert.
Anne legte das Blatt zurück auf den Schreibtisch. Manchmal hat sie ihn gehasst, hätte ihn am liebsten umgebracht. Das, was sie jetzt für ihn fühlte, war nicht mehr Hass, vielleicht Gleichgültigkeit, Trauer oder gar Mitleid. Sie wusste es nicht. Oder vielleicht verdrängte sie dies Wissen auch bloss, verdrängte es aus Selbstschutz, um nicht noch tiefer abzusacken.
Wie sollte sie nach sieben Ehejahren zugeben, dass alles ein Irrtum war.
Anne blickte über den Tisch hinweg durch das Fenster. Die Blätter am Kirschbaum begannen sich zu verfärben; durch das Gewirr der Äste sah sie die Kirchturmspitze, dahinter die roten Dächer, etwas fahl im Grau des Tages. Die Felder hatten ihr Grün verloren, waren kraftlos gelb geworden. Nirgends waren die Jahreszeiten so deut-

lich abzulesen wie an diesem Kirschbaum, die kleinste Veränderung war wahrzunehmen, in seiner ständig wechselnden Gestalt. Und wie Marken im Jahr waren die grossen Zeiten des Baumes: im Mai die weissen Blüten, im Juli die dunkelroten, fleischigen Früchte, im Oktober die flammenden Farben der welkenden Blätter. Ohne diesen Baum zu leben, würde schwer sein.
Anne hörte von draussen Bettina rufen. Sie stand rasch auf, zog die Tür hinter sich zu. Bettina lehnte am Drahtzaun, sie trug ein leichtes Sommerkleid, fröstelte, als ein Windstoss früh gefallenes Laub über die Wiesen trieb. Rasch stiegen sie in den Wagen; Anne liess den Motor aufheulen und fuhr langsam den schmalen Feldweg hinab zur asphaltierten Zufahrtsstrasse.
Die beiden Frauen fuhren eine Weile schweigend in die anbrechende Dämmerung hinein. Die Strasse war durch den Feierabendverkehr stark belebt, in beiden Richtungen Kolonnenverkehr, der sich wie ein Tatzelwurm durch die Dämmerung schob. Bettina lehnte sich zurück, drückte die Rollgurte zurecht und blätterte in einer Illustrierten. Feiner Nieselregen fiel auf die Windschutzscheibe.
– Ich gehe von Martin weg, nun ist es endgültig, sagte Anne unvermittelt, in einem ruhigen, fast beiläufigen Ton, ich wäre froh, wenn ich die erste Zeit bei dir wohnen könnte.
– Und hast du es Martin gesagt?
– Ja, letzte Woche, bevor er wegfuhr zu einem Kongress, da fand ich endlich, ich weiss nicht war-

um, den Mut. Mein Gott, wenn ich denke, wielange ich das hinausgezögert habe. Klar war es mir schon seit Monaten. Aber dann war Martin wieder einmal freundlich, brachte Blumen mit. Und ich schob es wieder hinaus, nahm mich zusammen, hab sogar wieder mit ihm geschlafen. Ich spielte mit, und Martin merkte nichts. Diese Ahnungslosigkeit machte mich wütend, aber sie wirkte auch entwaffnend. Manchmal tat er mir einfach leid in seinem Vergrabensein in sich selbst.
Bettina zögerte eine Weile, sagte dann langsam, als müsste sie nach Worten suchen:
– Sonderbar, du verlässt deinen Mann, und ich wünsche mir einen Mann, Zärtlichkeit, Wärme, um nicht dieser Angst ausgeliefert, nicht allein zu sein, Nacht für Nacht, in der leeren Wohnung, im 12. Stock, du sitzt allein, drehst den Fernseher an oder das Tonband. Draussen die Hochhäuser, Autos, Dienstag und Freitag Kehrichtsäcke, und du lässt dich vollaufen, um nicht zerfressen zu werden von Angst und Einsamkeit und Leere. Und du stopfst Pillen in dich hinein, um das abzutöten, was sich da regt in dir, diese Wünsche und Träume und Sehnsüchte und all das, was man dir vorgegaukelt hat, was das Leben sei. Es regt sich, will hinaus und du säufst und säufst und schluckst, um das nicht hinauszulassen, es zu betäuben, abzutöten, damit du wieder funktionierst am andern Tag, deine 38 Telephonanrufe erledigen kannst. Und zu Hause die Eltern, die das gemacht haben ein Leben lang, und nun müde sind, sich anöden, und langsam verblöden vor dem Fernseher, warten bis der Schlag sie trifft.

Anne schwieg, starrte auf die Fahrbahn.
– Was seid ihr für eine Generation, hatte Mutter gesagt, was wollt ihr? Was willst du? Du hast alles, was eine Frau sich wünschen kann: Dein Mann ist erfolgreich, intelligent. Er sieht gut aus. Ihr könnt euch Ferien leisten, ein Haus, ein Auto. Ihr habt alles, und statt das zu geniessen, leistet ihr euch Konflikte. Reine Wohlstandskonflikte. Wir mussten zufrieden sein, wenn das Geld reichte, die Kinder gesund waren. Für eure Generation gehört es zum guten Ton, zum Psychiater zu gehen, Drogen zu nehmen. Mein Gott, was wollt ihr denn bloss? Es fiel Anne nicht leicht, eine Antwort zu geben. Wie sollte sie ihrer Mutter klarmachen, dass für sie nicht zählte, was der Mutter so wichtig war. Mit dreissig Jahren hatte Anne das erreicht, was man ihr als Lebensziel vorgegeben hatte, und nun merkte sie, dass ihr das wenig bedeutete. Sie wollte neu anfangen. Aber wie war es zu formulieren. Dieses Neue. Manchmal fühlte sie es ganz deutlich. Leben. Leben, das muss doch mehr sein als Arbeit, Karriere, Kinder, Einfamilienhaus. Ihr seid wohl reich geworden, hatte sie zur Mutter gesagt, aber wo sind eure Wünsche geblieben?
Vor einem Jahr war Mutter gestorben.
Anne sah für einen Moment hinüber zu Bettina, die reglos neben ihr sass. Weisst du, Bettina, manchmal kotzt mich das alles an, Scheisse, denke ich, alles Scheisse und weiss selber nicht, wohin das alles soll. All diese Zweierbeziehungen, schon das Wort Beziehungen regt mich auf, die dahin-

serbeln. Wer sich am besten quälen kann, tut sich zusammen, und mit ein bisschen lügen geht das schon.

– Ich möchte leben, möglichst ohne Zwänge, möchte da sein, Freude, Glück empfinden. Jeden Tag nehmen als einzelnes Leben. Etwas tun, handeln, wie ich es selber für richtig halte. Immer haben andere für mich gedacht, als müssten sie mir sagen, wovon mein Glück abhängt: Eltern, Geschwister, Freunde, zuletzt Martin. Auch er, von dem ich gehofft hatte, er würde mich so annehmen wie ich bin.

Bettina sah die Freundin an. Du wirkst so sicher, sagte sie. Und vor allem tust du etwas, während ich mich treiben lasse, mich selbst bemitleide, Tabletten schlucke, mich vollaufen lasse mit Bier und Wein.

Sie und selbstsicher? Anne musste lachen. Alle sagten das. Auch Martin warf ihr immer wieder ihre Selbstsicherheit vor. Du zeigst dich nie in deiner Verletzlichkeit, deiner Bedürftigkeit. Du brauchst niemand, bist dir selbst genug. Sagte er.

– Ach, wenn du wüsstest, Bettina, wie unsicher ich immer wieder bin, wie elend und traurig ich mich oft fühle. Aber ich hab nie gelernt, es zu zeigen. Ich hab von klein auf den Clown gespielt, der immer ein fröhliches Gesicht macht, auch wenn er innerlich weint. Alle haben mich glücklich sehen wollen, und ich wollte ihre Erwartungen nicht enttäuschen.

– Und Martin? Hat er deine Traurigkeit nicht sehen können? Hast du auch mit ihm nicht reden können?

– Ja, am Anfang in der ersten Zeit mit Martin, als ich ihn besuchte in seinem Haus, da haben wir nächtelang gesprochen miteinander. Ich hatte das Gefühl, zum erstenmal in meinem Leben, mit jemandem sprechen zu können, mich zu öffnen, aufgehoben, geborgen zu sein. Ja, es war eine schöne Zeit. Aber lang hat das nicht gedauert. In unsere Ehe kam der Alltag. Man sagt das so: der Alltag.
– Alltag. Für Martin wurden tausend andere Dinge wichtig: seine Bücher, sein Beruf, sein Erfolg. Da blieb für mich kein Raum. Auch er wollte mich als den fröhlichen Clown, der Helligkeit in sein Leben brachte, in sein durch Widrigkeiten geplagtes Leben.
Das letzte Gespräch mit Martin fiel ihr ein. Sie hatten am Küchentisch gesessen, sie hatte von sich erzählen wollen, von der neuen Fotoserie, die sie gemacht hatte. Sie wollte hören, was er dazu sagte. Er hatte dagesessen, hatte kaum hingehört, in der Zeitung geblättert, dann von seinen Sorgen auf der Redaktion angefangen. Martin, der bei keinem Gespräch stillsitzen konnte, immer etwas tun musste: Hölzchen zerbrechen, aufstehen und etwas holen, ablenken, von sich reden. Sie hatte ihn erzählen lassen, hatte dies und jenes gesagt. Und für ihre Probleme war dann keine Zeit mehr geblieben.
Anne schwieg. Bettina legte ihr den Arm um die Schulter. Komm, trinken wir einen Kaffee, sagte sie. Gut, erwiderte Anne, fahren wir noch bis Zug, dort kenne ich ein Café.

Das Café war geschlossen. Sie überquerten die Hauptstrasse, bogen in die schmale Seitengasse ein und waren nach wenigen Metern am Seeufer. Sie standen ein paar Minuten schweigend nebeneinander, starrten in das schwarze, vom Wind gekräuselte Wasser, betraten, nachdem sie sich mit einem kurzen Blick verständigt hatten, die Wirtschaft, die eine grellrote Fassade dem See zukehrte. Das Lokal war stark besetzt. Meist ältere Männer sassen um die Holztische, Bier oder Kaffeefertig vor sich. Bettina und Anne setzten sich zu einem Alten, der allein, starr wie eine Statue, kam es Anne vor, an einem Tisch sass, vom lärmigen Treiben im Lokal keine Notiz zu nehmen schien. Am Nebentisch sangen vier Jungen in Lederjakken „So ein Tag, so wunderschön wie heute ...". Kaum hatte die Kellnerin, eine etwa vierzigjährige Frau mit Pickeln im Gesicht, die Kaffeetassen vor Anne und Bettina hingestellt, als Bettina abrupt aufstand und, ohne ein Wort zu sagen, sich an den Tischen vorbeizwängte, zu laufen begann und das Lokal verliess. Was hast du denn, wollte Anne noch rufen, aber Bettina war schon verschwunden. Anne liess ihren Kaffee stehen, drückte der erstaunten Kellnerin drei Franken in die Hand und verliess das Lokal.

Bettina kauerte auf der nassen Treppenstufe vor dem Eingang, weinte. Anne legte ihr die Hand auf die Schulter, reichte ihr ein Taschentuch. Bettinas Körper bebte, schüttelte sich vor Schluchzen. Anne sagte nichts, hielt sie fest. Drinnen grölten sie. Als Bettina sich beruhigt hatte, gingen sie zum

Wagen, fuhren weiter. Der Regen war stärker geworden, Anne hatte Mühe, nicht von der Strasse abzukommen. Bettina sass still, das Gesicht unbeweglich; wächsern, maskenhaft, schien es Anne.
Die Fahrt durch den Regen erinnerte Anne an die Reise im letzten Sommer: sie waren nach Italien gefahren, bei strömendem Regen, in die Toscana. Streit schon auf dem Weg: sollten sie über Genua oder Bologna fahren? Baden im Meer oder Kunstdenkmäler besichtigen?
Marina di Pisa, eine Häuserzeile, das Meer entlang, kein Dorf im strengen Sinn. Kaum Touristen, zu felsig die Strände, zu schmutzig das Wasser, hinter den Häusern ein Pinienwald, unten der grosse Fischmarkt mit den unzähligen Holztischen, mit Plastik- oder Segeltuch notdürftig überdacht. Frauen, die die Meeresbeute ihrer Männer verkauften: Krebse, Muscheln, Fischsorten aller Art, Seeigel, Crevetten, Tintenfische. Abends das Bummeln der Familien den Strand entlang, Sitzen in den wenigen Cafés, an runden Blechtischen, und immer der Nachtwind vom Meer, salzig, trocken. Sitzen auf den Felsblöcken, Gespräche hätten sein können, Nähe. Martin wollte Kultur: Siena, Pisa, Florenz, Lucca. Anne wollte Leben. Nach drei Tagen waren sie abgereist.
In Sisikon hielt Anne vor dem Hotel Urirotstock an, parkierte den Mini auf dem kleinen Vorplatz, in dessen Mitte das Holzstandbild eines lächelnden Kochs zu sehen war, der ein Schild mit der Aufschrift „Hier gut essen" in der Hand hielt. Sie

stiess Bettina, die mit offenen Augen zu schlafen schien, leicht an. Komm, ich habe Hunger.
Nach dem Essen fuhren sie weiter über die Axenstrasse, die ungewohnt leer und ausgestorben war. Bettina war schon kurz nach der Abfahrt wieder in leichten Schlaf gefallen. Anne hielt in Flüelen vor einem Zigarettenautomaten und besorgte sich eine Schachtel Marlboro, um sich durch Rauchen wach zu halten, da sie im Radio vergeblich nach einem Programm gesucht und nur noch knackende Geräusche vernommen hatte. Der Regen war wieder stärker geworden, ging, je näher sie den Bergen kamen, in Schnee über. Nach Amsteg war Anne in das neuerbaute Teilstück der Nationalstrasse eingebogen. Nasser Schnee fiel in dicken, schweren Flocken.
Nach Gurtnellen, Anne war nach dem kurzen, durch grosszügig angelegte, hell erleuchtete Tunnelpartien und Felsgalerien angenehm zu fahrenden Autobahnteilstück wieder in die alte Gotthardstrasse eingebogen, die kurvenreich und unübersichtlich war, schrak Bettina aus ihrem Schlummer auf. Sie begann wild an der Rollgurte zu zerren, klickte sie auf, stampfte gleichzeitig mit den Füssen auf den Boden, hämmerte mit den Fäusten auf die Brust. Anne bremste, fasste, überrascht und erschrocken, Bettina an den Händen, worauf diese zu schreien begann. Lass mich hinaus, lass mich hinaus! Anne sprang aus dem Wagen, dessen Lichter noch immer brannten, zwei Segmente in die Schneenacht schnitten. Sie öffnete auf Bettinas Seite die Tür und zerrte die Tobende

aus dem Wagen ins Freie, die sich sogleich auf sie stürzte. In einem kurzen heftigen Ringkampf gelang es Anne, Bettina in den Schneematsch zu drücken und sie festzuhalten. Bettinas Körper bebte, Schweiss rann über ihre Stirn, die Augen schienen starr, blicklos. Die beiden Frauen verharrten in dieser Stellung, Schnee fiel, langsam spürte Anne, wie sich der Körper unter ihr beruhigte. Sie half Bettina aufstehen, geleitete sie zum Wagen.

Anne fuhr langsam die kurvenreiche, steile Strasse hinan; Bettina lag erschöpft auf dem Nebensitz. Kurz nach dem Ortsschild von Wassen lenkte sie den Wagen direkt vor die Eingangstür des Hotels Gemsstock. Der herbeigerufene Portier half ihr, Bettina zu stützen und auf ein Zimmer zu bringen. Der Arzt war nach wenigen Minuten da.

Anne blieb allein in der fast leeren Hotelhalle zurück, setzte sich in einen der Stühle, rauchte.

Nach einer halben Stunde kam der Arzt zurück. Er sprach wenig, stellte ein Rezept aus, bat um die Adresse von Bettinas Hausarzt, den er benachrichtigen wollte. Gegen eine Weiterreise und ein paar Tage Aufenthalt im Tessin habe er nichts einzuwenden. Er werde eine weiterführende Behandlung durch den Hausarzt veranlassen. Annes Frage nach Ursachen dieses Zwischenfalls wich er aus, nicht ohne eine vielsagende Geste, die Anne beängstigte.

Als der Arzt gegangen war, telephonierte Anne den Freunden im Tessin, sie würden diese Nacht nicht mehr eintreffen, eine Weiterfahrt sei wegen des starken Schneefalls zu gefährlich.

Bettina schlief schon, als Anne das Zimmer betrat. Ihr Gesicht, obwohl bleich, wirkte gelöst, friedlich. Anne streichelte mit den Fingerspitzen Wangen und Stirn Bettinas.
Nachdem Anne einige Minuten neben der schlafenden Bettina gelegen hatte, stand sie noch einmal auf, zog sich an und ging nach unten. Nur im Treppenhaus brannte noch Licht.
Sie trat ins Freie. Noch immer fiel Schnee. Sie ging zwischen geparkten Autos hindurch, drückte sachte ihre Füsse in die unberührte Schneehaut, schritt langsam über den verschneiten Vorplatz zur nahen Hauptstrasse, der sie, nach kurzem Zögern, Richtung Gotthard folgte. Jetzt zu Fuss über den Gotthard bei diesem Schnee, dachte sie, allein auf der Strasse mitten in den Bergen. Gehen, gehen im Schneetreiben bis zur Erschöpfung, irgendwo am Strassenrand sich niederlassen, einschlafen mit den fallenden Schneeflocken. Als kleines Mädchen hatte sie sich oft in den Schnee gelegt, in die fallenden Flocken geblickt, die herunterwirbelten, ihren kleinen Körper langsam zudeckten. Sie kam sich dabei wie das Sterntalermädchen vor, ein Märchen, das sie über alles geliebt hatte.
Beim grossen Wegkreuz in der Ortsmitte blieb sie stehen, rechts zweigte die Sustenstrasse ab, die ins Meiental führte. Schnee lag auf den beleuchteten blauen Wegweisern.
Anne schlenderte weiter geradeaus, rechts und links die dunkelbraunen Holzhäuser mit den steilen Dächern, den niedrigen, tief eingelassenen

Fenstern. Kein Licht, überall geschlossene Läden. Bei der letzten Strassenlampe blieb sie stehen. Der Schnee fiel wieder dichter. Die Strasse verlor sich in der Dunkelheit; über den ansteigenden weissen Flächen drohten die massigen schwarzen Berge. Berge, die ihr immer als etwas Bedrohliches erschienen.

Anne fröstelte. Der Gedanke an die schlafende Bettina ängstigte sie. Eine quälende Ungewissheit ergriff sie. Wieder der Gedanke, unausweichlicher diesmal, bohrender, drängender, Bettina könnte krank sein, süchtig. Optalidon, Ergo Sanol, sie hatte das nicht ernst genommen. Alle in der Apotheke hatten solches Zeug geschluckt, Preludin, Jonamin, Menocin, Amphetamin pur, Abmagerungsmittel, die den Appetit nahmen und Schwung gaben. Zum Dämpfen gab es Lexotanil, Valium, Seresta. Und manchmal tranken sie auch: Rotwein, Schnäpse, ungewöhnlich war das nicht. Schon bei Mühlhaupt hatten sie häufig einen gekippt nach der Arbeit.

Zum erstenmal war Anne beunruhigt. In letzter Zeit war Bettina häufig betrunken gewesen, hatte auch manchmal Tabletten geschluckt. Anne hatte es Bettinas Seelenkoller zugeschrieben und nichts weiter gefragt. Nun liess sich der Gedanke, dass da etwas nicht stimmen könne, nicht mehr verdrängen. Einzelheiten, lange nicht beachtet, fanden auf einmal Bedeutung: die geröteten Augen Bettinas, die oft unkontrollierten Bewegungen, die Angstzustände, von denen sie sprach.

Sie hatte das Dorf längst verlassen, erschrak, als sie sich allein draussen in der Schneelandschaft fand.

II

– Ja, morgen, bestimmt, morgen werde ich dich besuchen, so gegen sechs. Ich werd's schon finden. Mach dir keine Sorgen. Bis morgen. Anne legte den Hörer auf die Gabel zurück, stand eine Weile unschlüssig, sah ihr Gesicht im blassen Spiegel, der neben dem Telephon hing, ein altes Stück aus der Brockenstube, voller Punkte, ein dunkelbrauner Rahmen, von dem der Goldlack abfiel. Mein Gesicht ist grau geworden, dachte sie, ging näher an den Spiegel heran, legte die Hände an die Wangen, schloss die Augen. Sie hörte nochmals die Worte vom anderen Ende des Drahtes, sie hatten unterwürfig geklungen, so demütig, ungewöhnlich für den Menschen, zu dem sie gehörten: Komm, ich würde gern mit dir sprechen. Es ist kalt hier, so entsetzlich kalt.
– Ach was, du übertreibst, das ist nur der Anfang, du wirst dich schon einleben. Nur nicht gleich den Kopf hängen lassen, Betti, es wird schon werden. Sie erschrak über die Oberflächlichkeit der Worte, die sie am Telefon gesagt hatte, so, als würde sie selbst daran glauben. Nur keine Pause eintreten lassen, nicht dieses peinliche Schweigen, hatte sie gedacht, sie soll nicht spüren, wie hilflos ich mir vorkomme, ich muss ihr Mut machen, also irgendwas sagen, reden. Sie neigte ihr Gesicht näher an den Spiegel, gewahrte die feine Staubschicht auf dem Glas, das sie mit der Nase berührte. Was für ein Gesicht. Sie blähte ihre Wangen auf, sah wie die Augen hervorquollen: eine Fratze, ein Gespenst.
Draussen fiel Dämmerung ein. Dunkel standen

die Bäume vor dem Abendhimmel, gefallenes Laub. Nachsommer. Nebel zog auf. Anne öffnete das Fenster, graue Schwaden, die ihre Kleider durchdrangen, die Lungen füllten: Kälte. Es ist kalt hier, so entsetzlich kalt. Sie schloss das Fenster, setzte sich, zog die Knie an, legte die Arme darum. Ihre Zunge fühlte sich klebrig an, ausgetrocknet Gaumen und Mundhöhle. Minuten später stand sie auf, ging in die Küche, stellte Wasser auf die Platte, um sich Tee aufzugiessen. In der Küche die übliche Unordnung: auf dem Tisch das Geschirr vom Vortag, verkrustete Speiseresten klebten an den Tellern, in der Bratpfanne war die Sauce mit einer dünnen Haut überzogen, aus der ein Fleischstück aufragte.

Sie nahm den rotgeblumten Krug aus dem Schrank, einen Blechkrug aus Jugoslawien, schüttete aus dem Earl-Grey Teepäckchen – Martin hatte es bei Harrods gekauft, als er im vergangenen Herbst in London gewesen war – das dunkle Teekraut, dessen Geruch sie immer in Schweiss ausbrechen liess, in den Krug und goss Wasser darüber.

In der Stube setzte sie sich mit dem Teekrug in eine Ecke auf den Boden, schlürfte, die runde Tasse mit beiden Händen umfassend, den Tee in kleinen Schlucken. Sie erschrak, als das Telephon klingelte, wollte aufstehen, blieb, nach einer Weile des Zögerns, sitzen, hielt mit den Händen die Ohren zu. Minutenlang.

Sie kannte Bettina seit Jahren, seit der gemeinsamen Zeit als Apothekerhelferin in Mühlhaupts

Schwanenapotheke. Fast drei Jahre hatten sie dort zusammen gearbeitet, dann war Bettina in die USA gereist. Und nun war sie zurückgekehrt, und sie hatten sich wieder getroffen.
Wir sind so oft zusammen gewesen und ich habe nicht gemerkt, wie krank sie ist, dachte Anne.
Als wollte sie flüchten, trat sie in den Garten hinaus, dessen Grün überhand nahm; die Brombeerstauden hatten den Drahtzaun überwuchert, letzte Beeren hingen zusammengeschrumpft in den Dolden, auch die Pflaumenbäume hatten überall ausgeschlagen, Strauch um Strauch gebildet, verworren und zügellos. Die Johannisbeersträucher trugen längst keine Beeren mehr, zuviel Grün; auch die Reben waren nicht ausgebrochen worden dieses Jahr, schlangen sich wild um die Pfähle und Drähte; überall Brennesselstauden, Unkraut, hohes Gras, schilfartig verdorrt; auch in dem kleinen Gewürzgarten, den Anne letztes Jahr angelegt – Salbei, Majoran, Thymian, Peterli, Schnittlauch hatte sie gepflanzt, um frische Gewürze zu haben –, war Gras gewachsen, nur der Rosmarinstrauch war geblieben, verholzt die kleinen Äste, die Rhabarberblätter waren wie Siebe durchlöchert, faulten ab. Noch vor zwei Wochen hatten sie und Bettina hier gesessen und hatten geplaudert, gelacht, getrunken bis tief in die Nacht hinein.
Anne setzte sich unter die Lärche: unten schwamm das Reusstal in einem milchigweissen Dämmerdunst, aus dem sich schwach die Jurahöhen abhoben, blau und konturlos.
Vor sieben Jahren war sie in dieses Haus gekom-

men, die Lärche hatte noch nicht gestanden, auch die Brombeerhecke nicht; und der Pflaumenbaum war noch ganz klein gewesen. Sie hatte gepflanzt, Furchen gezogen, Knollen in die Erde gelegt. Sieben Jahre: das Grün war gross geworden, weit, hatte den Regenstürmen getrotzt, dem hohen Schnee im Winter. Sie liebte dieses wilde ungeordnete Grün. Sie liebte dieses alte Bauernhaus auf dem bewaldeten Hügelzug zwischen Reuss- und Limmattal. Es war ein Haltepunkt, ein Stück Heimat in ihrem unruhigen Leben geworden.

Und dennoch, sie hatte entschieden, sie würde weggehen, obwohl dieser Gedanke Schmerz hervorrief.

Anne kehrte zurück ins Haus, schaltete das Licht ein, setzte sich, langsam, unschlüssig, an den runden Holztisch, las noch einmal den Brief Bettinas:

Liebe Anne,

ich finde nirgends mehr Ruhe, bin nervös, traurig, zerrissen, voller Unruhe. Ich fühle mich geteilt, gespalten, so richtig schizo, weiss es und kann nichts dagegen tun. Manchmal habe ich das Gefühl, wirklich verloren zu sein, vorbei zu sein, keine Realität mehr zu sehen, nichts mehr. Ich möchte nur noch dasitzen, keine Aktivitäten mehr zeigen, nichts tun, einfach nichts, vegetieren, mich berauschen, besaufen, lieben, mich irgendwo in einem Zimmer einschliessen, tage-, wochenlang, bis der Körper ausgelaugt ist, zerstört, aus und Schluss. Angst vor Leuten, Angst vor mir selber, kein Vertrauen zu mir, nichts, nichts, einfach nichts. Ich

werde wahnsinnig, und möchte normal sein, ein Zuhause haben, einen Mann vielleicht, ein Kind, einen Haltepunkt haben, eine Richtung. Das tönt so lächerlich alltäglich, ich weiss.
Aber ich glaube nicht mehr an mich, das ist das Schlimmste, ich weine, ich schreie, niemand hört mich, nicht einmal ich selber, ich betäube mich mit Alkohol, mit Tabletten, was bleibt ist Leere, Leere. Lasst mich, lasst mich, lasst mich alle, auch du.

Anne legte den Brief aus der Hand, zündete eine Zigarette an. Seit vier Tagen war Bettina fort. In der Klinik. Für vier Wochen, hatte der Arzt gesagt. Betrachten Sie es als Ferien, Sonderferien auf Kosten der Krankenkasse.
Bettina war verzweifelt gewesen. In die Klapsmühle, die bringen mich in die Klapsmühle, die verlochen mich ein für allemal. Ich komm da nie wieder raus. Sag doch etwas. Versprich, du holst mich raus.
Anne hatte es versprochen; sie hatte nach Worten gesucht, die Bettina aufheitern würden. Es war ihr nicht leicht gefallen, sie wollte nicht lügen, nicht zu Floskeln Zuflucht nehmen, Bettina das Gefühl geben, sie sei nicht allein. Aber auch für Anne war die Einweisung Bettinas in die Klinik eine Überraschung gewesen. Sie hatte gehofft, die psychiatrische Behandlung, in welcher Bettina seit jener Reise ins Tessin steckte, würde helfen. Anne war über Weihnachten in Venedig und später zwei Monate in Spanien gewesen und hatte wenig von Bettina gehört. Ich muss in die Klinik, hatte sie wenige

Tage nach Annes Rückkehr gesagt. Anne hatte versucht, mit Bettinas Eltern zu reden. Mit einer Mischung aus Demut und Verzweiflung hatten Karl und Anna Hauri die Mitteilung aufgenommen. Ihre Tochter in einer psychiatrischen Klinik. Unter lauter Verrückten. Nein, das sei doch zuviel, eine Schande, im ganzen Städtchen werde man davon sprechen. Überall würden sich die Leute nach ihnen umdrehen, tuscheln, die Hauris, die mit der verrückten Tochter. Kein Wunder bei den Eltern ... Die Hauris gehörten zu den Menschen, die nicht gerne auffielen. Leicht war das nicht in Mellingen, diesem Kleinstädtchen an der Reuss, mit seinen knapp 4000 Einwohnern. Die Stadt war zweigeteilt: an die gut erhaltene Altstadt mit den vielen, meist billigen Altwohnungen, die allerdings Zug um Zug renoviert und zu teuren Luxuswohnungen umgebaut wurden, grenzte das Neumattquartier, Abfall der Hochkonjunktur: Einfamilienhäuser, Wohnblocks, Eigentumswohnungen, auch ein Shopping Center, ein ziemlich ungeordneter, architektonischer Wildwuchs, orientiert an Zweckmässigkeit und schnellem Profit. Nachdem Karl Hauri wegen seiner Krankheit das Restaurant hatte aufgeben müssen, war er mit Frau und Tochter hierher gezogen und hatte im Neumattquartier ein Einfamilienhaus erstanden, wollte hier, in neuer Umgebung, sein Frührentnertum ohne die Last ständiger Beargwöhnung seiner ehemaligen Gäste und Mitarbeiter, die an der Ernsthaftigkeit seiner Krankheit zweifelten, er empfand es jedenfalls so, zu bewältigen versuchen.

Karl Hauri war Asthmatiker seit seinem sechsundvierzigsten Lebensjahr, hatte zehn Jahre die Wartezimmer sämtlicher Spezialisten kennengelernt, unzählige Kuren und Spitalaufenthalte hinter sich gebracht, ein unüberschaubares Arsenal von Medikamenten geschluckt, was den Körper im Laufe der Zeit derart geschwächt hatte, dass er mit 56 nach einem Kreislaufkollaps und halbjährigem Spitalaufenthalt von den Ärzten zum Frührentner erklärt worden war.
Für Karl und Anna Hauri kam die Nachricht von der Einweisung Bettinas in eine Nervenheilanstalt überraschend. Anne hatte sie zu beschwichtigen versucht.
Anne war froh, dass Bettina wenigstens die Stelle bei Crossmann behalten konnte. War Bettina krank? Auch Anne stellte sich die Frage. Eine Antwort fiel schwer. Was war das überhaupt, Kranksein? Anne hatte darüber nie nachgedacht. Sie hatte den Leuten, als sie noch in der Apotheke gearbeitet hatte, ihre Heilmittel gegeben, zu diesem und jenem geraten, Pillen, Fläschchen, Extrakte, Salben, Öle. Die Gestelle waren voll, die Auswahl gross, keiner, der die Apotheke ohne Mittelchen gegen sein Wehweh verliess. Wie oft hatten sie gelacht über das, was sie den Kunden verkauften. Anne selber war nie krank gewesen, ausser ein paar Kinderkrankheiten, Mumpf, Masern, wilde Blattern, später manchmal Halsweh oder Schnupfen. Sie hatte Kranksein nie als Bedrohung empfunden. Gelegentliche Spitalbesuche bei Freunden und Bekannten hatten daran nichts

geändert. Für den frühen Tod ihrer Mutter hatte es eine einfache Erklärung gegeben, ein Tod, der ihr nicht sehr nahe gegangen war, da sie zu Mutter nie eine enge Beziehung hatte. Bettina hatte ein anderes Verhältnis zu ihrer Mutter, ein schwieriges, sagte sie immer wieder.

Anne musste wieder an den langen Traum denken, den Bettina ihr erzählt hatte.

– Ich war allein mit Mutter in unserer Wohnung. Diese lag eigenartigerweise im 5. Stock, war düster; überall an den Wänden hatte es Schlingpflanzen, die sich um Möbel und Bilder wanden, viel grösser als unsere Zimmerpflanzen zu Hause, aussen, gegen den Fluss hin, war ein Balkon, der jederzeit einstürzen konnte, weil das Holz angefault schien und rissig.

Dämmerlicht draussen, unten die Strasse mit vielen Lichtern, Autos; daneben, ohne Wellen, glänzend wie ein Fell, der Fluss, klar das Wasser, nicht tief.

In einer Ecke des Zimmers sass Mutter, sass abwesend da, in sich gekehrt, unfähig, eine meiner Fragen zu beantworten. Sie las mit einer Lupe im Telephonbuch. Ich stand vor ihr, sprach sie an, schüttelte sie, schrie. Doch keine Bewegung, keine Antwort.

Plötzlich klingelte das Telephon, und ich hatte das Gefühl, dass ich mich nicht melden dürfe, tat es nach einer Weile aber doch. Am andern Ende der Leitung war ein Jugendfreund aus unserem Dorf, der vor zwei Jahren bei einem Autounfall ums Leben gekommen war. Er wollte sich mit mir verab-

reden. Während ich nach einer Ausrede suchte, öffnete ich die Türe zur Speisekammer und hatte plötzlich eine grosse glänzende Ratte am Bein. Sie war aggressiv, kletterte an mir hoch, riss mir Wunden ins Fleisch und war nicht wegzubringen. Aus ihrer Ecke sagte Mutter, was ich denn für seltsame Flecken am Körper hätte, das komme sicher vom Rauchen und vielen Alkoholtrinken.
Ich bat den Mann, doch später anzurufen, ich hätte nämlich eine Ratte am Bein. Er lachte nur, meinte, es sei eine Ausrede, worauf ich immer verzweifelter und ohne Erfolg ihm klarzumachen versuchte, dass es keine Ausrede sei.
Plötzlich sah ich eine zweite, dann eine dritte Ratte, schliesslich war das ganze Zimmer voller Ratten. Ich hatte eigentlich keine Angst, ekelte mich aber, besonders als ich sah, dass ihnen etwas Lebendiges zum Maul heraushing, das wie schwarze Würmer aussah. Bei näherem Hinsehen entdeckte ich, dass es keine Würmer, sondern Mäuse waren. Ich erschrak: mein Gott, die frassen ihre Artgenossen.
Mutter war aufgestanden, steckte sich Blumen und Schlingpflanzen ins Haar und begann Kinderlieder zu singen. Ich wusste, ich musste die Tiere töten, brachte es aber nicht fertig, weil viele Junge darunter waren, schön, mit glänzenden schwarzen Augen. Einen Moment dachte ich daran, sie aus dem Fenster in den Fluss zu werfen, wusste aber gleichzeitig, dass ich das Geräusch, das die kleinen Körper machten, wenn sie auf dem Wasser aufklatschten, nicht ertragen würde.

Ich dachte an die Feuerwehr, musste aber auch diesen Gedanken fallen lassen, denn Uniformierte mit Giftspritzen, das hätte ich, fuhr es mir durch den Kopf, gleichfalls nicht ertragen.
Dann fielen mir meine Katzen ein. Die kleine Graue, meine Lieblingskatze, erschien in der Tür, ganz dünn, als ob sie nass wäre; sie schlich unter den Ratten umher. Dann sah ich auf dem Dach meine andern drei Katzen auf dem Rückzug vor einer riesigen Rattenmenge. Ich nahm die Haarbürste und schlug wahllos auf die Ratten ein. Die grosse Katze, der Kater, fing jammervoll zu mauzen an. Ich kniete hin, wollte ihn streicheln, sah plötzlich zu meinem Entsetzen, dass er kein Hinterteil mehr hatte, nur noch Kopf, Hals, Schultern, der Rest war fein säuberlich abgenagt. Er mauzte noch einmal und kippte dann zur Seite. Ich suchte ihn in allen Papierkörben, um ihm Adieu zu sagen, fand ihn aber unter dem vielen Papier nicht mehr. Ich schrie zum Fenster hinaus, doch die Leute, die draussen vorbeizogen, lachten und meinten, die Schweiz sei ein sauberes Land, da gäbe es doch keine Ratten mehr.
War das der Anfang gewesen, dachte Anne wieder, diese Träume und Briefe, in denen Bettina von Angst sprach. Wann hatte sie das zum erstenmal getan? Nach der Geschichte mit Jacques? Nein, schon früher, als Gabi ausgezogen war. Oder schon nach der Rückkehr aus den USA? Anne konnte sich nicht erinnern.

Bettina erwachte, rieb sich die Augen, setzte sich auf. Eine grelle Helligkeit lag im Zimmer. Auf dem Nachttischchen stand das halbgefüllte Wasserglas, in dem sich über Nacht kleine Luftblasen gebildet hatten, das zudem, was sie ekelte, am Rand fettig verschmiert war. Sie kam sich fremd vor, ausgesetzt, fröstelte ein wenig, schüttelte sich, um die Schlaftrunkenheit loszuwerden. Auf dem Schrank sah sie ihre beiden Koffer stehen, erinnerte sich, dass sie gestern, oder war es vorgestern gewesen, mit ihren Eltern hierhergefahren war.

Sie schloss die Augen, als wollte sie das Frühlicht, das durch die Scheiben drang und die eintönige Helligkeit des Zimmers, helle Möbel, weisse Wände, noch verstärkte, nicht einlassen. Aber hinter den geschlossenen Augen wurde das Bild des Zimmers noch deutlicher, gewannen die wenigen Gegenstände, Bett, Stuhl, Tisch, Spiegel, Lavabo, überdeutliche Konturen, wirkten abstossender, als sie es in Wirklichkeit waren. Kein typisches Klinikzimmer hatte Bettina beim ersten Anblick gedacht: ein roter Spannteppich kontrastierte zu den weissen Wänden, farbiges Bettzeug und ein buntes Tischtuch verstärkten diese Wirkung.

Wieder musste Bettina an ihre Katzen denken, die sie zu Hause gelassen hatte. Ihre vier Katzen, die jetzt ums Haus streichen und sie suchen würden. Mitzi würde auf dem Fensterbrett stehen, den Kopf an die Scheibe geschmiegt.

Und noch einmal ging Bettina den Weg zurück zum Elternhaus. Sie würde diesen Spätsommertag nicht so rasch vergessen. Hoch stand das Maisfeld am Ausgang des Städtchens, gegen Wohlenschwil zu, am Himmel ein paar Wolken, Blumen im Garten und die Katzen, die um sie herumstrichen. Und neben der Haustür lagen die Koffer, die seit zwei Tagen vollgepackt in der Küche neben dem Herd gestanden hatten. Der eine war gross, aus rotem Kunstleder, mit einem leicht angerosteten Verschluss – von der Feuchtigkeit des Kellers, hatte Vater gesagt, der immer nach einer Erklärung suchte und meist auch eine fand –; zwei Lederriemen verhinderten bei aufschnappendem Schloss, dass der Koffer aufsprang und der ganze Inhalt auf den Boden kollerte, ein Gedanke, der ihr einen solchen Schrecken einjagte, dass sie zusätzlich zwei Schnüre umgebunden hatte. Der andere Koffer war klein, aus Segeltuch, und auf beiden Seiten mit Etiketten von Ferienorten vollgeklebt: Kandersteg, Bristen im Maderanertal, Brissago, Flims, Monte Brè.

Zur Erinnerung, hatte die Mutter, die die Etiketten jeweils gekauft und sorgfältig aufgeklebt hatte, gesagt, zur Erinnerung an eure Kindheit. Wenn ihr einmal gross seid, könnt ihr euch an die Ferien erinnern, die die ganze Familie gemeinsam gemacht hat; und ihr könnt euren eigenen Kindern davon erzählen und mit ihnen eure Lieblingsorte noch einmal aufsuchen. Mutter hatte es gut gemeint, aber, ja eben, es war lange her seit sie zum letztenmal gemeinsam Ferien gemacht hatten. Seit Vater krank geworden war, waren sie nie mehr weggefahren.

Sie wäre lieber mit Anne in die Klinik gefahren, aber Vater hatte darauf bestanden, sie hinzubringen. Nein, das hatte er sich nicht nehmen lassen. Er wäre beleidigt gewesen, hätte geschwiegen, schmollend und voller Vorwürfe im Gesicht. Sie konnte dieses Gesicht nicht ertragen.

Anne war noch gekommen. Sie hatten Tee getrunken, draussen am runden Blechtisch, ein warmer Tag, mildes Licht, das sich im Fluss spiegelte. Sie wäre gern noch ein paar Stunden mit Anne allein gewesen. Doch Vater und Mutter, die reisefertig waren, hatten sich zu ihnen gesetzt und niemand hatte so recht gewusst, was reden. Anne war dann gegangen. Die Fahrt im Auto mit den Eltern: Schweigen, das Mutter durch Ermahnungen unterbrach, durch Ratschläge und Worte, die trösten sollten.

Mit Anne wäre das anders gewesen: sie hätten gelacht, geblödelt, wie sie es manchmal taten, wenn sie alles ankotzte: diese Scheisswelt, diese Scheissmänner, dieser Scheissjob. Blödeln, saufen, rauchen, damit hatten sie sich oft geholfen, sich über manche Katerstimmung hinweggemogelt. Anne konnte umwerfend komisch sein, wenn sie Fratzen zu schneiden begann und ihr rundes Gesicht so aufblähte, dass die Augen hervorquollen, und den Mund seitwärts verzog, dazu grinste und mit den Ohren wackelte. Vielleicht hätten sie auch geschwiegen. Bei Anne hätte sie sich aufgehoben gefühlt in diesen letzten Stunden. Stattdessen die Fahrt mit den Eltern: Vater am Steuer, verkrampft, ängstlich, schon längst kein sicherer Autofahrer mehr, er fuhr nur noch selten, ein- oder zweimal die Woche mit Mutter ins Shopping Center, gelegentliche Verwandtenbesuche. Weite Fahrten unternahm er nicht mehr, seit er Rente bezog. Mutter sass neben ihm, drehte sich dauernd nach Bettina um, bat zum hundertsten Mal, Bettina möge häufig anrufen, am besten jeden Abend, so um acht sei günstig, dann sitze Vater noch vor dem Bildschirm: Tagesschau.

Wenn sie doch geschwiegen hätte. Bettina war die Fahrt lang vorgekommen. Und als sie endlich in der Klinik waren, hatte Mutter nicht gehen wollen, den längst fälligen Abschied immer wieder hinausgezögert, bis die Schwester sie regelrecht hinauskomplimentiert hatte, höflich, aber bestimmt.

Jetzt würden die Eltern zuhause sitzen in ihrem Einfamilienhaus, in dem es immer nach Kampfer roch und sauren Gurken. Wie fremd mir meine Eltern geworden sind in den letzten Jahren, dachte Bettina. Sie fühlte eine sonderbare Enge, wenn sie sie an den Wochenenden besuchte. Vater, den die Krankheit immer stumpfer, eigensinniger werden liess, der wie ein Toter durch das Haus geisterte, wenig sprach. Bettina blieb oft nur für Stunden, ging wieder, mit einem schlechten Gewissen. Was war aus ihren Eltern geworden, warum ertrug sie ihre Gegenwart immer weniger? Die Frage quälte sie. Sie kam sich undankbar vor, egoistisch.

Und doch: es nervte sie, machte sie aggressiv, wenn sie sah, wie sie sich in ihren vier Wänden einpuppten wie zwei Sträflinge, die sich nur noch quälten. Im Städtchen hatten sie keine Freunde und Bekannte gefunden, weil sie auf Distanz gingen; um ehemalige Freunde kümmerten sie sich nicht. Was sollen diese gegenseitigen Einladungen, sagte Mutter, das kostet bloss Geld. Es wird ja ohnehin nur gegessen den ganzen Abend.

Seit sie das Restaurant nicht mehr hatten, schien Mutter vom Sparteufel besessen, obwohl Sparen überhaupt nicht nötig gewesen wäre. Sie hatten sich in den vergangenen Jahren genug Geld zurückgelegt, Vater bekam seine Rente, arbeitete halbtagsweise im Denner-Verteilerzentrum Mägenwil als Würsteabpacker. Er trank jetzt billigen algerischen Rotwein, der wie Essig schmeckte, aber für einsachtzig per Liter zu haben war.

Bettina schämte sich, wenn sie an Wochenenden kam und sah, wie sehr Mutter bei allem, was sie kaufte, auf den Preis achtete, kleinlich jeden Rappen umdrehte, bevor sie ihn ausgab. Das Essen war nicht einfach, wie Mutter sagte, es war ungesund und einseitig, dreimal die Woche Cervelat, Teigwaren, wenig Gemüse.

Und Mutter erklärte Bettina stolz, wie wenig Haushaltsgeld sie brauche, sie und Vater seien eben anspruchslos, wozu noch gross kochen für zwei alte Leute. Bettinas Einwand, wie ungesund das sei, und wie gemütlich es sein könnte, hin und wieder ausgiebig zu essen bei einem guten Glas Wein, wollte Mutter nicht gelten lassen. Früher hatte Mutter es noch geliebt, manchmal üppig zu essen, sie war eine gute Köchin, wusste die Spei-

senfolge gut abzustimmen, mehrere Gänge. Für Bettina war eine gewisse Feierlichkeit mit solchen Mahlzeiten verbunden gewesen.
Das gab es jetzt nicht mehr. Bettina fühlte sich unbehaglich, eingeengt, beschämt. Oft zog sie sich dann stundenlang auf ihr Zimmer zurück, mit schlechtem Gewissen, weil sie die beiden Alten allein unten wusste und sie doch der einzige Besuch war, der sich noch einfand, seit der Bruder ausgewandert war, die einzige Abwechslung in einem monotonen Leben.
Bettina setzte sich im Bett aufrecht, trank einen Schluck Wasser, sah die beiden Koffer auf dem Kasten, sie konnte vom Bett aus die Namen auf den Etiketten lesen. Mutter hatte absichtlich den Koffer mit den Etiketten vorn hingestellt und gelacht, verlegen gelacht, wie Bettina herauszuhören glaubte.
Die eine Etikette, ganz aussen am Koffer angebracht, hatte sich leicht gelöst: Kandersteg stand in roten Buchstaben vor blauem Grund.
Damals war sie neun Jahre alt gewesen, sie hatten noch in Kirchleerau gewohnt, sie erinnerte sich genau, sah das Nummernschild vor sich, dessen Zahl jedes Jahr anders gefärbt war. 1963 war sie gelb gewesen, auf silbergrauem phosphoreszierendem Grund war gelb eingesprengt: AG 1963. Das Gelb der Nummer passte gut zu Vaters schwarzem „Engländer", so nannte man dieses Fahrradmodell, das einen geschlossenen Blechkettenkasten und den breiten Ledersattel hatte, aber

längst aus der Mode gekommen war. Vorn auf der Stange zwischen Lenker und Sattel hatte Vater ein Aluminiumsitzchen montiert, auf dem sie mitfahren durfte, wenn er Waren austrug, die er in einer grossen, um den Rücken gehängten Zaine mitführte. Sie war gern mit Vater ausgefahren. Er hatte immer viel zu erzählen gewusst während der Fahrt, sie schien so eng mit ihm verbunden auf dem Fahrrad, spürte seine Nähe wie nie sonst, hörte seinen keuchenden Atem über sich, wenn eine Steigung die Fahrt verlangsamte.

Es klopfte. Die Schwester trat ein, zog die Vorhänge zurück. Haben wir gut geschlafen? fragte sie, lächelte Bettina zu, die sich noch immer müd, schlaftrunken fühlte und rasch ein O ja, danke, flüsterte. Die Schwester war eine schlanke Frau von vielleicht dreissig Jahren, mit einem runden, etwas fleischigen Gesicht, das ohne Bewegung blieb, wenn sie ihre Standardsätze vorbrachte, als stammten sie von einem im Innern versteckten Tonband. Kleiden Sie sich an, Fräulein Hauri, in einer halben Stunde wird gefrühstückt.

Bettina wusste es. Man hatte ihr, kurz nach ihrer Ankunft, eine Hausordnung in die Hand gedrückt. Sie verstand noch nicht alles, was da verzeichnet war: Gruppentherapie, Einzelanalyse, Aktivierungstraining, Kreativitätsschulung.

Eine Patientin, Maggie, die sie durch Räume geführt und ihr, der Neuen, alles erklärte, hatte zwar vage Angaben über das gemacht, was Bettina zu gewärtigen hatte. Wichtige Zeiten wie Frühstück

und Therapiebeginn waren doppelt unterstrichen. Und zweimal stand der Satz: „Man bittet um Pünktlichkeit." Die Stimmung erinnerte sie an ihre Internatszeit. Mit fünfzehn Jahren hatten die Eltern sie in ein katholisches Mädcheninternat geschickt, das Collegio St. Anna in Lugano. Auch hier hatten Pünktlichkeit und Disziplin im Vordergrund gestanden. Von morgens früh bis zum Schlafengehen immer die schrille Hausglocke, die alle Tätigkeiten lenkte: Um sechs das Aufstehen, Waschen, dann Frühmesse, Frühstück, immer die Hausglocke, den ganzen Tag über bis zum Lichterlöschen um halb zehn. Zweimal war Bettina davongelaufen. Einmal war sie bis Locarno gekommen und dann zu Fuss nach Ponte Brolla. Dort hatte sie in einem Heuschober übernachtet. Im Internat hatte sie zum erstenmal ein Tagebuch geführt, Zwiegespräche mit einem erfundenen Geliebten, den sie Romeo nannte und ihm alles anvertraute, was sie litt unter der strengen Zucht der Ordensschwestern. Es war viel. Im Internat hatte sie vor lauter Betenmüssen das Beten gründlich verlernt. Ich bin, hatte sie ihrem Romeo gebeichtet, richtig ungläubig geworden, ein Gott, der solche Schwestern duldet, kann nicht gut sein.
Auch diese Wochen würden vorübergehen müssen. Bettina seufzte, stellte sich vor den Spiegel. Das Gesicht kam ihr müd vor, wie das einer alten Frau.
– Nun machen Sie vorwärts, Fräulein Hauri. Die Stimme der Schwester verriet Ungeduld. Und

denken Sie daran, das Bett wird erst nach dem Frühstück gemacht. Dann aber ordentlich. Und noch etwas: Tagsüber sollen Patienten nicht auf den Betten liegen. Bettina stand noch immer vor dem Spiegel. Nachdem die Schwester gegangen war, wusch sie sich, machte das Haar zurecht, warf einen Blick durch das Fenster. Sie sah den leichten, langsam wie ein Gewand sich aufblähenden Nebel. Und in Gedanken trat sie aus dem Fenster, schwebte durch den Nebel. Und sie bestieg das Schiff, lehnte sich an die Reling, winkte. Und sie fuhr hinaus in die Meere, liess sich leiten vom Gischt der Wellen, fing die Winde im Haar, salzig feucht, herb. Sie ging durch die Strassen von Manhattan, kaufte sich bei Tiffany's ein Armband. Sie speiste mit den Fischern von Syrakus. Sie ritt durch den Gran Canyon, marschierte mit dem Vater die Reuss entlang …

Bettina trat vom Fenster zurück, schlug das kleine Notizheft auf, das ihr Anne geschenkt hatte und schrieb rasch ein paar Worte hinein: „Zum erstenmal bin ich hier erwacht. Zwei grosse Tannen stehen vor meinem Fenster. Ein Gewitter ist vorbeigezogen, nass und schwarz stehen die Bäume vor dem hellen Himmel. Die Grillen zirpen laut wie noch nie diesen Sommer. Mir ist, sie zirpten meinen Namen. Ich schau mir zu, wie ich durch den Garten gehe, mit der Haut die nassen Blätter streife, mit den Fingerspitzen sacht die Tropfen berühre, meine Wange an die Stämme presse. Langsam wird der Himmel blauer, die Bäume heller. Glokken läuten. Schwarz und hart sind die Konturen

der grossen Spinne im Fensterkreuz, reglos hängt sie da, an unsichtbaren Fäden."
Nach dem Mittagessen nahm Bettina den Vorschlag von Sarina an, einen Spaziergang zu machen. Sie verliessen die „Burg" durch den Park, nahmen den schmalen Feldweg, der zuerst ein Stück hügelan, dann den Waldrand entlang führte. Sarina, eine Frau mit langem tiefschwarzem Haar und schmalen Brauen über den grossen Augen, erzählte von ihrer Zimmernachbarin, die man gestern in eine geschlossene Klinik habe einliefern müssen, weil sie tagelang getobt und geschrien habe. Ein Rückfall: man hatte ihr eröffnet, sie könne die Klinik bald verlassen.
– Ähnlich ist es mir ergangen, erzählte Sarina, nach dem zweiten Kind konnte ich einfach nicht mehr so weitermachen, ich kam mit dem Haushalt nicht mehr zurecht, fühlte mich überfordert. Ich weiss auch nicht, woran das lag, soviel Mehrarbeit war das gar nicht mit dem zweiten Kind. Ich kann mir nicht erklären, was genau geschah. Ich wollte wie immer meine Arbeit so gut als möglich machen, für die Kinder sorgen, den Haushalt führen, Giovanni eine gute Frau sein, aber einfach alles lief schief. Ich hatte das Gefühl, mit all dem nicht mehr fertigzuwerden, eine Versagerin zu sein. Und so vieles staute sich an, Negatives aus meiner Ehe, das ich früher einfach übergangen oder verdrängt hatte, war plötzlich da, offen vor meinen Augen, nicht mehr wegzuschieben, als hätte es jemand für mich aufbewahrt und jetzt vor mich hingelegt, damit ich es nicht mehr verdrängen könn-

te. Jeden Tag bei meiner Arbeit sah ich all das, was in dieser Ehe nicht gestimmt hatte; wie ein Film lief es vor mir ab, Szene um Szene, oft Situationen, die schon Jahre zurücklagen, längst vergessen waren. Kleine Kränkungen, die ich hingenommen, Vorwürfe, die ich geschluckt hatte, scheinbar belanglose Alltagsszenen, wie sie in jeder Ehe vorkommen. Ich sagte mir, das sei Unsinn, rief gewaltsam andere Situationen aus der Erinnerung herauf, als müsste ich einen Gegenfilm montieren mit allen hellen Tagen. Aber es gelang nicht, immer war der schwarze Film da. Oft versank ich mitten am Tag in tiefe Melancholie, brachte die Kinder zu meiner Schwiegermutter, zog mich in die Wohnung zurück, schloss die Vorhänge, sass regungslos da, liess die Arbeit liegen. Manchmal kriegte ich auch Schwindelanfälle und Magenkrämpfe. Ich erzählte Giovanni davon, er meinte, das sei nicht so ernst, ich sei eben geschwächt von der Schwangerschaft, das werde sich schon wieder geben. Der Arzt, den ich aufsuchte, war ähnlicher Meinung, er verschrieb Tabletten, gab mir den Rat, hin und wieder auszuspannen, mich in nichts hineinzusteigern.

Doch die Schwindelanfälle kamen wieder und Angstzustände, weisst du, Angst, wie sie sich nicht beschreiben lässt. Du sitzt da, zitterst, wirst gequält, kannst nichts tun, wagst es nicht, auf die Strasse zu gehen oder jemand anzurufen.

Bettina sah Sarina an, sie gingen jetzt langsamer, Laub wirbelte durch die Luft, der Dunst war in Nebel übergegangen und hockte dickflüssig im Tal.

– Die Angstzustände wurden immer häufiger, fuhr Sarina fort, ich hatte das Gefühl, keine Kraft mehr zu haben, am Ende zu sein. Und oft fühlte ich eine ungeheure Wut, hatte Aggressionen gegen die Kinder, gegen Giovanni, gegen mich selbst. Die unmöglichsten Gedanken schossen durch meinen Kopf, wie ich sie nie für möglich gehalten hätte. Ich wütete gegen mich selbst, fiel nachts ausgelaugt, müde ins Bett und schlief dennoch unruhig, oft von Träumen gequält, die mich aufschreckten und stundenlang nicht einschlafen liessen. Und wie in einem Trancezustand versorgte ich tagsüber leidlich den Haushalt, eine Maschine, die nach aussen noch funktionierte, aber innerlich war ich ausgehöhlt. Und ich verzweifelte, weil niemand sah, was mit mir vorging, ich glaubte schreien zu müssen. Und eines Tages schlug ich alles kurz und klein. Nun bin ich acht Wochen hier und möchte nicht zurück zu Giovanni und den Kindern. Um keinen Preis. Aber das versteht er nicht. Niemand versteht das. Die Angst, dass alles bald wieder so sein wird, wie es vor meinem Wegzug war, ist so riesig gross, dass ich keine Chance sehe, es auch nur zu versuchen. Ich will nicht zurück.

Die letzten Worte schrie sie hinaus, trotzig, bestimmt, verzweifelt. Sie setzten sich auf eine Holzbank. Bettina fühlte eine Art Nähe zu Sarina. Mit ihr würde sie vielleicht von ihrer Angst reden können. Der Nebel kroch jetzt hügelan, es war kühl geworden. Sie standen auf, kehrten zur „Burg" zurück.

In der Zeit, die Bettina bis zum Nachtessen blieb, schrieb sie Anne einen Brief.

Liebe Anne,
Das nun also ist die Klinik, ein Haus, abseits von der Stadt, umgeben von Wiesen und Feldern. Hier soll ich leben, vier, fünf Wochen oder länger. Eine Mitpatientin, die mich durch das Haus geführt hat, meinte, das solle ich gleich vergessen mit den vier Wochen, unter drei Monaten komme niemand weg.
Die Räume sind sauber, man gibt viel auf Ordnung, Bilder hängen an den Wänden. Das Weiss, das sonst zu Kliniken gehört, fehlt fast ganz, das Pflegepersonal trägt braune Arbeitsschürzen, sogar die Ärzte verzichten auf die sonst üblichen weissen Berufsschürzen, die mir als Kind immer soviel Ehrfurcht eingejagt haben. Und dennoch geht von diesem Haus etwas Unpersönliches aus, das ich nicht so recht benennen kann. Liegt es an den hohen Räumen und Korridoren dieser alten Villa, an der Sauberkeit und Ordnung, am Glanz der polierten Linoleumböden, oder liegt es einfach an mir, dass ich mich so unwohl, ausgesetzt fühle?
Obwohl wir einen recht ausgefüllten Tagesplan haben, ist Warten unsere Hauptbeschäftigung: Warten auf die Mahlzeiten, Warten auf die Therapiestunden, auf die Arztvisite, die Beschäftigungstherapie, die Spielstunden, das Schlafengehen.
Manche sitzen stundenlang herum, an einem Fenster oder im Korridor, ohne etwas zu sagen, wie in Wartsälen eben.

Einige meiner Mitpatienten habe ich schon kennengelernt. Vera. Stell dir vor, die ist magersüchtig, isst einfach nichts, sie wiegt ganze 35 Kilo. Wir sprechen wenig zusammen, überhaupt wird wenig gesprochen. Das trägt wohl auch dazu bei, dass ich mich so fremd fühle.
Angefreundet habe ich mich mit Sarina. Sie ist älter als ich, 32, verheiratet. Sie erzählte mir ein wenig von sich. Natürlich interessiert man sich, warum der und jener hier ist. Klinikklatsch, meinte Sarina, aber es ginge eben nicht ohne, man muss ja die Zeit irgendwie totschlagen.
Sie hat mir auch einiges über die anderen Patienten erzählt. Wir sind im gesamten einundzwanzig, neun Frauen und zwölf Männer. Unter den Männern ist auch ein Grieche, der kein Wort Deutsch spricht, der hat schon dreimal den Teller mit dem Essen durch das Fenster geschmissen, oft schimpft er oder läuft weg. Sarina sagt, er sei erst zweiundzwanzig und verheiratet mit einer Siebzehnjährigen. Lustig sind die Besuche, die er bekommt: da scheint die ganze Sippe mitzukommen: Die sitzen dann um ihn herum, schwatzen, gestikulieren. Seine Frau hat lange schwarze Haare und ist knochig dünn, fast wie unsere Magersüchtigen.
Herr Kainas, so heisst der Grieche, hat oft Streit mit Herrn Winterberger, einem früh kahlköpfig gewordenen Mann, der schon zwei Selbstmordversuche gemacht haben soll. Ihn besucht manchmal seine Mutter, eine etwas rauhbauzige ältere Frau, die Härte und Tüchtigkeit ausstrahlt, ihm den Haarkranz kämmt, wenn sie kommt, das

Hemd richtet, frische Wäsche bringt, als sei er noch ihr kleiner Junge. Er tut einem leid, wenn man ihn so neben ihr sitzen sieht. Er ist verschlossen, spricht kaum mit jemand.

Du siehst, liebe Anne, das ist Klatsch. Nimm mir nicht übel, wenn ich dir davon schreibe, aber es ist mir wichtig, dich teilhaben zu lassen, es gibt mir Halt, an dich zu denken.

Liebe Grüsse
Bettina

Anne fuhr die abschüssige schmale Strasse hinauf, gewahrte auf der Hügelkuppe die Lichter, die wie mit Blechformen aus der Dunkelheit herausgeschnitten schienen. Die Gegend kam ihr öde und verlassen vor, unwirklich, düster, ein Gefühl der Schwere überkam sie, gegen das sie sich vergeblich zu wehren versuchte.

Es ist so unsäglich still hier, hatte Bettina geschrieben, und durch die Stille saust der Lärm in meinem Kopf: sie kommen wieder, denke ich, sie kommen die ganze Nacht. Manchmal, hatte sie geschrieben, gehe ich durch den Park und denke, wenn doch die Bäume reden würden, laut reden, um das zu übertönen, was in mir spricht.

Wie in einem Kriminalroman, dachte Anne, ein einsames Herrenhaus in einer gottverlassenen Gegend: eine Stimmung, wie sie sie aus den Büchern von Patricia Highsmith kannte, die selber in einem abgelegenen Haus, ausserhalb von Paris, wohnte. Anne hatte es einmal in einer Illustrierten abgebildet gesehen.

Vor zwei Jahren hatte Anne zusammen mit Martin im Tessin einen Maler besucht, der ähnlich verlassen zwei Stunden vom nächsten Dorf entfernt auf einer Alp wohnte und sich selbst versorgte. Früher habe er auf einer Bank gearbeitet und ordentlich Geld verdient, hatte er ihnen erzählt. Mit fünfzig habe er das aufgegeben, um nochmals vorn anzufangen, hier oben mit ein paar Ziegen und Schafen, einer Palette von Farben und einigen Pinseln. Die Einsamkeit sei kein Problem, wenn man wieder reden lerne mit dem, was um einen sei:

Pflanzen, Tiere, Farben, Töne, Gerüche. Seine Bilder waren riesige grell bemalte Flächen, auf die er kleine schwarze Figürchen und Ornamente einritzte. Wie japanische Tuschmalereien, dachte Anne, die darin wenig Originelles fand. Sie konnte nichts mit diesem Modetrend anfangen: Manager, die plötzlich Blumenzüchter wurden, aber doch irgendwo ein Bankkonto hatten, auf das sie zurückgreifen konnten. Nein, das war nicht nach ihrem Geschmack. Sie fand das unredlich, verlogen: zuerst dreissig Jahre ein Spitzengehalt kassieren, mitmischen mit denen da oben, mitquälen, mitrangeln, mitprofitieren von Leistungskalkül und Profitmaximierung, dann die grosse Wende, zurück zur Natur, abgesichert durch AHV, Pensionskasse und Bankkonto. Für Anne war dies eine Sache der Glaubwürdigkeit. Aussteigen ja, aber Springen ohne Netz. Martin dachte da anders, meinte, das Aussteigen eines Spitzenmanagers sei als politischer Akt und Absage an die Leistungsgesellschaft zu werten.

Sie verlangsamte das Tempo, hörte den Kies unter den Reifen knirschen. Fehlt nur noch das Klappern von Fensterläden, dachte sie, und irgend so ein zwielichtiger Butler am Tor. Sie versuchte zu lachen, wie sie es immer tat, wenn sie sich ihre Angst nicht eingestehen wollte. Der unaufhaltsam prasselnde Regen erschwerte die Sicht, sie schaltete in den zweiten Gang, sah die kleine Blechlampe über dem Eingangstor, dessen schwere Eisenflügel geschlossen waren. Das also war die „Burg". Alle nennen sie nur die „Burg", hatte Bettina geschrieben, als wären wir vornehme Leute, Ritter und Burgfräuleins, die nur auf Troubadoure zu warten brauchten, um erlöst zu sein, auf St. Georg, der den Drachen tötet, der uns hier gefangen hält.

Im grossen Korridor hiess die Frau, die ihr geöffnet hatte, Anne warten, die Patienten seien gerade beim Essen.

Anne hängte den Regenmantel an einen Haken an der Wand und setzte sich auf einen Stuhl. Der Korridor war lang und hoch, wie meist in diesen alten Herrenhäusern. Die Gipsstukkaturen an der Decke waren olivgrün übermalt, liefen in der Mitte in einen Kreis aus, dessen innerer Rand mit rankenartigen Verzierungen geschmückt war, die auf das Zentrum, einen runden, an vier schmiedeisernen Ketten aufgehängten Leuchter, zuliefen. Die Glaskugel des Leuchters, mit einem Kranz von Kristallkugeln verziert, gab ein helles gelbes Licht, das ovale Schattensplitter auf den Stuck warf. Die Wände, im selben Oliv bemalt, wirkten trotz der aufgehängten Bilder kahl und kalt. Anne musste wieder an die Geschichte denken, die sie in einer Illustrierten gelesen hatte.

Es war ein Artikel über Psychopharmaka gewesen. Darin war von einer Frau die Rede, die dreissig Jahre lang mit Elektroschocks und Tabletten behandelt worden war, besonders den wahndämpfenden Neuroleptika, und schliesslich starb, weil ihr Gehirn durch Schocks und Drogen in ein Trümmerfeld, so der Artikel, verwandelt worden sei. Rund vierzig Millionen Menschen in aller

Welt litten an Schizophrenie. Der grosse Teil dieser Menschen würde durch Neuroleptika in einen Zustand stiller Ergebenheit gebracht oder in den Selbstmord getrieben, wurde in dem Artikel behauptet. Anne, die aus ihrer Zeit in der Apotheke die dämpfende Wirkung von Produkten wie Atosil, Neurocil, Halledol, Mellevil und anderen Psychopharmaka kannte, schreckte zusammen bei dem Gedanken, dass man Bettina solche Produkte zu schlucken geben könnte. Neben Apathie, Konzentrationsschwächen, hatte Anne gelesen, führten sie auch zu Hirnkrämpfen, Sehstörungen, Leberschäden und epileptischen Anfällen.

Sie fühlte eine seltsame Beklommenheit, die sie sonst an sich nicht kannte.

Sie fürchtete sich vor der Begegnung mit Bettina. Wie würde sie ihr, wie den andern, von denen Bettina geschrieben hatte, begegnen? Anne suchte in ihrer Tasche nach Zigaretten, sah, als sie sie endlich gefunden und sich eine anzünden wollte, die Tafel mit dem Rauchverbot. Zwei Magersüchtige seien unter den Patienten, hatte Bettina gesagt, eine Frau, die nach der Geburt ihr Kind von sich gestossen und es nie akzeptiert habe, obwohl sie verheiratet sei und von ihrem Mann, der jeden Tag vorbeikomme, angebetet werde; ein Sechzehnjähriger lehne seine Eltern ab, wenn sie vorbeikämen, eine junge Frau weine immerzu, während das Übel einer andern eine durch nichts zu bändigende Fresslust sei. Stell dir die vor neben den beiden Magersüchtigen, hatte Bettina gesagt, wir sind wie ein Zoo, erschrick nicht, wenn du kommst, eben doch ein Irrenhaus. Am liebsten hab ich Paul, einen Lehrer, der immer Geschichten zu erzählen weiss. Schon am ersten Abend hat er mir von Kaiser Nero erzählt. Nero habe Homers Verse über den Untergang Trojas deklamiert, während draussen vor seinem Fenster Rom brannte. Die Geschichte von Kaiser Nero habe ihr gefallen, besonders, dass er den ehrgeizigen Plänen seiner Mutter nicht gefolgt, sondern ganz seinen Neigungen – Gesang, Musik, Malerei – nachgegangen sei. Ja sich sogar nicht gescheut habe, in den Gärten, die später die Vatikanischen genannt wurden, einen Privatzirkus zu gründen und selber als Clown aufzutreten. Das gefiel Bettina ebenso wie Paul, der auf die Humorlosigkeit heutiger Politiker hinwies und sich ausmalte, wie es wäre, wenn ein amerikanischer Präsident, als Leporello kostümiert, in den Gärten des Weissen Hauses ein Kaninchen aus dem Zylinder seines Aussenministers zaubern würde.

Anne sah auf: die Tür, die sich im hintern Teil des Korridors befand, wurde aufgeschoben, der Rükken einer Frau, die einen Servierboy hinter sich her zog, erschien in der Türöffnung, Geschirrklappern war zu hören, Gesprächsfetzen, Gelächter. Anne stand auf, warf einen Blick durch die Schiebetür, Männer und Frauen sassen um einen rechteckigen, weissgedeckten Tisch, der in der Mitte eines langen, nur karg ausgestatteten Raumes stand. Sie winkte Bettina zu, die am unteren Ende des Tisches sass, den vollen Teller noch vor

sich, sie jedoch nicht zu bemerken schien, bis sie, durch die Tischnachbarin aufmerksam gemacht, aufsah und Anne, die noch immer im Türrahmen stand, erblickte und auf sie zueilte. Bettina umarmte die Freundin heftig, weinte, fasste sie um die Schulter und führte sie, von den am Tisch Sitzenden aufmerksam betrachtet, in eine Ecke des Raumes, wo sie sich, einander noch immer um die Schultern haltend, auf zwei niedrige, mit rotem Manchester bezogene Schemel setzten.
Die beiden Frauen sassen sich lange schweigend gegenüber. Anne betrachtete aufmerksam Bettina, die noch immer weinte, keine Worte zu finden schien. Ihr Gesicht war bleich, wie schon seit Monaten, ein Gesicht, das ihr oft nachts im Traum erschien. Letzte Nacht nach dem Telephon, als sie endlich mit Hilfe von zwei Seresta in einen unruhigen, immer wieder aufgebrochenen Schlaf gefallen war, hatte sie auch von Bettina geträumt.
Sie, Anne, war allein durch eine Strasse gegangen, nasses Kopfsteinpflaster, spärlich beleuchtet, dann und wann ein Haus, aus dem Licht auf die Strasse fiel, kein Lärm, keine Stimmen.
Plötzlich war jemand aus einem dunklen Hauseingang auf die Strasse getreten und hatte ihr ein Bündel, das ein Mensch oder eine Puppe zu sein schien, auf die Arme gelegt und sich, noch ehe sie etwas sagen konnte, wieder entfernt. Sie hielt das Bündel fest, tat zwei, drei Schritte, legte es auf die Strasse und eilte davon. Sie mochte ein paar Meter gerannt sein, als ein Gedanke, dessen Herkunft sie sich nicht erklären konnte, sie durchzuckte. Sie

kehrte zum Bündel zurück, schnürte es auf und legte langsam die Wolldecke zurück. Ein Mensch, zweifellos ein Mensch. Sie erschrak, als sie das Gesicht, Bettinas Totengesicht, erblickte.

Anne wandte sich Bettina zu, suchte nach Worten. Nun, erzähl schon, was du so treibst. Bettina schwieg, als hätte sie nicht gehört. Ja, weisst du, begann sie nach einer Weile, viel gibt's da nicht zu erzählen. Unser Tag ist genau eingeteilt. Sie drückte Anne ein zerknittertes Blatt in die Hand: die Hausordnung.

Anne überflog das Blatt, wandte sich rasch wieder Bettina zu. Nun, Betti, nicht den Kopf hängen lassen.

– Ach, hör auf, du hast gut reden, aber ich, ich bin Tag für Tag unter diesen Leuten, bin bald selber eine von denen. Ich möchte hier hinaus, bitte, nimm mich mit, bitte, nimm mich hier heraus, ich halt das nicht aus unter diesen Verrückten. Dort, schau sie an, sie würfeln wieder. Eile mit Weile. Das ist unser Wahlspruch, Tag für Tag, Eile mit Weile.

Bettina presste die Worte aus sich heraus, die Sätze überschlugen sich, wurden zu einem Schluchzen. Ihr Körper bebte heftig. Anne hielt die Freundin fest. Sagte nichts. Sah, wie der Regen an die Scheiben trommelte. Sie suchte nach einem Taschentuch, strich damit über Bettinas Wange. Vom Tisch sah man den beiden zu. Anne fühlte Unbehagen, schwieg. Sie nestelte in ihrer Tasche, brachte ein Päcklein, das mit violettem Seidenpapier umwickelt und mit einer roten Wollschnur gebunden war, zum Vorschein.

– Schau, ich hab dir etwas mitgebracht. Sie überreichte es der Freundin und begann, als diese es nicht anrührte, es selber aufzuschnüren. Sie zeigte Bettina das kleine Bilderbuch. „Zauberwald" hiess es und erzählte von einem Zwerg, der Troll, den Grossen Bruder, herauszufordern wagte. „Wir fürchten uns manchmal vor der Dunkelheit", hiess es auf der ersten Seite, „wenn der Wind aufheult, tobt und jammert, vor der Eule mit ihren Uhu-Uhu-Rufen, vor der Maus, die im Gras raschelt, vor dem Troll, der durch den Zauberwald geistert. Viele Menschen auf der Erde kennen die Märchen von den Trollen und andern Geschöpfen in der Natur, vor denen sie Angst haben ..." Anne hielt plötzlich inne, schwieg. Sie fühlte, wie ihre Sätze ins Leere stiessen, Bettina nicht erreichten, als sei sie weit weg oder als hätte sie sich mit einer undurchdringlichen Mauer umgeben.

Anne hatte das Bilderbuch vom Zauberwald gekauft, weil sein Titelbild – fünf kleine Zwerge standen vor einer rundgeschnittenen Hecke, die als Tor in den geheimnisvollen Wald des Grossen Troll führte – sie an das Wäldchen erinnert hatte, das auf einem Buckel nahe der Reuss lag. Dort hatte sie oft mit Bettina die Mittagspause verbracht, als sie beide noch bei Mühlhaupt arbeiteten. Mit dem 2CV waren sie hinausgefahren, hatten sich am Rand des Wäldchens ins Gras gelegt, einen Früchtequark gegessen und über Mühlhaupt und seine muffige Apotheke geflucht, Mühlhauptgeschichten entworfen.

Mühlhaupt in allen Lagen, Mühlhaupt, der sich

ewig Wandelnde, Mühlhaupt, der Stachel in ihrem Fleisch, Mühlhaupt, der Choleriker, Mühlhaupt ohne Ende. Sie waren unermüdlich gewesen im Erfinden von Mühlhauptgeschichten, die einzige Möglichkeit, Mühlhaupt zu ertragen.
Die Tage in der Apotheke waren lang: sie begannen um sieben, von zwölf bis zwei war Mittagspause, dann weiter bis zum Ladenschluss um halb sieben. Mühlhaupts Apotheke war alt, was ihr mit den vielen Gefässen aus braunem Glas, den Porzellantöpfen, deren Etiketten in deutscher Zierschrift über den Inhalt Auskunft gaben, dem breiten Holzkorpus mit der alten Registrierkasse, an der man noch kurbeln musste, einen gewissen Reiz gab. Mühlhaupt war immer da, überblickte alles, duldete nicht, dass eine der Helferinnen mal für ein paar Minuten nichts tat, wenn gerade keine Kundschaft da war. Mühlhaupt wünschte Bewegung: Tun Sie etwas, aufräumen, Staub entfernen. Und kein Lärm, sprechen Sie gedämpft, nicht dieses Gelächter, was muss die Kundschaft denken, wir sind kein Warenhaus, wir sind medizinisches Fachpersonal, zeigen Sie Stil, eine gewisse Würde, das gehört zu Ihrem Beruf.
Mühlhaupt, jeden Tag in sauberer weisser Berufsschürze, das über den Schläfen angegraute Haar onduliert, zeigte, was Würde ist.
Anne stiess Bettina, die noch immer schwieg, leicht an, reichte ihr das Bilderbuch vom Zauberwald. Bettina schaute auf, nahm es.
– Komm, ich zeig dir mein Zimmer. Bettina nahm Anne bei der Hand. Sie stiegen zusammen

die breite Treppe empor in den zweiten Stock. Spannteppiche dämpften ihre Schritte. Sie setzten sich auf das Bett, Bettina begann von neuem zu weinen. Sie stand auf und ging hinaus.
Anne stellte die Blumen auf das Nachttischchen. Auf dem Stuhl lag Bettinas Pyjama, ein Ärmel des Oberteils war nach innen gekehrt. Anne nahm es, um den Ärmel nach aussen zu kehren. Der Pyjama roch nach Schweiss. Sie drückte ihn zusammen und umklammerte ihn mit verkrampften Händen. Dann hörte sie Schritte im Flur, rasch hängte sie den Pyjama über die Stuhllehne und trat ans Fenster.
– Du hast Ausblick auf den Park, sagte sie, als sie Bettina eintreten hörte.
– Ja, sagte Bettina, ein schöner Ausblick.
Bettina räumte die von Anne mitgebrachten Sachen in den Schrank. Lass uns hinuntergehen, sagte sie dann, sonst denken die, wir sondern uns ab. Und das schätzen sie nicht.
Um den Tisch sassen drei Frauen und zwei Männer. Bettina nannte Anne die Namen: Sarina, Vera, Ruth, Paul, Beat. Bettina spielte mit, Anne sah zu. Es wurde wenig gesprochen. Bettina schien ganz ins Spiel vertieft. Anne sah während des Spiels immer wieder auf, blickte in die Gesichter der Spielenden, als suchte sie etwas darin, schlug beschämt die Augen nieder, wenn jemand ihren Blick kreuzte; sie kam sich ertappt vor.
Man muss in Gesichtern lesen können, hatte Martin gesagt, Gesichter sind voller Geschichten. Stundenlang konnte er in Gasthäusern sitzen und

den Menschen zuschauen, ihre Gesten studieren, auf ihre Worte hören, sich Sätze merken, Handbewegungen. Martin behielt die kühle Distanz des Betrachters, kam selten mit jemandem ins Gespräch und wenn, brach er es voreilig ab, es war ihm peinlich, angesprochen zu werden. Sie, Anne, war immer gleich in einem Gespräch, Beobachten lag ihr nicht, sie wollte drin sein, wollte nicht Leben aus zweiter Hand, sie wollte riechen, fühlen, tasten.

– Du bist ein Voyeur, hatte sie zu Martin gesagt. Und nun kam sie sich selbst wie ein Voyeur vor. Wortlos liess jeder seinen Würfel rollen, setzte seine Figur ein paar Häuschen weiter, wartete ungeduldig bis die Reihe an ihm war.

Anne ordnete die Namen den Gesichtern zu: Sarina, ein knochiges Gesicht, eckig, von weisser Haut überspannt, grosse Augen von dunklem Braun, schmale Brauen, Striche nur; ein Name und ein Gesicht, feingliedrige Hände, die eine lokker zur Faust geballt, aus der sie den Würfel springen liess; Paul, ein einprägsames Gesicht mit harten Konturen, von weichen Linien der leicht geöffnete Mund, in dessen Winkel ein Zahnstocher steckte. Einzelheiten, dachte Anne, was sagen sie aus, was spiegelt ein Gesicht? Gesichter und Hände reden lassen.

Eile mit Weile, vierundzwanzig bemalte Holzfigürchen, die über ein Pappkartonfeld geführt wurden, auf der Flucht vor dem Gegner im Rükken, der einen jederzeit heimschicken konnte, verurteilt zum Vornanfangen, ein Würfel, mit dem

sich nicht mogeln liess. Einmal die Eins, einmal die Sechs.
Anne hatte Brettspiele, die sie zu Hause manchmal gespielt hatten, nie geliebt. Sonntagnachmittage am Stubentisch, Familieneintracht, draussen Regen oder Schnee. Die Spiele machten sie kribbelig, spannten ihre Ungeduld so übermässig, dass sie das Gefühl hatte, es nicht aushalten zu können.
Gegen elf stand Anne auf. Bettina begleitete sie hinaus. Es hatte aufgehört zu regnen. Auf dem Vorplatz hatten sich grosse Pfützen gebildet. Die Nacht war dunkel. Kein Laut zu hören, nur hin und wieder das Tropfen von den Zweigen. Sie sprachen nichts mehr. Gingen Arm in Arm. Anne schloss das Tor auf, umarmte die Freundin heftig und schritt dann rasch zum Auto, fuhr an, sah noch einmal im Licht der Scheinwerfer Bettinas Gesicht hinter dem Gitter, drehte ab und fuhr die Strasse abwärts, der Stadt zu.

Nach einer guten Stunde verliess Anne die Kantonsstrasse, welche die Hauptachse von der City in die Vororte bildete. Obwohl sie erst seit kurzer Zeit definitiv in Bettinas Wohnung eingezogen war, kam ihr das Strassengewirr schon recht vertraut vor. Sie bog an der Verzweigung nach Urdorf in die Spitalstrasse ein, schwenkte nach fünfhundert Metern in die Langstrasse ab, in die alle Nebenstrassen aus dem Sonnbühlquartier, mit seinen nahezu 4000 Einwohnern schon eher eine Stadt, einmündeten. In dunklem Blau ragten die Hochhäuser in den nächtlichen Himmel, nur in wenigen Stockwerken, unregelmässig über die Fassaden verteilt, brannte noch Licht. Die Hochhäuser kamen Anne wie riesige Bauklötzchen vor, die spielende Kinder, Riesenbabies von einem fremden Planeten, beliebig in die Landschaft gestreut zu haben schienen. Anne musste an das Dorf denken, in welchem sie aufgewachsen war: Sins im oberen Freiamt, ein kleines Bauerndorf mit einer Holzbrücke über die Reuss, weite Felder um das Dorf, grüne Hügelzüge, die in eine dunstige Ferne wiesen. Hier Beton, wohin man schaute, von wenig Grün durchzogen. Sogar die Bäume, die gepflanzt worden waren, standen in grossen Betonkuben. Du bist eben ein Landmensch geblieben, dachte sie, sehnst dich nach Blumen, Bäumen, Gräsern, nach Kornfeldern und Heuhaufen, nach Löwenzahn und Butterblumen.

Urdorf, die Bezeichnung Dorf war, dachte man an die rund 11'000 Einwohner, fehl am Platz, habe noch vor dreissig Jahren aus Ober- und Niederurdorf bestanden, die durch ein riesiges Feld, das der Landwirtschaft gedient habe, getrennt waren. Er habe, erzählte Bettinas Vater, in Niederurdorf einen Kameraden aus dem Aktivdienst gekannt, den Robi, den er manchmal besucht habe. Zusammen seien sie dann durch das riesige Feld, das heutige Sonnbühlquartier, gewandert und hätten in der „Pinte", wo Robi Stammgast gewesen sei, einen Römer und eine Portion Käse bestellt und sich von früher erzählt.

Als er den Robi 1952 oder 53 wieder besucht habe, sei dieser wortkarg gewesen und habe nach dem dritten Römer, den sie diesmal in der „Sonne" getrunken hätten, gestanden, er habe verkauft, alles verkauft: den Hof, das Land, einfach alles. Er habe sich lange geweigert, sagte der Robi, aber die hätten schliesslich jeden Bauern herumgekriegt, von Fortschritt hätten sie gefaselt. Die Aussicht auf massive Steuersenkungen habe die Gemeindeversammlung zur Einzonung des Gebietes bewogen. Danach sei jeder Widerstand zwecklos gewesen. Der Robi sei dann, schloss Bettinas Vater, fortgezogen, irgendwo in die Innerschweiz, er habe nie wieder etwas von ihm gehört.

Im Bauboom der fünfziger und sechziger Jahre war dann dieses moderne Wohnviertel entstanden, das durch seine geometrisch angelegten Strassenzüge auffiel, die auf eine Mitte zuliefen, wo sich ein Einkaufszentrum, eine Mehrzweckhalle mit Schwimmbad und Sauna, sowie eine moderne Kirche befanden.

Wie kümmerliche halbmondförmige Anhängsel wirkten, durch die breite Ringstrasse, die zugleich Autobahnzufahrtsstrasse war, abgetrennt, die beiden ehemaligen Dörfer am Ost- und Westende dieses modernen Wohngürtels mit seinen bis zu achtzehn Stockwerken hohen Betonblocks.
Seit ihrer Rückkehr aus den USA wohnte Bettina in Urdorf. Die Stelle bei Crossmann hatte ihr Gelegenheit gegeben, zu Hause auszuziehen und das Reusstal mit einer Wohnung in der Nähe der Stadt zu vertauschen. Ideal war die Wohnung gewiss nicht, aber eine andere hatte sich nicht finden lassen; da Gabi mit in die Wohnung gezogen war, hatte es ihr nichts ausgemacht, in einem Blockviertel zu leben. Ein wenig vermisse ich manchmal das Reusstal schon, hatte sie zu Anne gesagt.
Anne fuhr im Schrittempo, um das Haus nicht zu verpassen, die schnurgerade Bifangstrasse, die in die Langstrasse einmündete, hinauf, erreichte nach wenigen Metern das Haus Nummer zehn, einen zwölfstöckigen Wohnblock, und parkierte den Mini in einer Lücke der Wagenkolonne. Im Briefkasten befanden sich neben Drucksachen auch zwei Briefe für Bettina, keinen für sie. Martin zog es vor zu schweigen. Auch gut, dachte sie.
Anne betrat das kleinere der beiden Zimmer, in welchem sie sich provisorisch eingerichtet hatte, setzte sich aufs Bett, schenkte sich Wein in ein Glas und schlürfte. Sie schloss die Augen, versuchte noch einmal die verwirrenden Eindrücke dieses Besuches bei Bettina zu sammeln, zu ordnen zu einem Ganzen, um ein Bild zu haben, mit

dem sie umgehen konnte und nicht bloss diese Fülle von Details: die Schiebetür, das Olivgrün im Korridor, die beiden Koffer auf dem Kasten von Bettinas Zimmer, Bettinas verschränkte Hände, das Geschirrklappern aus dem Speisesaal, die Eile mit Weile spielenden Patienten, und immer wieder die Augen, Bettinas Augen, die jetzt, in der Erinnerung, gross und dunkel schienen, gläsern abstanden, als wären sie mit Gewalt hineingedrückt worden in die weisse Fläche des Gesichtes. Anne verscheuchte gewaltsam den Gedanken, kniete sich vor dem Plattenspieler nieder und legte Gabriella Ferris „Zaza" auf, tanzte mit wilden Bewegungen auf dem kleinen Raum zwischen den beiden Korbsesseln, riss sich die Kleider vom Leib, drehte sich nackt unter dem gelben Licht der japanischen Lampe. Erschöpft legte sie sich auf das Bett und trank, hastig diesmal, verschüttete Wein auf Körper und Bett – wie würde sich Martin ärgern, wenn er das sähe –, sie lachte auf bei dem Gedanken, verrieb den Wein auf Bauch und Brüsten zu kleinen Ornamenten. Endlich fern von Martins Nörgeleien. Sie starrte zur Decke, sah das Spiel der Lichtkringel, die durch das unregelmässige Gewebe der Japanlampe auf den weissen Grund der Decke geworfen wurden. Wieder diese unsinnigen, quälenden, durch nichts zu verscheuchenden Fragen, die ständig hochkamen: wie war das gekommen mit Bettina, warum hatte sie nichts gemerkt, keine Anzeichen wahrgenommen, keine Hinweise? Und wieder suchte sie in der Erinnerung nach Anzeichen. Ein Gefühl der Schuld, des

Versagens überkam Anne, eine Trauer, die einsikkerte.
Vor zwei Wochen hatten sie noch gemeinsam hier gesessen, hatten Musik gehört, getrunken, gelacht. Sie hatten sich im Niederdorf verabredet, in der Bodega, nach der Arbeit, hatten ziemlich viel Wein getrunken. Sie waren mit zwei Amerikanern, Touristen, ins Gespräch gekommen. Anne hatte ihre Abneigung gegenüber Amerikanern, Touristen zumal, bezwungen und die Unterhaltung, die sie wenig interessierte, nicht unterbrochen, denn Betti war begeistert gewesen, hatte sich, entgegen ihrer Gewohnheit, sogleich eifrig ins Gespräch gemischt, offensichtlich freudig darüber erregt, wieder einmal Englisch sprechen zu können. Sie erzählte von ihrem einjährigen Aufenthalt in den Vereinigten Staaten: Palm Springs, Kalifornien, im Sommer 74, gerade zwanzig Jahre alt sei sie gewesen, habe ein knappes halbes Jahr zuvor die Stifti bei Mühlhaupt, diesem Arschloch, beendet, sie wiederholte, als die beiden Amerikaner sich fragend ansahen, arsehole, you know, und deutete auf den Hintern, was die Amerikaner als Aufmunterung deuteten. Endlich einmal fort sein von zu Hause, sagte sie, weg aus diesem Kaff, weg von den Eltern, kurz, diesem spiessigen Land den Rücken kehren, turn this country my backside, sagte sie Englisch. Sie sei begeistert gewesen von den Staaten, liess, als sie das Wort States aussprach, ihre weissen Zähne für eine Sekunde blitzen, machte eine Pause, als wären es ihre Staaten; nur ungern sei sie zurückgekehrt, was jedoch, wie

sie zu ihrem Bedauern feststellen müsse, to my great regret, unumgänglich gewesen sei, da sie keine Arbeitsbewilligung bekommen habe, aber das habe ihre Begeisterung für die USA keineswegs geschmälert, sie, im Gegenteil, sensibilisiert für die wahren Probleme dieses Landes, the real problems of this great nation.

Bei diesen letzten Worten wuchsen die beiden Amerikaner nicht nur sichtlich in die Höhe, auch ihre Brust dehnte sich und Bill, dem älteren, der zu Bettina gerückt war und seine Hand in die Nähe ihres Knies geschoben hatte, spannte sich auch die enge Tweedhose, während Joe, der bei jedem zweiten Satz Bettinas die Bemerkung thats groovy einschob, beim Kellner eine weitere Flasche Rioja bestellte. Dabei blinzelte er Anne, die sich über Bettinas spontane Erzähllust freute, verheissungsvoll zu, beseitigte mit der Zunge die feine Speichelansammlung in den Mundwinkeln und tupfte schliesslich mit dem Taschentuch die Schweissperlen auf der Stirn und in der Nackengegend ab. Er flüsterte etwas von hot spell, Backofenhitze, und öffnete die beiden obersten Hemdkragenknöpfe. Cheers to you, rief Bill, sah mit bereits glänzenden Augen Bettina an, machte eine anzügliche Bemerkung, auf die sie aber nicht einging. Es sei ihr, nahm sie nach einer kurzen, durch gemeinsames Trinken verursachten Stille den Erzählfluss wieder auf, nach der Rückkehr sehr schwer gefallen, sich wieder zurechtzufinden in der Enge der hiesigen Verhältnisse, vor allem sich abzufinden mit der Kleinlichkeit und Zugeknöpftheit der Menschen in diesem Land, diese ständige Besserwisserei und ewige Schulmeisterei, jeder fühle sich hier als Lehrer, dazu dieses blindwütige Geldverdienen und Anhäufen von Besitz, das zu einer allgemeinen Griesgrämigkeit, die bald einmal zur Schweizerischen Nationaleigenschaft Nummer eins erklärt werden müsse, geführt habe. All dies ekle sie, die sie amerikanische Gelassenheit und Heiterkeit kennengelernt habe, zutiefst an. Sie sollten, wandte sie sich an die beiden Amerikaner, sich nur einmal diese mürrischen Gesichter am Morgen im Tram ansehen, einer, der da lache, mache sich bereits verdächtig oder werde als Ausländer angesehen und mit Sätzen wie „Tschingge ruhig" beschimpft.

Bill, der seine fleischige Hand um Bettinas Hüften gelegt hatte, lachte und goss Wein nach. Joe kämpfte noch immer mit dem Schweiss und der Unmöglichkeit, seinen Stuhl näher an den Annes, die seinem vergeblichen Bemühen nicht ohne Entzücken zusah, heranzuschieben. Bettina, von den eigenen Worten in eine Art Trance versetzt, meinte, vielleicht wäre es besser gewesen, sie hätte Amerika nie kennengelernt, denn nun müsse sie alles hier an dem grossen Atem, the great breath, den sie dort gespürt habe, messen. Und sie denke immer wieder, besonders wenn sie tagsüber vor ihrem Bildschirm sitze, an die Weite und Unendlichkeit der amerikanischen Landschaft: an den Gran Canyon, den sie besucht, und an die blauen Hügel von El Paso, an eine Wildwestszene in Tombstone, aber auch an die Grossstädte, beson-

ders Frisco, ja Frisco sei einfach unvergesslich, den Cable Car und The Cannery im Fishermans Wharf, da habe sie einen ganzen Tag gesessen und den jungen Künstlern, Schauspielern, Clowns, Zauberkünstlern, Countrysängern, die ganz spontan aufgetreten seien und Nummern dargeboten hätten, zugeschaut und sich wohlgefühlt unter den vielen Menschen. Sie sei sich gar nicht wie in der Fremde, sondern irgendwie, sie könne auch nicht sagen wie, heimisch vorgekommen.
Überhaupt finde sie die Menschen in den Staaten gar nicht so oberflächlich, wie immer wieder gesagt würde. Ihr habe die Unkompliziertheit und Direktheit der Amerikaner gefallen, und sie habe viele Freundschaften angeknüpft, an die sie oft mit Wehmut denken müsse. So allein, wie sie sich hier oft fühle, sei sie sich in den Staaten nie vorgekommen.
Anne, der Joes schweisstriefendes Vollmondgesicht nun doch zu nahe kam und dessen Hand sie wiederholt zwischen ihren Schenkeln hatte hervorholen müssen, mahnte zum Aufbruch, was sogleich zu einem Proteststurm Bills Anlass gab. Er sagte etwas von a real American night, die sie ihnen gern vermitteln würden, with a real touch of America. Er sei, sagte darauf Anne, a real tough guy und meinte, sie zöge a real sleep in ihrem Bett vor, was Bill noch einmal, seufzend diesmal, mit thats groovy kommentierte.
Lang nach Mitternacht waren Anne und Bettina in der Wohnung angelangt. Anne hatte die ersten Sachen, die sie mitgebracht hatte, eingeräumt, ihr

Lieblingsposter aufgehängt und das Gefühl gehabt, richtig gehandelt zu haben: weggehen von Martin, vielleicht für einige Zeit, vielleicht für immer.
Martin hatte es mit Gleichmut aufgenommen, hatte seine Fassung wie gewohnt bewahrt, nicht viel gesagt; wenn du meinst, ich komm schon zurecht.
– Du, sagte sie fast übermütig zu Bettina, ich bin so froh, hier bei dir zu sein. Ich habe endlich das Gefühl, etwas getan, mich entschieden zu haben.
Sie hatten sich gegenübergesessen, Anne hatte sich ausgezogen, sich den schwarzen Bademantel über die Schultern geworfen; sie sass breit im Sessel, liess die Beine über die Holzlehne baumeln. Ihr gegenüber, auf dem Boden, Bettina, zusammengekrümmt, die Hände um die angezogenen Knie gelegt, das Kinn aufgestützt. Im Haus war es still, ein kühler Luftzug wehte durch das halbgeöffnete Fenster, liess die Kerzenflamme flackern.
Anne sah Bettina an. Sie kam ihr so verloren vor, wie sie dasass, das blonde, strähnige Haar im Gesicht, Schweissringe unter den Achselhöhlen der viel zu engen hellblauen Bluse. Ich sollte zu ihr hingehen, sie streicheln. Sie goss Wein nach, schaute Bettina an, die auf einmal still und nachdenklich geworden war.
Anne dachte über Bettinas US-Schwärmerei nach, die sie der Freundin nicht so richtig abnehmen konnte. Anne hatte immer das Gefühl gehabt, Bettina sei im Grunde von ihrem US-Aufenthalt enttäuscht. Oft schien es ihr auch, Bettina habe sich in den USA verändert. Doch Anne hatte Mü-

he zu sagen, worin diese Veränderung bestand.
– Sag mal, Betti, ist das wirklich so great gewesen in den USA, wie du den beiden Typen heute vorgeschwärmt hast? Bettina nahm einen kräftigen Schluck. Ach, weisst du, im Grunde war es die gleiche Scheisse wie überall, die gleichen Scheisstypen wie hier. Das ist doch immer das gleiche. Ich habe da auch so einen gekannt und gedacht, das sei etwas. Aber das ist genauso flöten gegangen wie anderes auch. Irgendwie läuft das bei mir immer schief. Die nutzen mich aus, dann hauen sie ab. Gabi auch. Ich schaff es nie. Es ist zum Verrücktwerden. Anne sagte nichts, sie dachte an ihre eigenen Probleme.
– Bist du müde? Bettina schüttelte den Kopf.
Sie mochten eine halbe Stunde oder länger im Bett gelegen haben. Anne lag noch immer wach, konnte nicht schlafen. Sie lag auf dem Rücken, betrachtete die Decke, an der von Zeit zu Zeit Lichtmuster von vorbeifahrenden Autos vorüberhuschten. Gedanken des Fremdseins, die sie wachhielten. Weg von dem Mann, mit dem sie sieben Jahre gelebt hatte. In einem kleinen Dorf im Maggiatal hatten sie geheiratet. Bignasco lag an der Gabelung, wo sich das Maggiatal teilte: ins Val Bavona und ins Valle Lavertazza. Sie hatten aus einer Art Nostalgie heraus Bignasco als Hochzeitsort gewählt, weil sie sich dort vor Jahren zum erstenmal begegnet waren. Eine typische Ferienbekanntschaft. Sie hatten sich beim Baden in der Maggia getroffen, hatten zusammen gegessen, getrunken, geschlafen. Ein paar Nächte, am Schluss Tele-

phonnummer und Adresse: nie gebraucht, von beiden nicht. Zwei Jahre später waren sie sich zufällig wieder begegnet, hatten es als eine Art Fügung genommen, da beide aus einer gescheiterten Beziehung kamen und jetzt wieder zusammentrafen. Beide frei, verletzt, ohne Illusionen, wie sie sich sagten. Nach wenigen Monaten hatten sie geheiratet. Bignasco schien sinnvoll. Weit weg. Man würde um den ganzen Verwandtschaftstürk herumkommen. Heirat, sie beide, ein paar Freunde, die Eltern. Ein sonniger Tag, Anfang März, das Tal noch kahl, kalt, die Maggia führte viel Wasser. Eine kleine Kirche aus rötlichen Bruchsteinen. Der Pfarrer machte wenig Worte. Anderntags reisten die Gäste ab, sie beide blieben, Mann und Frau, selbst noch überrascht, überrumpelt von ihrer eigenen Entscheidung: Bignasco, Valle Maggia, Frühling 71, bis dass der Tod euch scheidet ...

Anne wurde aus dem Sinnieren jäh aufgeschreckt.

– Angst, flüsterte Bettina, du, ich habe Angst.

Anne erschrak, richtete sich im Bett auf. Bettina war aufgestanden, sie stand für Sekunden aufrecht auf der Matratze, fiel, noch ehe Anne aufstehen und zu ihr hineilen konnte, steif wie ein Brett hin und schlug hart auf. Anne kniete sich neben die Liegende, die, wie sie erleichtert feststellte, zwar benommen, aber nicht ohne Bewusstsein war. Angst, flüsterte sie wieder, du, ich habe Angst.

Anne machte Licht, nahm die Wolldecke und legte sie über Bettina. Sie sah, wie diese, bleich im Gesicht, am ganzen Leib zu zittern begann;

Schweissperlen bildeten sich auf der Stirn, klappernd schlugen die Zähne aufeinander, die Hände verkrampften sich. Ein Beben ging durch Bettinas leichten knochigen Körper. Anne legte sich neben sie und hielt sie mit aller Kraft fest. Minutenlang bebte dieser Körper. Schweiss und Tränen rannen über das Gesicht.
Nach Minuten, die Anne wie Stunden vorkamen, liess das Beben nach, Bettinas Körper schien zu erschlaffen.
Anne hatte nichts gefragt am nächsten Tag, als sie mit dem Neuner in die City fuhren. Bettina wirkte ruhig, verabschiedete sich am Escher-Wyss-Platz herzlich von Anne. Diese sah, wie sie sich im Gedränge, bevor sie in der Unterführung verschwand, noch einmal umdrehte und Anne zuwinkte. Sie kam Anne wie ein grosses Kind vor, ein Kind, das sich fremd und ausgesetzt fühlte in der Welt der Erwachsenen, immer wieder anstiess, eins auf den Kopf bekam, ein Kind aber, das sich standhaft weigerte, erwachsen zu werden.
– Mir ist, hatte Bettina einmal lachend, als sei es bloss ein Scherz, gemeint, mir ist oft, ich gehe völlig nackt durch die Strassen, so als sei mein Inneres nach aussen gekehrt, sichtbar für alle; und ich fühle die Augen aller auf mich gerichtet, schäme mich zu Tode.
Anne hatte gestutzt bei dem Satz. Sie hatten dann über anderes gesprochen.
Anne tat einen Blick in Bettinas Zimmer. Hätte sie es merken müssen in jener Nacht? War das ein Anzeichen gewesen, oder nur eines von vielen?

Bettina selber hatte sie beruhigt, beschwichtigt, nach dieser Nacht. Sie hatte einen Zettel geschrieben: Weisst du, schrieb sie, ich würde dir das gern erklären, was das ist, diese Angst, die plötzlich einbricht, wie ein Unwetter, mit Gewalt, selbst eine Gewalt, eine Urgewalt, gegen die ich mich nicht wehren kann, der ich ausgeliefert bin, die mich wehrlos macht, mich aussetzt. Ein Strom, der aufquillt aus meinem Innern, dunkel und schwer, alles einfärbt mit diesem Dunkel, die Sonne verdüstert vor dem Fenster, das Licht wegnimmt aus dem Zimmer, mich lähmt, meine Sprache, meine Gedanken und Gefühle.
Oft stehe ich auf, renne umher, möchte schreien, schlage den Kopf gegen die Wand, trommle mit den Fäusten gegen meinen Körper, um das abzutöten, was da aus meinem Innern kommt als ein Fremdes, ein Ungeheuer, ein Polyp, der alles in mir zusammenkrallt mit gierigen Armen, als wollte er das Blut aus meinen Adern pressen, mein Herz einschnüren, meinen Atem anhalten.
Und ich bekomme Kopfschmerzen, diese wahnsinnigen Kopfschmerzen, das Pulsieren des Blutes unter meiner Schädeldecke, die dröhnt, als schlüge jemand mit dem Hammer dagegen, ein Pochen, Poltern, Schlagen, ohne Unterlass, immer heftiger, wilder, unbändiger. Und dann nehm ich Zäpfchen: Ergo Sanol, Optalidon, stopf sie in mich hinein, eins, zwei, drei, stopf und stopf, als könnte ich den Schmerz zustopfen und die Angst und das Dunkel, auslöschen, ersticken alles, vergessen, schlafen, endlos schlafen, keinen Tag er-

wachen sehen, keine Sonne, die sich durch die Lamellenstoren presst. Alles von sich abfallen lassen, schwerelos sein, sinken, sinken, fliegen durch die Nacht, durch das All, sinken hinein ins Bodenlose, in die Leere, sinken mit der Gewissheit, nie mehr aufwachen zu müssen ...

Anne drehte den Brief, den sie seither in ihrer Handtasche herumgetragen hatte, in den Händen. Sie hatte gezögert damals, hatte nicht gewusst, was sie von diesen Zeilen, was von dem nächtlichen Erlebnis, das sie verwirrt und verstört hatte, auch wenn sie sich das nicht so recht eingestehen wollte, halten sollte. Fast gewaltsam versuchte sie den Gedanken, der sich seit jener Nacht immer wieder in ihr Bewusstsein schob, zu verdrängen: Bettina ist krank. Sie bot ganze Heere von harmlosen Erklärungen auf, um sich die anscheinend unausweichliche Tatsache von Bettinas Krankheit nicht eingestehen zu müssen. Sie darf nicht krank sein, jetzt nicht, ich habe sie nötig, gerade jetzt, wie nie zuvor. Hatte sie sich immer wieder gesagt. Bis sie es, allen Anzeichen zum Trotz, auch geglaubt hatte.

Anne stand auf, trat in Bettinas Zimmer, machte Licht, setzte sich auf den Boden, schaute sich im Zimmer um, als könnte sie unter Bettinas Sachen irgendeinen Hinweis finden, der Aufschluss gab, was in ihr vorging oder vorgegangen war in den letzten Wochen, irgendeinen Blick tun hinter den Vorhang, den sie sorgsam um sich gelegt hatte, eine aufgerissene Nahtstelle finden, die ein wenig Licht durchliess, Spuren oder Ansätze zu Spuren, Ritzen, Durchblicke. Bettinas Zimmer: ein Kinderzimmer, sagte sich Anne. Das mochte an dem grossen Gestell mit den Spielsachen liegen. Seit Jahren sammelte Bettina Blechspielsachen, Tiere, Autos, Flugzeuge. Anne trat zu dem Gestell hin: oben waren Haustiere: Hunde, Katzen, Enten, Vögel, Hamster, darunter exotische Tiere: Affen, Giraffen, Löwen, Robben, alle aus Blech und mit einem Schlüssel zum Aufziehen versehen, damit sie hüpften, sprangen, quakten, röhrten, blökten, mit den Ohren wippten, den Schwanz hoben und senkten, die Schnauze auf- und zuklappten, schepperndes Blech zum Winseln, Heulen, Klappern gebracht, in bunten Farben bemalt: grelles Rot, giftiges Grün, hartes Blau.

Am besten gefiel Anne unter all den Spielsachen ein Turner, der am hohen Reck ein Kürprogramm drehte: Handstand vorwärts und rückwärts, Felge, Kippe, nur den Absprung schaffte er nicht, blieb, wenn das Uhrwerk, das seine Bewegungen lenkte, abgelaufen war, an der Stange hängen, blickte mit seinem bleichen Kindergesicht stur geradeaus, unsicher fragend, wie Anne schien.

Sie nahm einzelne Spielsachen vom Gestell, drehte sie in den Händen, legte sie wieder hin.

Ein Gestell mit Spielsachen, ein Bett mitten im Raum, ein Kassettenrecorder, ein Schrank, ein Bierkistchen mit Illustrierten, ein Spiegel mit Schminksachen: das war Bettinas Zimmer, immer schön aufgeräumt, nie eine Zeitung oder ein Kleidungsstück, das herumlag, nie ein voller Aschenbecher, nie ein ungemachtes Bett. Anne ging im Zimmer auf und ab. Was sagten diese Einzelheiten über Bettina aus? Warum sollte Bettina nicht Blechtiere sammeln? Andere sammelten Briefmarken, Zündholzschachteln, Bierdeckel, Vogelfedern, Weinetiketten, Nägel, Schuhsohlen, Kaugummiumschläge, Reissnagelsorten, Seifenpakkungen.

Blechtiere wenigstens waren lustig, bewegten sich, gaben Töne von sich.

Anne ging aus dem Zimmer, legte sich zu Bett; sie lag noch eine Weile wach und schlief, nachdem sie ein Tenebral geschluckt hatte, einen unruhigen Schlaf.

Bettina stand am Drahtgitter, das den ovalen Teich umgab, aus dessen Mitte eine Wasserfontäne aufschoss und steil abfiel. Der Teich sah verwahrlost aus, allerlei Unrat lag am Ufer im Gras: Blechdosen, Papier, ein Taschentuch, Pappkartons. Sie wäre gern ans Wasser getreten, um sich die Hände zu nässen, das Gesicht zu kühlen, die Schweisstropfen auf der Stirn und an der Nasenwurzel abzuwischen und dabei ihr Spiegelbild zu betrachten.

Sie stellte sich ihr Gesicht vor in dem moosüberwachsenen Grund des Teiches, die grünen Tanglianen, die sich mit ihrem Haar vermischen würden: du bist wie eine Meerjungfrau mit bleichem Gesicht und grünem Haar, hatte Vater einmal auf dem Boot gesagt.

Träumereien, dachte sie, die ablenkten von dem verwirrenden Eindruck, den die erste Gruppentherapie in ihr hinterlassen hatte. Der Raum für die Gruppentherapie, der wegen seines grossen Kamins, in welchem, so wurde Bettina belehrt, im Winter ein offenes Feuer brannte, auch Cheminéeraum genannt wurde, lag im zweiten Stock.

Als Bettina mit Schwester Cornelia, die sie einführte, den Raum betrat, waren die andern – vier Frauen und zwei Männer – schon da, sassen um ein rundes Marmortischchen. Bettina wurde aufgefordert, sich vorzustellen. Sie errötete, schaute zu Boden, wollte nach einem kurzen Zögern den Raum wieder verlassen. Doch Schwester Cornelia fasste sie bei den Schultern und führte sie zu dem noch unbesetzten Stuhl.

Die Therapeutin wies in ihrer kurzen Einführung auf die immer häufiger vorkommenden Verstösse gegen die Hausordnung hin, besonders die Unpünktlichkeit habe bedenkliche Formen angenommen, die nicht weiter toleriert werden könnten. Wem es hier in der Klinik nicht gelinge, sich an gewisse Regeln zu halten, der werde sich draussen, wo nun einmal das Leben, Zusammenleben der Menschen sich nach gewissen von ihnen allen geschaffenen Regeln vollziehe, nie zurechtfinden können. Sie sei, fuhr die Therapeutin fort, alles andere als eine fanatische Anhängerin von Gesetz und Ordnung, aber ohne einen Rahmen würde das menschliche Leben in Anarchie versinken, und das würde den Untergang von ihnen allen bedeuten. Der Mensch sei ein soziales Wesen, auf Kontakte und Zusammenarbeit mit andern angewiesen. Und das erfordere Regeln, die zwar immer eine gewisse Einschränkung der eigenen Wünsche und Bedürfnisse mit sich brächten, was jedoch dadurch mehrfach aufgewogen werde, dass keiner allein sei, sich in einem Kreis von Menschen bewegen und ein Gefühl des Aufgehobenseins und Geborgenseins haben könne. Dieses Zusammenwirken beginne schon in der Familie, gehe weiter im Dorf, im Staat, immer bewege sich menschliches Leben in einer Gemeinschaft, einem freiwilligen Zusammenschluss von Menschen zum Zwecke der allgemeinen Wohlfahrt, von der auch die Wohlfahrt jedes einzelnen abhängig sei. Auch sie hier in der Klinik seien eine solche Gemeinschaft von Menschen; und die Regeln dienten dazu, dass jeder sich in der Gemeinschaft wohlfühlen könne. Wer sich gegen diese Regeln, oder einzelne davon, wie eben die Pünktlichkeit, vergehe, der störe das Wohlergehen der andern. Deshalb müssten solche von der Gemeinschaft bestraft und durch die Strafe auf den richtigen Weg gewiesen werden. Jeder solle sich deshalb heute überlegen, das sei das Ziel dieser Stunde, wie Vergehen gegen die Pünktlichkeit bestraft werden könnten. Jeder solle Vorschläge machen und die andern seien dann aufgefordert, sich dazu zu äussern.

Bettina sah, wie von der Platane ein Blatt durch die Luft schwebte, federleicht, langsam dem Wasser zu, aufsetzte, wie ein kleines Schiffchen auf der Wasseroberfläche trieb. Sie stellte sich ein weisses Segel vor, das, von einem Luftstoss gebauscht, das Blatt langsam über das Wasser treiben würde, fernen Ufern entgegen. Wie damals, als sie noch ein Segelschiff auf dem Hallwilersee besessen hatten. Fast jeden Sonntag waren sie zu dem kleinen Bootshaus gefahren, hatten sich eingerichtet auf dem engen Raum, der auf Pfählen über dem Wasser stand.

Mutter hatte sich immer gleich an die Sonne gelegt, gemeint, man müsse das ausnützen, diesen einen Tag, sich Farbe zulegen, jede Minute sei kostbar.

Da lag sie dann: in einem dunkelbraunen Badeanzug, der sich tief in die runden Schenkel einschnitt, eine Masse Fleisch, glänzend von Sonnenöl, das Mutter sich eifrig einschmierte. Und Bettina musste ihr jedesmal den Rücken einölen. Sie

hatte es stets mit Ekel getan, wusste nicht, warum ihr ekelte, Mutter den Rücken einzuschmieren, das Sonnenöl über Hals und Schultern zu verreiben: mit ihren Fingern über die welke sommersprossige Haut zu fahren, eine Haut, die ihr so kalt vorkam, so spröde, als sei sie die Haut einer Toten. Bettina glaubte ein Kribbeln in den Fingerspitzen zu spüren, das sich zu einem Schauer von Ekel auswuchs; geschickt umging sie die Warze unter dem linken Schulterblatt, sie war Mutters rückwärtiges Auge, mit welchem sie, dachte Bettina immer, auch das, was hinter ihrem Rücken vorging, wahrnahm: Mutters Allgegenwart. Bettina schämte sich über ihren Ekel. Schon als kleines Kind hatte sie Mutter jeweils den Rücken kratzen müssen, hatte ihre kleinen Kinderhände durch Mutters Bluse gezwängt, war mit ihren immer kurzgeschnittenen Nägeln über den Rücken gefahren, hastig, unwillig, hatte sich Krallen gewünscht, um Striemen einkerben zu können.
War das Einölritual zu Ende, lag Mutter stundenlang in der Sonne, das Haar aufgeknotet, den Körper hingelagert auf der Holzpritsche, eine Polaroidsonnenbrille im Gesicht, in deren Gläser man sein eigenes Gesicht spiegeln sah, aber die Augen hinter den Gläsern nicht sehen konnte, nicht wusste, wohin sie blickten.
Mit Vater fuhr sie im Segelboot, sie beide allein auf dem See. Das Boot schaukelte, Vater war ein guter Segler, nützte geschickt die Winde aus, die das Segel bauschten. Und Vater zeigte ihr die Lichter im See, den feinen Dunst über dem Homberg.

Manchmal sprachen sie nichts, waren einfach da, liessen sich treiben vom Wind, Vater rauchte eine von seinen Zigarillos; sie beide allein, einig in dem unausgesprochenen Einverständnis, wie gut es war, für ein paar Stunden von Mutter weg zu sein.

Schweigen war eingetreten, als die Therapeutin ihre Einführung, die Initialzündung, wie sie es genannt, beendet hatte. Bettina hatte in die Runde geblickt, dann den Kopf gesenkt, wie sie in der Schule, wenn sie die Antwort auf die Frage des Lehrers nicht gewusst hatte, ängstlich seinem Blick ausgewichen war, sich in der Bank klein gemacht hatte in der Hoffnung, sich dadurch verbergen zu können. Das Entsetzen, wenn sie dann doch aufgerufen worden war, dieser Wunsch, sich im Boden verkriechen zu können.

Als die Therapeutin ihre Aufforderung, Vorschläge zu machen, wiederholt hatte, war, nach einem allseitig verlegenen Räuspern, Paul mit seiner dunklen Männerstimme in das Schweigen eingefallen.

Er finde es, meinte Paul, eine Zumutung, dass man sie hier zwingen wolle, Strafen auszudenken, die sie alle dann selbst treffen könnten, pervers sei das und sadistisch.

Bettina schaute diesen Paul an, als er sprach: ein längliches Gesicht, eher flach, mit kantigem Kinn, das schroff vorstand; braunes Haar, von einzelnen grauen Strähnen durchzogen, bedeckte Stirn und Augen. Bettina gefielen Pauls Hände, feingliedrige, schmale Hände, Frauenhände, dachte Bettina, aber irgendwie passen sie zu ihm.

– Das Thema dieser Gruppentherapie, fuhr Paul fort, zeigt wieder einmal mit aller Deutlichkeit, was das Ziel dieses Klinikaufenthaltes ist. Es geht nur darum, uns an die Normen anzupassen, uns wieder funktionstüchtig zu machen für die Riesenmaschine Gesellschaft, diesen Moloch.
Bettina staunte über die wuterfüllte Art, mit der Paul seine Worte hinausschleuderte, als seien sie Geschosse, mit denen er seine Zuhörer erschlagen wollte.
– Es ist ein Graus, fuhr er fort, wenn ich denke, dass Max, der vor einer Woche gegangen ist, sagte, er habe durch seine Gespräche hier, mit dem Therapeuten und in der Gruppe, eingesehen, dass er als Banklehrling nicht in Jeans und mit langen Haaren zur Arbeit erscheinen könne. Genau auf diese Anpassung läuft hier alles hinaus. Unsere Krankheitserscheinungen, seien es Magersucht oder Fresslust oder Angstzustände, Pillenfresserei oder Potenzstörungen, werden nicht als Protest gegen unhaltbare Zustände, als einzig mögliche, gewiss sinnlose Flucht aus dieser unerträglichen Wirklichkeit, verstanden, sondern als fixe Ideen, die es auszutilgen gilt, statt darin echte Bedürfnisse, menschliche eben, wahrzunehmen, Bedürfnisse, die auch jene haben, die nicht in eine Krankheit flüchten, die aber, im Unterschied zu uns, eine grössere Perfektion in der Unterdrückung dieser Bedürfnisse erreicht haben und deshalb als normal gelten.
Die Therapeutin, die solche Reden von Paul gewohnt schien, hörte gelassen zu und gab ebenso

gelassen Antwort: Krankheit sei eine sinnlose Form von Protest, unter der nur der einzelne leide, mit der Krankheit allenfalls sich selber zerstöre, aber sicherlich nicht die Gesellschaft in Frage zu stellen vermöge. Es gehe hier in der Klinik keineswegs darum, durch Anpasserei Bedürfnisse zu unterdrücken, sondern dem einzelnen zu helfen, andere Formen des Protestes zu finden als die Flucht in die Krankheit. Psychisch und physisch Kranke seien doch kein Potential, mit dem sich eine Revolution machen lasse. Sie finde seine Gedanken pervers, psychisch Kranke ihrem Schicksal überlassen zu wollen, damit eine revolutionäre Gärung der Gesellschaft erreicht werde, die letztlich niemandem nütze, da ein Heer durch Leidensdruck gequälter Menschen doch entsetzlich sei. Was er als Anpasserei bezeichne, sei lediglich der Versuch, ihnen zu helfen, durch das Anerkennen oberflächlicher Regeln und Normen, ohne die, wie sie gesagt habe, menschliches Zusammenleben nicht möglich sei, den primären Leidensdruck wegzunehmen und innerhalb dieser, wie sie gern zugebe, in mancher Hinsicht durch fragwürdige Ziele gekennzeichneten Gesellschaft, ein menschenwürdiges Leben zu leben. Dann sei es durchaus möglich, dass einer den Sinn seines Lebens darin finde, Schritte zu tun, die darauf abzielten, diese Gesellschaft zu verändern.
Während Bettina den Drahtzaun entlangschlenderte, noch immer das treibende Blatt auf dem Wasser betrachtete, gingen ihr diese Worte noch einmal durch den Kopf. Sie hatte schweigend wie

die andern diesem Wortgefecht zwischen der Therapeutin und Paul zugehört. Sprache finden für das, was in einem vorging, mit Worten Gedanken und Gefühle ausdrücken können, das war Paul möglich.
Bettina blieb stehen, sah das Blatt schaukeln auf den kleinen Wellen, die durch das abstürzende Wasser im Teich gebildet wurden. Mit Paul reden. Sie faltete das zerknitterte Papier in ihrer Tasche zu einem kleinen Schiffchen und warf es über den Zaun ins Wasser, es war grün, wie die Reuss an Sonnentagen.
Einen Teil ihrer Kindheit hatte Bettina am Wasser verbracht. Ottenbach lag im oberen Reusstal, ein paar hundert Einwohner, meist Bauern. Der Vater hatte das Restaurant Reussbrücke übernommen. Ein Restaurant zu führen, davon hatte er lange geträumt. Sie war zwölf Jahre alt gewesen, hatte die Sekundarschule besucht.
Das Restaurant war berühmt für Fischspezialitäten: Eglifilet, Forellen mit Mandeln gebacken oder gedünstet mit Estragonsauce, sogar der in der Schweiz eher seltene Zander war zu haben, auch Aalragout mit frischen Gurken, Fischliebhaber mit dickem Geldbeutel konnten pochierten Lachs mit Fenchel und holländischer Sauce bekommen. Vater war selber ein grosser Liebhaber und ging manchmal zum Spass noch angeln.
Im Frühling und Sommer nahmen viele Ausflügler das Restaurant als Ausgangs- oder Endpunkt ihrer Reusswanderungen, sassen dann bis weit in die Nacht im Gartenrestaurant, das ganz am Ufer lag, assen, tranken Wein.

Für Bettina waren die Jahre in Ottenbach eine gute Zeit: sie liebte den Fluss, verbrachte unzählige Stunden an seinem Ufer.

In Ottenbach hatte das angefangen mit Vaters Krankheit. Bettina erinnerte sich genau an den Tag: Herbst war gewesen, November, am Fluss schon der dichte Nebel, sie waren flussaufwärts marschiert, als Vater plötzlich über Atembeschwerden geklagt hatte, ausgerechnet er, der nie krank gewesen war, seine Fitness in Hochgebirgstouren unter Beweis gestellt hatte und im Turnverein gewesen war. Die Atembeschwerden hatten sich wiederholt, obwohl Mutter immer wieder betonte, er bilde sich das nur ein. Ein Mann in den besten Jahren. Vater war damals sechsundvierzig gewesen. Als dann noch ein Husten dazugekommen war, liess sich der Arztbesuch nicht mehr umgehen.

Der Arzt hatte Steckhusten festgestellt. Eine späte Kinderkrankheit, Herr Hauri, hatte er lachend gesagt, warten Sie ab, gelegentlich kriegen Sie noch die Masern.

Die Masern hatte Vater nicht gekriegt, aber aus dem Steckhusten war ein Dauerkatarrh geworden. Eine Grippe, Herr Hauri, hatte der Arzt gesagt, das übliche bei dem Nebel, alle kriegen Grippe, bis sie ein paar Herbste hier verbracht haben. Dieser Nebel schützt uns vor Zuzügern, sagen die Einheimischen, hier bleibt keiner lange, es sei denn, er muss. Der Arzt hatte gelacht. Stutzig geworden war er erst, als die Medikamente auf dem Nachttischchen keinen Platz mehr gefunden, der Husten aber heftiger geworden war.

Der Spezialist, den Vater ein paar Wochen später aufsuchte, hatte keine Zweifel offen gelassen: Sie sind Asthmatiker, Herr Hauri, fürs erste sollten Sie ein paar Wochen Höhenurlaub machen, dann sehen wir weiter.
Bettina blieb mit der Mutter allein. Sie führte den Betrieb, ein junger Koch wurde eingestellt und sorgte mit dem Lehrling für das Essen.
Die Zeit mit Mutter: viel Arbeit. Mutter rackerte sich ab. Bettina half mit, vor und nach der Schule. Abends sassen sie allein am Küchentisch. Seit Vater fort war, assen sie immer in der Küche, würgten die Mahlzeit hinunter, oft wortlos, Mutter war müde, musste noch dies und jenes für den nächsten Tag vorbereiten, Bestellungen machen, Rechnungen bezahlen.
– Ich muss mir Mühe geben. Wäre ja schön, wenn uns die Gäste davonliefen, während Vater fort ist. Du weisst ja, wie sie reden im Dorf.
– Das kann die doch nicht, die Hauri.
– Das wächst der über den Kopf, wartet nur ab.
– Wie machen Sie das bloss, Frau Hauri, das Restaurant und den Haushalt? Ist das nicht zuviel für Sie als Frau?
– Das will doch gelernt sein, so ein Betrieb, das kann nicht jede.
– In ein Restaurant gehört ein Mann.
An Wochenenden besuchten sie Vater. Sie machten Spaziergänge, nur kurze, weil Vater sich schonen musste. Sie sassen dann in irgendeinem Gasthaus, zusammen mit andern Kranken und ihren Angehörigen, wussten kaum, was reden. Vater

wirkte gedämpft, müde, mutlos. Sein Gesicht war aufgedunsen, bleich. Vom Cortison, hatte der Arzt gesagt, das werde sich zurückbilden. Oft sass Vater nur da, starrte in eine Ecke oder blickte aus dem Fenster.
Die Besuche deprimierten Bettina. Vater war verändert, war nicht zu erreichen, auch mit einem Witz nicht. Sein Lachen wirkte gequält.
Nach einem halben Jahr war Vater aus Davos zurückgekehrt. Das Asthma war geblieben. Damit müsse er leben, hatte der Arzt gemeint. Vater bekam eine Asthmapumpe, musste täglich seine Medikamente schlucken, jede Woche zum Arzt, alle vierzehn Tage eine Cortisonspritze.
– Weisst du, sagte er eines Tages zu Bettina, ich bin nur noch eine Ruine. Ich schaffe das nicht mehr, dieses Restaurant, ich komme nicht mehr zurecht mit all dem. Möchte mich verkriechen, irgendwohin, wo niemand mich sieht, niemand etwas von mir weiss. Es geht nicht mehr. Die Treppen, vor allem die Treppen, ich muss immer wieder stehenbleiben, Pausen einschalten. Am schlimmsten ist die Angst: die Angst vor dem Asthma-Anfall, das Wissen, du kriegst keine Luft, das Gefühl zu ersticken, zu verenden, ohne dass dir jemand helfen kann. Die Angst vor dem Anfall ist immer da, verfolgt dich wie ein böses Tier, Schritt auf Schritt, vor allem, wenn du allein bist. Draussen im Nebel, den Fluss entlang oder drunten im Keller beim Weinholen. Du bist kein freier Mensch mehr, gefangen in der Krankheit.
Und er hatte von früher zu erzählen begonnen, als

sei das für ihn schon Geschichte, vergangen und nie mehr zurückzuholen.
Von den Klettertouren im Sommer erzählte er, Klettereien an überhängenden Felspartien des vierten und fünften Schwierigkeitsgrades, von waghalsigen Abseilmanövern, von Gletscherüberquerungen, Rissen und Schrunden im Eis. Und er erzählte von seiner Zeit als Mittelstürmer im Drittligaklub Maiwil, wie sie jedes Jahr beinahe den Aufstieg in die zweite Liga geschafft hätten. Dreimal sei er Torschützenkönig gewesen und einmal sogar in eine Regionalauswahl aufgeboten worden.
– Fussball, Bergsteigen, Orientierungslauf, lange Wanderungen über Jurahöhen, Flüsse und Seen entlang, das, Bettina, habe ich geliebt, Sport als Ansporn und Herausforderung. Müdigkeit in den Gliedern nach einem Fussballspiel oder einer Wanderung kann mehr als nur Wohlbefinden sein, kann eine Art Glück bedeuten: eins mit sich selbst.
– All das, Bettina, ist vorbei. Dieser Körper ist kaputt und die Angst vor seinem Zusammenbruch quält mich im Innersten; Leben, Bettina, Leben ist das nicht mehr, das ist nur noch Vegetieren, Warten auf den nächsten Anfall, der vielleicht der letzte ist, Warten, nichts als Warten.
In jener Zeit hatte er auch mit dem Trinken angefangen. Zuerst war ihr das nicht aufgefallen. Bis sie ihn einmal beim heimlichen Trinken erwischte, als sie im Keller Wein holen wollte. Sie hatten sich angeschaut, nichts gesagt. Er kam ihr wie ein Kind vor.

– Lange geht das nicht mehr mit dem Hauri. Krank und säuft auch noch.
– Der wird bös enden.
– Die Frau hat auch nichts Schönes neben dem, rackert sich ab. Die kann einem leid tun.
– Eine Frau in den besten Jahren und eine Ruine von einem Mann.
Die Leute hatten recht: es ging nicht mehr lang. Sie gaben das Restaurant auf. Zogen weg, nach Mellingen, Frührentnertum. Sie bekommen eine IV-Rente und können halbtags arbeiten, Herr Hauri. Vater fand eine Halbtagsstelle im Denner-Verteilerzentrum in Mägenwil: Würste abpacken. Wenn Vater nicht krank geworden wäre, wie oft Mutter das sagte. Vater war mit der Krankheit nie fertig geworden. Bettinas Liebe wurde Mitleid, Ekel und Abscheu. Warum liess er sich so gehen, sass am Fenster, trank, weinte wie ein Kind. Ihr war, als stürbe Vater langsam weg aus ihrem Leben.
Manchmal unternahmen sie zusammen noch Spaziergänge, kurze, ein paar hundert Meter reussaufwärts, Vater, der immer zügig vorangeschritten war, ging bedächtig, an einem Stock. Obwohl er sich grosse Mühe gab, sich nichts anmerken lassen wollte, musste er immer öfter stehenbleiben, leicht vornübergeneigt, musste Atem holen, sein Gesicht verfärbte sich, wurde leicht bläulich. Bettina kam er so hilflos vor.
Früher waren sie oft zusammen spazieren gegangen. Ein- oder zweimal pro Woche, am Sonntag früh fast immer, waren sie zusammen über Feld

gegangen. Als sie noch in Kirchleerau wohnten, hatten sie meist den Weg über die Moräne genommen, Richtung Staffelbach.
Vater kannte jeden Baum, jede Hecke, jede Blume. Wie zu alten Bekannten trat er zu bestimmten Bäumen hin, schaute am Stamm aufwärts, als wollte er sagen: Na, Alter, wie geht's, den Winter gut überstanden? Manchmal sagte er auch: Heute gehen wir über die Trumpelwiese zu den drei Tannen, nachsehen, wie die alten Damen ausschauen bei diesem Schnee. Vater wusste, wo die ersten Weidenkätzchen sich auftaten im Frühling, wo die Schlüsselblumen besonders dicht, wie ein gelber Teppich sich ausbreiteten; er kannte die Stellen, wo man äsenden Rehen zuschauen konnte. Im sumpfigen Gebiet unterhalb der Moräne gab es noch seltene Sumpfplanzen. Vater kannte auch die lateinischen Namen.
Von Vater lernte Bettina die Namen der Blumen, Bäume und Sträucher. Die Suhre entlang wuchsen noch Pfaffenhütchen, Schwarzdorn, Liguster, die gelbe Wasserschwertlilie, der rote Hartriegel.
Manchmal sammelten sie Kräuter für Tee: Pfefferminz, Bärlattich, Tausendgüldenkraut, Huflattich, Wiesenknöterich, Baldrian und Bitterklee. Von der Grossmutter, die viel auf die Methoden Pfarrer Künzles gab, kannte Vater alte Hausrezepte und Anwendungsmöglichkeiten von Heilpflanzen. Grossmutter besass ein eigenes Rezeptbuch, für das sie durchs Feuer gehe, wie sie zu sagen pflegte; und immer wieder erging sie sich in Tiraden gegen die moderne Medizin, die nur noch

Pillen verschreibe. Auch wenn Vater gegenüber Grossmutters Rezeptbuch skeptisch war und oft mehr zur Belustigung daraus zitierte, so hatte er aus seiner Kindheit doch das Sammeln von Kräutern, Pflanzen, Pilzen, Beeren beibehalten und war trotz Mutters Protesten davon nicht abzubringen.
Im Rehhag, einer Waldlichtung auf der Staffelbacherseite des Tales, kannte Vater eine Hecke, wo man zwischen Brennesseln und Weidenresten Himbeeren finden konnte. Mit einem alten Ledergurt banden sie sich einen Aluminiumkessel um, in welchen der Käser sonst die Milch abfüllte, und legten die Beeren hinein, aus denen Mutter dann Konfitüre machte.
Bettina liebte besonders das Pilzesammeln. Auch hier war Vater ein Kenner: er wusste zu unterscheiden zwischen Schlauchpilzen, Ständerpilzen, Bauchpilzen, Rostpilzen, er konnte die Eigenheit der Sporenbildung erklären. Und er kannte die Namen: die Stinkmorchel, auch jung Hexenei genannt, unterschied den purpurfilzigen Ritterling vom giftigen Tigerritterling, dessen Gift heftige Magen-Darmstörungen bewirkte, er kannte die verschiedenen Trichterlinge, vom kegelförmig gebuckelten Riesentrichterling, auch Mönchskopf genannt, zum geringwertigen zimtbraunen Sacktrichterling, er warnte vor den ungeniessbaren Quallenröhrlingen mit den weissen, im Alter schwammigen Lamellen, die an Bruchstellen blassrosa und gallenbitter waren. Auch den roten Reispilz und den tödlich giftigen grünen Knollen-

blätterpilz lernte Bettina kennen. Sie liebte eigenartige Namen wie Zitzenschirmling, Milchling, Schweinsohr, Totentrompete oder Teufelsmehlsack für den weissen Bovist, den grossen Schmierling, der auch Gelbfuss oder Kuhmaul genannt wurde und mit einer schleimig-glasigen Haut bedeckt war, den blaugestiefelten Schleimkopf oder die Krause Glucke, die wie ein Badeschwamm aussah. Vater träumte immer davon, einmal einen Eichhasen zu finden, wie er als Kind einen gefunden hatte, der für ein ganzes Mittagessen ausgereicht hatte.

Sie sammelten die Pilze und legten sie in einen Korb, Vater schnitt sie sorgfältig über der Wurzel ab. Mutter war jeweils nicht erfreut, wenn sie einen Korb nach Hause brachten, das Rüsten und Schälen war aufwendig, zudem hatte sie Pilze nicht gern.

Mutter kam auch nie mit auf diese Spaziergänge. Sie wollte sich ausruhen, sich erholen von der Hausarbeit, dem aufreibenden Tag im Laden. Sie zog sich in ihr kleines Nähzimmer zurück, setzte sich in den grünen Korbsessel, den Grossmutter ihnen geschenkt hatte, kein wertvolles Stück, aber bequem in seiner breiten Behäbigkeit. Mutter liebte diesen Sessel, den sie so in die Fensternische gestellt hatte, dass sie durch das Fenster die Umgebung betrachten konnte, die Einfamilienhäuser der Nachbarn mit den gepflegten Gärten und Rasenflächen. Gegenüber wohnte Frau Moor, die immer alles wusste, was geschah, streng ihren Garten bewachte, wenn die Kinder auf dem schmalen Kiesweg Völkerball spielten.

Später, als sie an der Reuss wohnten, in Ottenbach, wurden ihre Spaziergänge zu ausgedehnten Flusswanderungen. Wie in Kirchleerau zogen sie zu jeder Jahreszeit, bei jedem Wetter los.
Bettina lernte den Fluss in tausend Stimmungen kennen, unterschied die feinen Farbnuancierungen des Wassers: Grau bei Regen, Schnee, Nebel, das matte Grün an Sonnentagen, das lehmige Gelb bei hohem Wasserstand, sie sah die Wirbel, Wellen, Schaumkronen, hörte auf das Gurgeln, Rauschen, Schmatzen, Keuchen, Quellen, Schäumen des Wassers, sah das wechselnde Spiel des Lichtes auf den Wellen. Flüsse reden immerzu, sagte Vater, du musst nur lernen, auf ihre Stimmen zu hören. Die Farben, Töne, Gerüche wahrnehmen.
Oft sassen sie zusammen schweigend an der Reuss. Etwas oberhalb von Ottenbach war ein kleines Wehr, wo der Fluss früher gestaut und ein Teil des Wassers in den Kanal einer Mühle geleitet worden war. Auf dem schmalen Steg, der über den Kanal führte, liess sich bequem sitzen und den Fluss in seiner ganzen Breite überschauen.
Bettina umklammerte mit beiden Händen den Zaun. Das kleine Papierschiffchen trieb noch immer auf dem Wasser. *Esperanza* müsste es heissen, dachte sie, oder *El Dorado* oder einfach *Niña.* Die Sonne war hinter den Wolken verschwunden. Das Wasser schien jetzt dunkelgrün, körperlich und schwer. Sie wandte sich um und ging mit langsamen Schritten zurück zum Haus.

Anne fühlte sich müde und ausgebrannt, als sie gegen acht Uhr an der Haltestelle Bifangstrasse aus dem Bus stieg. Der Tag in der Elektron AG, einer Firma, die elektronische Kleingeräte und Transformatoren herstellte, war ihr lang vorgekommen. Print löten: Wenn sie geahnt hätte, was das war. Auf weissen Kunstharzplatten, sogenannten printed circuit boards, hatte sie zwischen den eingeätzten Metallbahnen, welche wie ein weitverzweigtes Schienennetz aussahen, Widerstandsgruppen, hakenförmige Metalldrähte mit farbigem Mittelstück aus Plastik, in die vorgestanzten Löcher zu schieben. Auf der Rückseite der Platte musste sie die feinen Drähte mit der Klemmzange auf 1,5 mm Länge abschneiden und mit Lötkolben und Lötdraht, eine Kupfer-Zinnlegierung, wie man ihr beigebracht hatte, zu einem kleinen silbernen Punkt verschmelzen. Jede Platte enthielt 34 Lötstellen, die nach dem Löten im Ultraschallbad, einer milchig grünen Flüssigkeit, zu reinigen und anschliessend mit dem Decklack Si 154 zu besprühen waren.
Anne war anfänglich fast verzweifelt, weil es ihr nicht gelang, die winzigkleinen, kaum greifbaren Drahtstücke in die Löcher zu schieben. Auch die Lötpunkte wurden viel zu gross, was die Platte unbrauchbar machte, weil dann unerwünschte Kontakte zwischen den Metallbahnen geschaffen wurden, was, wie Herr Rösch, der Abteilungsleiter, bemerkte, katastrophale Folgen haben würde. Zwei Männer und vier Frauen arbeiteten an der langen Werkbank, schoben auf Gedeih und Ver-

derb die Widerstände in die Platten, löteten, reinigten, sprühten. Sechzehn Platten pro Stunde sei das Minimum, hatte Rösch gemeint, gute Arbeiter kämen auf zwanzig oder zweiundzwanzig.
Verzweiflung und Wut hatte sie gespürt, als ihr die Platten immer wieder aus der Hand rutschten. Sie war sich so ungeschickt, so klein und hilflos vorgekommen. Und alle hatten misstrauisch zu ihr hingeschaut. Ja, hatte Rösch gemeint, so einfach ist das halt nicht, da braucht man Geschicklichkeit, aber das kriegen wir schon noch hin, wir lassen Sie vorerst im Stundenlohn arbeiten, nicht allzulange allerdings, wir haben da auch unsere Kalkulationen, die Konkurrenz heutzutage, im Elektronikgeschäft ganz besonders, einfach unvorstellbar, sag ich Ihnen, ständig neue Firmen, die mit Dumpingpreisen den Markt versauen. Ständig steigende Löhne.
Rösch sprach, als sei er der Direktor des Unternehmens. In der Pause, sie sei erlaubt worden, weil alle sich bereit erklärt hatten, am Morgen eine Viertelstunde früher zu kommen, damit keine Arbeitszeit verloren gehe, hatte Anne Tee und Kaffee servieren müssen. Das würden immer die Neuen tun, hatte Rösch gesagt. Anne ärgerte sich, als sie sah, wie die Männer es genossen, bedient zu werden. Dem einen war zuviel Milch im Kaffee, der andere wollte Zucker, sie müsse sich halt merken, wie jeder seinen Kaffee wolle. Kriege er den nicht nach Wunsch, sei schlecht Wetter in der Abteilung und darunter würden alle leiden, sagte Rösch, der seinen Kaffee im Büro mit den beiden andern Abteilungsleitern trank.

Anne schlenderte die Bifangstrasse hinauf, dachte einen Moment daran, Martin anzurufen, verwarf den Gedanken. Ich darf jetzt nicht aufgeben. Im Kasten ein Brief, sie erkannte Bettinas Schriftzüge.

Bettina sprach von ihrer Mutter, von der häufig die Rede sei in der Therapie. Es fällt so schwer, schrieb sie, wenn ich mehr sagen soll, als dieses Ich-hasse-sie. Es ist nicht leicht, durch den Hass hindurch einen Weg zu finden. Welche Rolle hat sie in meinem Leben gespielt, die Frau mit dem strengen Gesicht und der weissen Arbeitsschürze, deren Hände so geschickt Waren einwickeln und Münzen zusammenklauben konnten. Die immer da war, bei allem, was ich tat.

Anne erinnerte sich, wie Bettina ihr erzählt hatte, es war noch in der Zeit bei Mühlhaupt gewesen, dass ihre Mutter jede Nacht gewartet hätte, wenn sie mit einem Freund fortgewesen sei.

– Schon von weitem sah ich das Licht im Badezimmer, wusste, sie sass und wartete, selbst wenn es zwei oder drei Uhr nachts war. Sobald ich mit meinem Solex über den Kies des Vorplatzes fuhr, wurde das Licht gelöscht. Und sie war dann im Bett, wenn ich das Haus betrat. Es brauchte kein Wort mehr, die Tatsache, dass sie gewartet hatte, reichte: ich hatte ein schlechtes Gewissen und fühlte mich schuldig.

Für Mutter, schrieb Bettina in dem Brief, bin ich immer das kleine Mädchen geblieben, das am Sonntag im weissen Kleidchen sich für den Kirchgang bereit machte. Mutters weisses Mädchen, das andächtig der Messe folgte, jeden Mittwoch zur Beichte ging, einen artigen Knicks machte, wenn es dem Herrn Pfarrer, der manchmal zum Essen kam, die Hand reichte.

Anne legte den Brief aus der Hand, ging zum Plattenspieler und legte eine Platte von Victor Jara auf: das Lied vom Knaben Luchin. Übermorgen würde sie Bettina besuchen. Anne freute sich.

Schon früher hatte Bettina manchmal von ihrer Kindheit erzählt, vom kleinen Dorf im Berner Aargau, in dem sie aufgewachsen war: Kirchleerau, ein Name, den niemand so aussprach, in der Umgangssprache hiess das einfach Lerb. „Mir gönd of Lerb." Es gab zwei Lerb: An Kirchleerau grenzte Moosleerau, Mooslerb. Die eng ineinander verzahnten Dörfer waren seit alters, erzählte Bettina, miteinander verfeindet. Kirchleerau, etwas nördlicher gelegen, am Fuss der Moräne, die als bewaldeter Buckel das Suhrental an seiner schmalsten Stelle abriegelte, nahm für sich in Anspruch, das echte Lerb zu sein, Mooslerb hingegen nur eine Art Anhängsel, was wiederum die Mooslerber energisch bestritten. So hatte jedes Dorf seine Bushaltestelle, die beiden Bushaltestellen, knapp 350 Meter auseinander, lagen so nahe, dass die einen die anderen einsteigen sehen konnten. Die PTT hatte sich seit Jahren vergeblich bemüht, eine zentrale Bushaltestelle einzurichten, aber da diese aus technischen Gründen auf Mooslerber Boden hätte gebaut werden müssen, war daran nicht zu denken gewesen.

Bettina hatte die Begebenheit belustigt erzählt, als

sie einmal zusammen Kirchleerau besucht hatten. Sie waren von Aarau mit der WSB nach Schöftland gefahren. Bettina hatte Anne die Namen der Dörfer, die rechts und links der Suhre sich entlangduckten, erklärt. Besonders amüsiert hatte sie der Name Muhen, der einzige Ort der Welt, hatte Bettina lachend bemerkt, in welchem die Kühe ihren Wohnort annähernd korrekt auszusprechen vermöchten.

In Schöftland bestiegen sie den Bus, der die Bahnlücke zwischen Schöftland und Sursee schloss. Seit Jahren hätten die Dörfer zwischen Schöftland und Sursee für eine durchgehende Bahn gekämpft, von der sie sich die Ansiedlung kleiner Industriebetriebe erhofften, um damit die Auswanderung in die industrielle Agglomeration um Aarau herum zu stoppen. Einmal sei sogar ein Bundesrat gekommen, um die Bahnlücke zwischen Schöftland und Sursee zu besichtigen. Der Magistrat hatte Abhilfe versprochen, doch auf die Bahn warteten die Lerber noch immer.

Anne gefiel das Suhrental: weite Felder taten sich auf, die zu beiden Seiten des Tales in bewaldete Hügel ausliefen. Mittendurch schlängelte sich die Suhre, von Hecken und Bäumen gesäumt; scheinbar ziellos hingestreut lagen vereinzelte Gehöfte; die weit auseinander liegenden Dörfer waren klein, Bauernhäuser prägten das Dorfbild.

In Wittwil hielt der Bus vor dem Rössli zehn Minuten, der Chauffeur trank sein Bier, dann fuhren sie weiter. Wieder führte die Strasse durch hohe Getreidefelder, an Kuhweiden vorbei, hin und wieder eines der in behäbig breitem Stil gebauten Bauernhäuser, das einen sorgfältig gezopften Miststock der Strasse zukehrte oder einen Garten mit Gemüse und Sonnenblumen, vor dem Tenn-entor bauchige Eimer aus Aluminium, Heure-chen, Schaufeln, ein Pflug, kaum Menschen, mal eine Katze oder ein Hund, der vor der Haustür lag.

An der Bushaltestelle, einem niedrigen Milchglas-häuschen, an dessen Vorderseite in grossen blauen Buchstaben „Kirchleerau" zu lesen war, stiegen Anne und Bettina aus. Bettina nahm Anne beim Arm und führte sie die Hauptstrasse entlang, an die zu beiden Seiten Wiesen grenzten, gelb durch-zogen von Löwenzahn und Butterblumen. Siehst du, rief Bettina begeistert, das ist unser Dorf, und sie wies mit dem Arm auf die Häusergruppe lin-kerhand: das Dorf, der Dorfkern vielmehr, denn auch die Hauptstrasse entlang standen vereinzelte Häuser, die ausgesetzt, lässig hingeworfen wirk-ten, lag auf der linken Talseite, wirkte in den Hang eingepresst, als sollte dadurch an dieser schmalen Stelle des Tales, wo die beiden Hügelzüge eng zu-sammen gerückt schienen, zudem durch die Mo-räne am Dorfausgang miteinander verbunden, et-was Weite gewonnen werden: Wiesen, Äcker, Weiden dehnten sich aus. Farben. Gerüche. Die Ebene sei früher ein Moor gewesen, wusste Betti-na zu berichten, Grossvater habe noch vom Torf-stechen erzählt. Sie waren zum Dorfzentrum ge-langt: ein Brunnen plätscherte zwischen zwei Lin-denbäumen, daneben war die Käserei, vor der

grosse Holzzuber und breite Aluminiumwannen standen.
Bettina zeigte Anne das Haus: eine Fassade von hellem Gelb, im Erdgeschoss von zwei Schaufenstern durchbrochen, zwischen denen, durch vier Tritte über Steinstufen erreichbar, sich die Ladentür befand. Über der Tür in schnörkelhafter Schrift „Colonialwarenhandlung". Auf den Simsen im ersten Stock prangten aus Plastikkistchen rote Geranien.
– Zehn Jahre haben wir hier gewohnt, die ersten zehn Jahre meines Lebens. Bettina erzählte von Mutters Kolonialwarenladen. Und sie erzählte Anne, wie sie als Kind fast jeden Morgen hinter dem Ladentisch gesessen und den Frauen zugeschaut hatte.
– Frauen, die sich jeden Morgen im engen Laden einfanden, viel zu früh, da der Bäcker die Brote erst um zehn brachte. Sie wussten das, aber sie kamen dennoch früher, fünf nach acht die erste, immer die gleiche, dann nach und nach die andern, bis sie vollständig waren: ein Heer von Gesichtern, aus den Einfamilienhäusern hergeschwemmt, zur Masse geworden in diesem kleinen Laden. Und aus den Gesichtern lösten sich die Mäuler, bewegten sich immer schneller, verzogen sich zum Blecken. Und Laute drangen aus diesen Mäulern, prallten aufeinander, überschlugen sich.
– Ich kannte diese Gesichter und Mäuler. Und ich kannte die Namen, die zu den Gesichtern gehörten und die Farben der Einkaufstaschen. Und ich wusste, wieviele Brote die Frauen kaufen würden,

wie ihre Geldbeutel aussahen und die Hände, die die Münzen herausklauben würden. Ich kannte und hasste sie, weil ich ihr Geschwätz kannte.

– Wissen Sie's schon, Frau Buchser ist wieder schwanger, das fünfte Kind, wie werden die das machen bei dem Lohn, den er hat. Die werden noch armengenössig.

– Die Milch ist schon wieder teurer, und das Brot schlägt auch auf, hat mein Mann gesagt.

– Hellers fahren diesen Sommer nach Mallorca. Machen wohl Ferien auf Pump, unverschämt, wie die sind.

– Widmer ist gestern abend wieder betrunken gewesen und hat die ganze Nachbarschaft aufgeweckt. Eine Schande. Und was sollen die Kinder denken?

– Was soll ich heute kochen, bei diesem Wetter weiss ich nie, was kochen.

– Müllers weihen am Samstag die neue Gartenhalle ein. Geben eine Party. Aber die haben nur die Mehrbesseren eingeladen, unsereins ist denen zu wenig. Ist ihm in den Kopf gestiegen, seit er Gemeinderat geworden ist, er trägt jetzt immer eine Krawatte.

Jeden Tag diese Reden und dazu die Kommentare: das komme halt davon, man habe es ja gesagt, aber die hätten ja nicht hören wollen, kein Zufall sei es, empörend, ja geradezu schockierend, ein Skandal so etwas. Vorgeprägte Sätze, die immer passten. Niemand war um ein Wort verlegen, niemand wurde unsicher, niemand zögerte.

Einzelheiten, die sich ihr eingeprägt hatten: Frau

Gloor mit ihren aufgedunsenen Wangen, der breiten Nase, Frau Mathys, die dauernd mit den Wimpern zuckte, die schmächtige Frau Haller, die alles, was gesagt wurde, mit „So So" kommentierte, Frau Ammann, die immer eine frischgebügelte Schürze trug, Frau Basler, die niemals lachte.
– Nichtssagende Einzelheiten, Schablonen, Alltagsschablonen, die damals mein Leben ausmachten, ohne dass ich sie verstand: jeden Morgen die gleichen Gesichter. Gesichter, die ich auch hasste, weil sie meine Mutter quälten, oft tagelang ausblieben und bei der Konkurrenz einkauften, wegen irgendeiner Kleinigkeit, einer unbedachten Unaufmerksamkeit, die meine Mutter sich scheinbar hatte zuschulden kommen lassen. Meine Mutter litt, wenn eine nicht mehr kam, quälte sich damit ab, was sie falsch gemacht haben könnte.
– Siehst du, sagte Bettina, als sie auf dem schmalen Wiesenpfad der Moräne zustrebten, all dies ist ein Teil meiner Geschichte: dieses Dorf mit seinen weit verstreuten Häusern, den Feldern dazwischen, der Bushaltestelle, dem Dorfbrunnen.
Der Pfad führte den Waldrand entlang, stieg leicht an zur bewaldeten Moräne. Anne blieb stehen, sah über den Drahtzaun auf die weidenden Kühe, die sich ihnen in gemessen trägem Tempo näherten.
– Meinst du nicht, wandte sie sich an Bettina, man müsste lernen, mit seiner Geschichte umzugehen, sie nicht als Gepäckstück betrachten, das die Bewegungsfreiheit hemmt und uns mutlos macht, sondern als etwas, was eben zu uns gehört, einen Teil von uns ausmacht, eine Chance sein kann,

nicht falschen Illusionen nachzuhängen. Müssten wir nicht versuchen, unsere Geschichte einzubringen in jede Landschaft, jede Begegnung, jede Liebe. Ich habe manchmal das Gefühl, wir scheitern nicht so sehr an unserer Geschichte, sondern am Versuch, diese zu verschweigen. Zu negieren. In der Illusion, neu anfangen zu können ohne das Alte.

Bettina schwieg. Sie näherten sich der Kuppe der Moräne, eine Lichtung, von spärlichem Gras bewachsen, gab den Blick frei ins Tal, über das sich leichter Dunst spannte. Eine graue Haut zog sich die asphaltierte Strasse durch Wiesen und Äcker. Wie eine Narbe wirkte die stillgelegte Kiesgrube, durch Stacheldraht eingezäunt, mit ihren braunen, steinigen Abhängen mitten im Tal. Bäume und Hecken säumten die Ufer der Suhre, die sich, um die Moräne einen grossen Bogen beschreibend, in verspielten, willkürlichen Windungen in trägem Lauf, fast widerwillig, vorwärts schob. Sie sassen eine Weile schweigend im Gras, sahen sich an. Dann erzählte Bettina von ihren unzähligen Aufenthalten auf dieser Lichtung der Moräne, die für sie als Kind zu einer Art Heiligtum geworden sei, das sie immer wieder aufgesucht habe. Stundenlang habe ich hier oben gesessen, bei Regen, bei Schnee, in der Hitze des Sommers, hab hinunter geblickt aufs Tal, die Strasse, den Fluss, die Kiesgrube, ich kenne alle Farben, Düfte, Gerüche, Stimmungen der Landschaft, als wären sie ein Teil von mir.

Ein Jahr war das her, seit sie mit Bettina in Kirch-

leerau gewesen war. Anne trat zum Fenster, zog die Lamellenstoren hoch, sah die quadratischen Lichter auf den Betonfassaden, die jetzt in der Dunkelheit weicher, aufgebrochener wirkten als tagsüber.
Bettina hatte damals so verständig geschienen, so überzeugend in dem, was sie sagte. Sie schien soviel vom Leben begriffen zu haben, dass Anne sich fast ein wenig naiv vorgekommen war.
Was war geschehen seither? Was hatte sich in dieses Jahr geschoben, sie verändert und bodenlos gemacht? Anne versuchte die Mosaiksteinchen aus Bettinas Leben zusammenzutragen, die zusammen vielleicht eine Antwort oder wenigstens den Teil einer Antwort ergaben. Da war die Kindheit, nicht viel anders als bei andern Kindern auch, die Eltern, krank gewiss, eine Berufslehre, wechselnde Freundschaften, Liebesgeschichten. Wer hatte das nicht erlebt? Nein, dachte Anne, viel Absonderliches war in Bettinas Leben nicht zu finden. Ein Leben, wie es tausendfach gelebt wurde. Und doch musste sich irgendwann etwas ereignet haben. Der Schritt zu dem, was Krankheit hiess, war klein. Bedeutete: nicht mehr funktionieren. Bedeutete: eiligst entfernen, absondern, damit nicht andere angesteckt wurden.
Anne öffnete das Fenster, ein kühler Luftzug fiel ins Zimmer. Herbst, bald würden die Felder kahl sein, würde der erste Schnee fallen. Anne dachte an die Herbstfelder um Martins Haus auf dem Hügel. Hier in der Betonlandschaft war von den Jahreszeiten wenig zu spüren, es war, als fänden

sie nicht statt. Seit einigen Wochen war Bettina in der Klinik. Und wenn es Anne richtig bedachte, konnte sie an Bettina keine Veränderung feststellen. Und einen Namen hatte der Arzt ihrer Krankheit noch immer nicht gegeben.

Anne stellte den Wagen im Parkhaus Hohe Promenade ab und bummelte durch die Rämistrasse. Bettina hatte sie diesmal unbedingt in der Stadt treffen wollen. Wir haben jetzt jede Woche einmal Ausgang, hatte sie geschrieben, treffen wir uns also in der Stadt, Vera und Ruth werden auch mitkommen, und Giovanni wird uns sicher fahren.
Anne betrachtete die Schaufenster der vielen Buchhandlungen an der Rämistrasse. Wieder einmal richtig Zeit haben zum Lesen. Die wöchentlichen Besuche in der Klinik waren zur Gewohnheit geworden, dazu die Arbeit bei Rösch, hin und wieder ins Kino, Essen in der Stadt, viel Zeit blieb nicht. Auch nicht zum Nachgrübeln.
Bettina würde mit den andern schon da sein, wenn sie kam. Anne stellte sich für ein paar Sekunden die ganze Gesellschaft vor, als müsste sie sich vorbereiten, um gewappnet zu sein für den Abend. Nie war vorauszusehen, welche Stimmung gerade vorherrschte. Darin mochte für Anne ein uneingestandener Reiz liegen, das Gefühl des Unabwägbaren, das im Alltag so oft fehlte.
Im Schaufenster an der Ecke waren Schallplatten ausgestellt. Klassische Musik. Italienische Opern hatte sie geliebt. Puccini, Rossini, Monteverdi. Auch das war in Vergessenheit geraten in den vergangenen Jahren. Verschüttet unter Gewohnheiten wie so manches. Sie würde neu beginnen müssen.
Das Gasthaus „Zum Roten Turm" befand sich oberhalb des Central in einer Quergasse zum Seilergraben. Sie zögerte einen Moment, ehe sie die

Tür öffnete. Ein kühler Herbstabend, schon gebrochen das Licht, Mücken umschwirrten das beleuchtete Wirtshausschild, einen aus Blech gestanzten roten Turm, über dessen Spitze eine runde Milchglaslampe schwebte, die leicht im Abendwind baumelte. Anne seufzte, fuhr sich mit der Hand durchs Haar.
Das Lokal, in zwei rechtwinklig angeordnete Räume geteilt, mit Wänden von dunkelbraunem Täfer ausgekleidet, war nur mässig besetzt. Anne erblickte Bettina, die mit zwei Frauen und zwei Männern im hintern Teil des Lokals sass, einem Sälchen, das durch Schiebetüren abgetrennt werden konnte. Sie trat an den Tisch, küsste Bettina, reichte den andern die Hand, setzte sich.
Anne hob das Glas, prostete allen zu, trank einen kräftigen Schluck Rotwein.
Giovanni, Sarinas Mann, erzählte von einem Betriebsausflug, den die Nidau AG für ihre Arbeiter und Angestellten veranstaltet habe, um, wie Direktor Keusch sich geäussert hätte, das zwischenmenschliche Klima zu verbessern und zu zeigen, dass alle im Betrieb eine grosse Familie sind, die auf Gedeih und Verderb zusammenhält. Mit betriebseigenen Cars, die eigens zu diesem Zweck mit Blumen geschmückt worden seien, als würde eine Hochzeitsreise stattfinden, sei man zuerst nach Luzern gefahren, habe dort das Schiff, ein echtes Dampfschiff, meinte Giovanni begeistert, bestiegen und sei bis zur Anlagestelle des Liftes auf den Bürgenstock gefahren. Auf dem Bürgenstock habe man gepicknickt, alle zusammen auf einer

grossen Wiese, sogar Direktor Keusch habe einen Cervelat gegessen und mit verschiedenen von ihnen gesprochen, sei sehr freundlich und zugänglich gewesen. Auf der Heimfahrt habe man Lieder gesungen und sei richtig fröhlich gewesen.

Anne fiel auf, dass Sarina ihren Mann, während er erzählte, mit keinem Blick würdigte, so als existiere er nicht. Abwesend sass sie da, den Kopf gesenkt, umklammerte mit beiden Händen das Weinglas. Das sei doch alles fauler Zauber, meinte Paul schliesslich. Giovanni wollte protestieren, ein kalter Blick Sarinas liess ihn verstummen. Das Gespräch stockte. Anne und Bettina sahen sich an, bestellten Wein.

Sarina schlug ein Spiel vor. Die andern lehnten ab. Ruth, eine schmächtige Person von höchstens 40 Kilo, erzählte von ihren Ferien in Spanien, Vera, ihre Freundin, magersüchtig auch sie, wusste Ferienerlebnisse aus Italien beizusteuern.

– Anne und ich waren letztes Jahr in Cornwall, begann Bettina zu erzählen. Der Aufenthalt in Tintagel Head: das kleine Dorf mit den geduckten Steinhäusern, verwinkelt und schief wie das Hotel, in dem wir Unterkunft fanden, hoch über den Steilküsten, unten das weiss schäumende Meer. Und draussen auf dem äussersten Felsen die Überreste von der Burg des Königs Artus, die Grotte des Zauberers Merlin. Da haben wir lange gesessen im Gras, das zwischen den Mauerresten wächst, von Steinnarben durchzogen, mit Heidekräutern und Moos bewachsen, mit schmalen sich im Grün verlierenden Pfaden, stundenlang haben

wir da gesessen und gelegen, haben dem Meer gelauscht, das sein Wasser gegen die Felsen peitschte, tief unter uns, haben die Dämmerung einfallen sehen, uns den feuchten Winden hingegeben, die unser Haar zerzausten.
– Du bist ja eine richtige Romantikerin, warf Sarina ein.
Bettina liess sich nicht beirren. Die wilde Gegend von Cornwall mit ihren rauhen Felsküsten und dem immer wehenden feuchtkalten Atlantikwind war für sie echte Romantik. Wir haben sie überall gefunden, sagte sie, in den kleinen Fischerdörfern die Küste entlang, haben in verräucherten Fischerkneipen Bier getrunken und Fish and Chips gegessen. In Clovelley, einem der schönsten Fischerdörfer, das ich je gesehen habe, sind wir eine Nacht geblieben, haben in der Morgenfrühe den Fischern zugeschaut, wie sie heimkehrten vom Meer.
– Kennt ihr denn die Geschichte von König Artus, fragte Paul. Für mich gehört sie zu den faszinierendsten Geschichten, die ich kenne. Wollt ihr sie hören, fragte er, die Geschichte von König Artus und Ginevra, seiner Frau; von Ehebruch, unglücklicher Liebe, schönen Männern, Kämpfen auf Leben und Tod ist da die Rede, also die ganze Menagerie von menschlichem Wirrsal.
Und Paul erzählte die Sage von König Artus. Niemand wollte recht zuhören, was ihn aber nicht zu beirren schien.
Sarina wandte sich Ruth zu, die noch immer von Spanien erzählte. In Andalusien sei sie gewesen, in

einem kleinen Dorf mit dem schönen Namen San Vicente de Castellet, nicht weit vom Montserrat, dem Berg mit dem berühmten Jesuitenkloster, das sie einmal mit ihrer Schwester besucht habe, die mit einem Spanier in San Vicente verheiratet sei. Erika, so heisse die Schwester, habe Pablo in der Schweiz kennengelernt, wo er auf dem Bau gearbeitet habe.

Giovanni wollte von einem Spanier in seinem Betrieb erzählen, der aus dem Baskenland stamme und sich für die Sache der Basken stark mache. Niemand hörte ihm zu.

Paul war noch immer bei seinem Artus, er sprach jetzt vom Zauberer Merlin, der den Keim aller Dinge gekannt habe, das Geheimnis von Sonne und Mond und die Rätsel des Meeres.

Anne, die die ganze Zeit über Bettina beobachtet hatte, fragte, wie's denn so gehe. Bettina sah für einen Moment auf, schlug aber rasch die Augen wieder nieder. Sie haben mir bei Crossmann gekündigt, weil es nun schon mehr als einen Monat dauert und ich noch immer nicht weiss, wann ich die Klinik verlassen kann.

Rebmann habe bedauert, fuhr Bettina fort, aber sie müssten eben disponieren. Es würde sich später sicher wieder eine Gelegenheit finden, sie zu beschäftigen. Sie solle erstmal richtig gesund werden, das sei doch auch in ihrem Interesse.

Paul, der bei Lancelots Liebe zu Ginevra angelangt war, bestellte Wein nach. Ruth war auf einem Stadtrundgang in Olesa di Montserrat, Sarina und Vera hörten gespannt zu, während Gio-

vanni noch immer von seinem spanischen Arbeitskollegen aus Bilbao zu erzählen versuchte. Bettina schwieg.
Der Kellner schenkte Wein nach. Alle prosteten sich zu und nahmen dann die angefangenen Gespräche wieder auf. Als Paul von den heimlichen Rendez-vous' von Ginevra und Lancelot im Park des königlichen Schlosses erzählte, stiess Giovanni so laut ein porco la miseria in die Runde, dass Ruth den Bericht über die Exerzitien des heiligen Ignatius auf Montserrat unterbrach. Alle sahen einen Moment auf Giovanni, der rasch sein Glas umfasste und trank.
So ein Mist, diese Kündigung, dachte Anne, muss denn wirklich alles schief laufen?
Wieder sah sie Bettina an, die reglos, als habe sie sich in sich selbst verkrochen, dasass, wie sie es manchmal tat, stundenlang nichts sagte, das Haar im Gesicht, die Stirnfransen wie einen Vorhang vor den Augen.
– Sei doch froh, sagte Anne, dass du nicht mehr zu Crossmann musst. Die sollen dir doch in die Schuhe blasen.
Bettina schwieg.
Die anderen sprachen weiter.
Anne und Bettina brachen als erste auf. Sie bogen vom Niederdorf in die Napfgasse ein, standen eine Weile auf dem kleinen Platz mit den Kastanienbäumen am oberen Ende der Spiegelgasse. Sie setzten sich auf eine Bank. Anne fröstelte, drängte aber nicht zum Weitergehen, da sie zu spüren

glaubte, dass Bettina noch ein wenig bleiben wollte.

– Hast du sie wieder einmal schlimm gefunden, meine Freunde, begann Bettina zögernd das Gespräch, sie haben eben alle einen Tick, nicht wahr? Anne spürte, dass auch Bettina fröstelte. Sie legte ihr den Arm um die Schulter, streichelte ihr mit der andern Hand das Haar.

– Was heisst denn schlimm, erzähl doch nicht solchen Quatsch. Auch ich habe früher mal geglaubt, in Nervenheilanstalten und Kliniken seien lauter Verrückte, die herumbrüllen und wild um sich schlagen. Und schon bei meinem ersten Besuch bin ich erstaunt gewesen, einfach Menschen anzutreffen, von denen ich das Gefühl hatte, sie seien mir viel näher als manche, die ich im Alltag treffe. Und heute ist es mir wieder ähnlich ergangen. Diese Sarina mag ich richtig gern. Giovanni tut mir irgendwie leid, man sieht, wie sehr er sich Mühe gibt, sie zu verstehen und doch nicht an sie herankommt.

– Ja, sagte Bettina, er kommt noch immer Abend für Abend, bringt Geschenke, die sie nicht beachtet. So hat eben jeder seine Geschichte. Es ist gut, dass du da bist. Manchmal, wenn ich mich so allein fühle in der Klinik und absacke in die dumpfen Ängste und meine Kopfschmerzen kriege, dann such ich nach deiner Stimme, nach der Wärme deiner Stimme.

Anne drückte Bettina fest an sich. Beide schlotterten vor Kälte. Komm, sagte Anne, nahm Bettina bei der Hand, gehen wir, sonst erfrieren wir noch.

Ich fahr dich hinaus. Wir können im Auto weiterreden. Bettina nickte.
Schweigend gingen sie nebeneinander durch die dunkle Spiegelgasse. Aus einem beleuchteten Fenster war Musik zu hören, etwas Klassisches, Beethoven, meinte Anne. Sie standen für ein paar Sekunden, gingen dann weiter.
– Paul hat wieder einmal eine Show abgezogen heute, sagte Bettina. Hast du dich sehr geärgert?
– Er redet halt soviel, mal vom Kaiser Nero, dann von den Hexenverbrennungen. Und er trinkt. Trinkt sagenhaft. Seine Frau will sich nun von ihm scheiden lassen, hat er mir gestern gesagt. Sie besucht ihn ganz selten mit den beiden Knaben. Ich glaube, er leidet darunter, auch wenn er nie davon spricht. In der Klinik mag man ihn nicht, weil er sich immer wieder wehrt, aufbegehrt. Für unsere Gruppentherapeutin ist er bloss ein Unruhestifter, ein Rebell und Querschläger, wie sie jeweils sagt. Auf mich wirkt er anders, irgendwie verletzlich, ausgesetzt, auch müde, ja, eine grosse Müdigkeit scheint in ihm zu sein, gegen die er ankämpft mit seinen wütenden Attacken.
Zwei Betrunkene torkelten an ihnen vorüber, grölten und gingen weiter. Bettina tauchte die Hand in den Brunnen beim Aufgang zur Winkelwiese. Die steinerne Brunnenfigur war mit Farbe beschmiert. Im Brunnen schwammen Milchtüten, Schokoladepapiere, Laub.
– Manchmal habe ich das Gefühl, sagte Bettina, ich lerne hier in der Klinik die Menschen wirklich zu betrachten, hinter die Fassaden zu schauen, das

zu sehen, was sie wirklich sind, ihre Ängste und Wünsche, Bedürfnisse, die sie unterdrücken mussten, bis sie krank wurden. Es gibt so vieles, was die Menschen krank macht. Je mehr ich von den Menschen in der Klinik erfahre, desto besser verstehe ich sie. Und dennoch, sagte Bettina, komme ich mit meiner eigenen Geschichte nicht mehr weiter. Immer wieder habe ich Kopfschmerzen und nehme dann Zäpfli. Natürlich trauere ich der Stelle bei Crossmann nicht nach, aber die Kündigung hat mich getroffen, als hätte man mir wieder einen Faden abgeschnitten, der mich mit der Welt ausserhalb der Klinik verbindet. Und ich entferne mich immer weiter vom Leben da draussen, das mir aus der Distanz der Klinik immer unsinniger und perverser vorkommt.

III

Eine Wanderwoche würde ihr gut tun, dachte Anne, draussen sein, sich bewegen, den Körper entschlacken, Kräfte sammeln, frische Luft einatmen, allein sein mit den Gedanken und Gefühlen. Distanz legen zwischen sich und die Arbeitswochen in der Elektron AG. Rösch und sein dynamisches Team vergessen, Zeit finden für sich selber, was ihr im Alltag nie gelang.

Anne war immer eine begeisterte Wanderin gewesen. In der ersten Zeit mit Martin waren sie oft gewandert, waren, wann immer sich eine Gelegenheit ergeben hatte, für ein oder zwei Tage weggefahren: in den Jura, den Schwarzwald, die Vogesen, das Tessin. Anne liebte es, durch Felder zu gehen, über Hügel; oder Flüsse entlang zu schlendern, sich zu verlieren in der offenen Weite eines Tages, einer Landschaft. Später hatte Martin immer weniger Zeit gefunden. Manchmal war sie dann allein gefahren, aber das hatte ihm auch nicht gepasst, und sie hatte sich durch sein Stänkern und Meckern abhalten lassen.

Jetzt im Spätherbst, im gebrochenen Licht der schon schwachen Sonne: das müsste schön sein. Anne geriet ins Schwärmen beim Gedanken, eine Woche weg sein zu können. Ganz für sich zu sein. Dass sie sich für den Schwarzwald entschloss, hatte weniger mit Nostalgie zu tun – sie war zwar mit Martin zwei- oder dreimal in der Gegend des Tittisees gewesen – als vielmehr mit Bequemlichkeit: sie kannte die Gegend aus ihrer Kindheit, wusste einige Wanderrouten, die sie, jetzt nach Jahren, gern noch einmal gehen würde. So müsste

sie auch nicht lange nach einem Hotel suchen, was sie ohnehin hasste, kurz, sie würde Zeit gewinnen und damit die Woche voll ausnutzen können.
Sie packte zu den Kleidern einige Bücher. Regentage waren um diese Jahreszeit ja nicht auszuschliessen. Sie reiste selten ohne Bücher, die sie aber meist ungelesen wieder nach Hause schleppte.
Nach knapp anderthalb Stunden Fahrt durch einen grauen Herbsttag erreichte sie Altglashütten, ein Dorf im südlichen Schwarzwald. Das Zimmer in der Pension Rössle war preiswert. Sie war, wie sie bald feststellte, der einzige Gast. Spätherbst, hatte die Wirtin, eine rüstige Fünfzigerin mit weitausgeschnittenem Dirndlkleid, gemeint, sei Flaute, erst mit dem Schnee kämen die Gäste wieder. Langlauf, man habe jeweils mehrere Loipen, sei besonders beliebt. Ein Bummel durch das Dorf bestätigte Anne den Eindruck einer gewissen Verlassenheit: das Touristenbüro war geschlossen, der Parkplatz für die Autobusse leer, am Anschlagbrett mit Tagesausflügen flatterten zerrissene Blätter. Ein kühler Wind trieb Laub über den Asphalt. Anne stieg die Halde hinan, die zur Kirche hinauf führte, blickte von oben auf das Dorf: die Matten, auf denen noch Kühe weideten, waren schon gelblich, die schwarzen Nadelwälder schwammen in weissem Dunst, der durch die anbrechende Dämmerung langsam in ein dunkles Blau überging.
Anne kehrte ins Dorf zurück, trank im „Dorfkrug" einen Viertel Pfaffenulmer, einen leicht säu-

erlichen Blauburgunder. Die Stille hier ist gut, dachte sie. Sie fühlte sich aufgehoben und hatte keine Lust, mit jemand zu reden.
Gedanken waren da an die vergangenen Wochen, an Bettina, die sie, so kam es Anne vor, zurückgelassen hatte. Das Wort Verrat versuchte sie zu verdrängen. Es geht ihr besser, sie findet sich schon zurecht. Auch ohne mich.
November, Bettinas dritter Monat in der Klinik, und ein Ende war nicht abzusehen. Es brauche Geduld, hatte der Arzt gesagt. Anne dachte an die Besuche, die Gespräche. Gerade in den letzten Wochen hatte sie oft das Gefühl gehabt, ihre Gespräche drehten sich im Kreis. Anne machte Pläne, Bettina hörte zu, nickte. Aber Anne fiel auf, dass sie immer seltener vom Weggehen sprach, als hätte sie sich allmählich mit der Klinik abgefunden, so wie man etwas, was man anfänglich gehasst hat, mit der Zeit durch Gewöhnung gewissermassen domestiziert und seiner Fremdheit beraubt, als Ort der Zuflucht anzunehmen beginnt und ihm später sogar den Namen Heimat gibt.
Bettina identifizierte sich mit so vielem, was sie gar nichts anging, dachte Anne.
Einmal hatte sie Anne von einem Italiener erzählt, von Luigi, den sie in einer Trattoria getroffen hatte. Seine Augen waren so voller Melancholie, sagte Bettina, dass er mir fast das Essen verdorben hat. Er lebe nicht gerne in der Schweiz, hatte er ihr geklagt, er fühle sich ausgestossen und allein, seit sein Bruder nach Italien zurückgekehrt sei. La Svizzera non è un paese per vivere, è un paese per

morire. Und er habe ihr von Italien erzählt, vom Dorf in Apulien, aus dem er stamme. Es heisse La Castella und liege am Meer. Die meisten Einwohner seien Fischer und Rebbauern. Luigi habe ihr richtig leid getan, sagte Bettina, und sie habe ihn mitgenommen und mit ihm geschlafen.

– Du tust manchmal, hatte Anne zu ihr gesagt, als trügest du das ganze Gewicht der Welt auf deinen Schultern.

– Mag sein, hatte Bettina geantwortet, aber soviele Menschen in unserem Land sind traurig und unglücklich, und das lässt mich nicht gleichgültig.

Auch mich lässt es nicht gleichgültig, dachte Anne, aber Mitleid hilft da wenig. Es braucht Aktionen, Taten. Aber da wollte Bettina nicht mitmachen. Das überfordert mich, sagte sie.

Bettina fühlte sich oft überfordert. Wie häufig erzählte sie von ihren Eltern, für die sie sich verantwortlich fühle. Sie leiden nur noch, erzählte Bettina, und ich kann nichts tun.

– Ich schaff es nicht mehr, noch Jahre so zu leben, sagt Mutter, aber ich schaff es auch nicht mehr wegzugehen. Ich bin bald sechzig und habe die Kraft nicht mehr.

– Und Vater sitzt am Fenster, starrt hinaus auf den Garten, wartet auf den Briefträger, trinkt. Und Mutter strickt und häkelt. Und Stille und Unheil liegen im Raum, dehnen sich aus bis zur Unerträglichkeit. Manchmal möchte ich gehen, sagte Bettina, abreisen für immer. Und dann bleibe ich doch, weil der Gedanke mich quält, die beiden allein zu wissen in ihrem Haus.

– Mutter, die nie mehr allein ist und weint am Telephon. Vater, ein Alkoholiker, der nie mehr gesund sein kann, weil er ja Rente bekommt. Die muss er rechtfertigen. Er kann nicht zugeben, dass es ihm gut geht, sagt Mutter.
– Die im Städtchen denken ja ohnehin, mir gehe es gut, sagt Vater. Wer nicht als Krüppel herumgeht, dem glaubt man seine Krankheit nicht. Die sagen dir zwar nie offen, was sie denken, aber du merkst, die munkeln über dich. Du spürst es, wie sie dich anschauen. Aus ihren Gesichtern spricht es, nicht aus ihrem Mund.
– Am Anfang war Vater noch ins Wirtshaus gegangen, hatte getrunken für ein paar Stunden. Jetzt bleibt er zu Hause. Sitzt da. Auch keine Spaziergänge mehr. Was geht in ihm vor, sagte Bettina, welche Gedanken hat er, wenn er abwesend am Fenster sitzt, das Gesicht starr, die Augen blicklos. Man müsste seinen Schädel aufmeisseln können und nachschauen, was in ihm vorgeht. Vielleicht könnte man ihn dann verstehen, lieben, ihn, den grossen Schatten am Fenster. Zwei Menschen, sagte Bettina, die meine Eltern sind, und dennoch oft weit weg, fremd, eingesperrt in diese immergleichen Räume: Küche, Schlafzimmer, Stube. Die Möbelstücke wie Requisiten zu einem nie gespielten Stück.
– Und ich stelle sie mir immer vor, wie sie dasitzen, wortlos, einander nicht anblicken, gequält von Erinnerungen an früher. Bilder, die nicht mehr stimmen, nur noch Fotos in Alben, wasserfleckig und vergilbt. Und ich könnte weinen,

wenn ich mir ihre hilflosen Gesten vorstelle, die gezeichneten Gesichter. Die Stille, die den Raum erfüllt, sich auswächst zum Meer. Gesten und Worte, die nicht mehr durch Verbitterung und Enttäuschung hindurchzudringen vermögen.
Anne öffnete die Balkontür und trat hinaus: Dunkelheit, ein kalter Wind war aufgekommen, fegte Laub über den Vorplatz. Von der Strasse leuchtete das Schild „Kurverein Altglashütten", davor standen zwei Touristen, ältere Männer mit Wanderschuhen, Kniesocken und altmodischen Knickerbockern, wie sie früher die Knaben getragen hatten. Auch verspätete Gäste, dachte Anne und schaute den beiden zu, wie sie die Hotelliste studierten. Sie schienen uneinig, und während der eine immerfort mit seinem Spazierstock auf ein Hotel deutete, wehrte der andere mit energischem Kopfschütteln ebenso entschieden ab. Schliesslich trotteten sie Richtung Hauptstrasse davon.
Anne hielt sich am Balkonrand fest, lehnte hinaus. Ihre Augen bohrten Löcher in die Dunkelheit. Schwach zeichneten sich die Silhouetten der Tannen am gegenüberliegenden Hang ab.
Vor einem Jahr hatte sie selber noch auf dem Lande gelebt, bei Martin. Im Winter war es schön im alten Haus auf dem Hügel: der Kachelofen wurde eingeheizt, die Kirschsteinsäckchen ins Ofenloch gelegt für die Nacht im kalten Schlafzimmer mit den Eisblumen an den Vorfenstern. In der Küche kochten sie auf dem offenen Feuer, während draussen die Dezemberstürme derart über das freie Feld fegten, dass das Haus in allen Fugen

krachte. Und in den Wänden raschelten die Mäuse. Anne liebte den Winter im Haus, auch wenn es oft mühsam war: bei starker Kälte froren die Leitungen ein, Regen oder Schnee drückten öfter so durch das lecke Dach, dass es im oberen Stock von der Decke tropfte. Dennoch fühlte sie gerade im Winter grosse Geborgenheit im Haus, besonders wenn Schnee lag.

Letzten Winter war das eigenartig gewesen: sie hatte einen immer stärkeren Unwillen gefühlt gegen das Haus, hatte oft nach der Arbeit die Heimkehr hinausgezögert. Es stimmt nicht mehr mit uns, hatte sie zu Martin gesagt.

Über Weihnachten waren sie weggefahren, zum erstenmal seit Jahren, nach Venedig, ausgerechnet nach Venedig. Es war Annes Vorschlag gewesen. Sie hatte im Herbst die Biennale besucht und sich für die Stadt begeistert.

Mein letzter Versuch, hatte Anne sich gesagt, als sie gefahren waren. Und sie waren in die Stadt gekommen, die schön war um diese Jahreszeit. Ein mildes Sonnenlicht auf den Plätzen und Kanälen, und die ganze Riva degli Schiavioni war voller Schaubuden, Geisterbahnen, Karussells; und draussen die Guidecca in weichem Dunst. Eine übermütige Stimmung hatte geherrscht in diesen letzten Tagen des Jahres. Nur sie beide hatte das nicht erreicht. Sie waren nebeneinander hergeschlendert, hatten sich bemüht, freundlich zu sein miteinander, nachsichtig, geduldig. Anne hatte Martin Winkel und Plätze gezeigt, die sie entdeckt hatte im Herbst, sie hatte ihn in Restaurants ge-

führt, die ihr gefallen hatten, kleine Cafés, die abseits lagen. Sie waren mit einem Boot nach Torcello gefahren.
Und alles hatte nichts genützt. Als wäre ihnen die Sprache abhanden gekommen, waren sie immer wieder ins Schweigen verfallen. Worte, die nicht mehr ankamen, nicht aufgenommen wurden, irgendwo versandeten auf der kleinen Strecke, die zwischen ihnen lag. Der andere war fremd geworden, und alle Erinnerungen, die sie manchmal aufwarfen, halfen nichts.
Die Schönheit der Stadt, die Fröhlichkeit der Menschen, das tat nur weh.
Anne warf einen Blick in den stockfleckigen Spiegel, der mit seinem grünen von schmalen Goldstreifen durchzogenen Holzrahmen dem Zimmer einen antiken Einschlag verleihen sollte, dabei aber in krassen Widerspruch geriet zu den übrigen, durchwegs modernen Möbelstücken, zwei Klubsesseln und einer Couch.
Venedig war eine Art Wendepunkt gewesen, dachte Anne, die endgültig schmerzliche Erkenntnis, nochmals von vorn anfangen zu müssen. Aufbrechen aus dieser nach sieben Jahren kraftlos gewordenen Beziehung, nicht weitervegetieren.
Sie war dreissig, nicht mehr jung, gewiss. Ihr Gesicht, stellte sie mit Genugtuung fest, wirkte noch immer jugendlich, noch keine Falten, wenn auch ein Zug von Müdigkeit nicht zu leugnen war. Sie setzte sich auf die Couch, zog die Schuhe aus, betrachtete ihre Füsse. Ich liebe meine Füsse, meinen Körper, so wie er jetzt ist, auch mit drei, vier Kilo

zuviel. Sie stören nicht, sie gehören zu mir, so wie ich jetzt bin.
Anne streckte sich auf der Couch aus. Sie hatte gelebt in den vergangenen Monaten, war langsam herausgewachsen aus der Abhängigkeit von Martin.
Die Gespräche in der Frauengruppe waren gut: reden mit andern, die ähnliche Probleme hatten, wissen, da kann ich hingehen, mich so geben wie ich bin, keine Maske tragen, keine Rolle spielen müssen. Es war zum erstenmal, dass Anne lernte, mit Frauen zusammenzusein. Schulfreundschaften mit anderen Mädchen waren immer sehr oberflächlich gewesen. Nur an eine Schulfreundin musste Anne immer wieder denken, an Ruth, mit der sie die Primarschule besucht hatte. Ruth, ein blondes Mädchen mit zwei Zöpfen, war ganz anders als die lebhafte, als Kind immer unruhige, durch ihr sprunghaftes Wesen auffallende Anne, die nie still sitzen konnte, immer in Bewegung war, sehr zum Leidwesen der Lehrerin. Ruth dagegen war ruhig, bedächtig, von extremer Langsamkeit in allem, was sie tat. Warum gerade Anne und Ruth befreundet waren, darüber wunderten sich alle, Schulkameraden, Lehrer, Eltern. Les extrêmes se touchent, hatte ein Lehrer gemeint. Hatte sich hier, dachte Anne, bereits ihre Neigung gezeigt, sich jenen zuzuwenden, die sich gänzlich von ihr unterschieden, was wohl für eine Weile faszinierend, auf die Dauer aber doch Anlass für ständige Missverständnisse sein musste. Les extrêmes se touchent, hatte man auch von Martin und

ihr gesagt. Was mochte aus Ruth geworden sein. Anne hatte sie aus den Augen verloren. Sie hatte, was Anne erstaunte, Hostess werden wollen.
Anne verspürte Lust auf reichliches Essen. In der Gaststube wenige Gäste. Einheimische. Sie diskutierten die Resultate des Wahlsonntags. Im Radio gab ein Politiker ein Interview, sprach wie ein Sieger, obwohl seine Partei Stimmen eingebüsst hatte. Er betrachte das Erreichte als grossen Erfolg, mehr sei gar nicht möglich gewesen. Wie leicht die sich über die Wahrheit hinweglügen, widerlich, dachte Anne. Sie bestellte eine Schwarzwälderwurstpalette und einen Halben Pfaffenulmer trocken.
Nach dem Essen sah sich Anne im Fernsehraum noch eine Zeitlang die Wahlsendung an: Spitzenpolitiker, alle glänzend gelaunt, thronten in den Sesseln, jeder, seinen Worten nach, der Sieger, auch wenn die Zahlen gegen ihn und seine Partei sprachen. Schwammige Gesichter, dachte Anne, schaltete den Fernseher aus und ging zu Bett.

Anne löschte das Licht. Wieder fiel ihr Bettinas Satz ein. Anne überfordert mich. Die Worte hatten sich festgehakt. War sie durch ihren blinden Eifer unfähig gewesen, auf Bettinas wirkliche Bedürfnisse einzugehen. Warum hatte sie die schwachen Signale, die Bettina gab, kleine Pausen in ihrem Schweigen, nicht aufgenommen, sie stattdessen gescholten wegen ihres Schweigens, ja, es hatte sie oft wütend gemacht, wenn Bettina in dieses Schweigen zurückgefallen war. Plötzlich, mitten im Gespräch, hatte sie geschwiegen, als sei sie für immer still geworden, und sie, Anne, hatte weitergeredet, sie war mit einem Schwall von Worten gegen diese Mauer, die immer höher zu werden schien, angerannt, wurde wütend, steigerte sich in einen Monolog, der auch, je länger sie sprach, Anspielungen und Bitten – du versteckst dich, red doch –, dann auch Gehässigkeiten enthielt – du machst es dir zu einfach, du lässt mich anrennen, du bist gemein, gib diese Taktik auf –; manchmal hatte sie sogar geschrien, einmal eine Tasse auf den Boden geschmettert, ein andermal Bettina verzweifelt geschüttelt.

Erreicht hatte sie damit nichts.

Alles war vergeblich gewesen. Jedesmal. Bettina hatte geschwiegen, dann geweint. Und sie, Anne, hatte sich geschämt. Warum hatte sie nicht einfach auch geschwiegen, gewartet, bis es Bettina gelang, sich zu öffnen, zu sagen, was ihr weh getan, sie verletzt, zum Schweigen gebracht hatte. Warum war sie, statt zu reden, nicht einfach zu ihr hingetreten, und hatte ihr mit einer Geste bedeutet, sie,

Anne, wäre da, das kleine Zeichen von Nähe, das Bettina vielleicht geholfen hätte, das sie gebraucht hätte, um ihr Schweigen überwinden zu können. Wie oft hatte sie selber von Martin solch kleine Zeichen erwartet, wie wenig hätte es von seiner Seite gebraucht, damit sie, Anne, wieder Vertrauen gefasst haben würde.
Anne drehte das Licht wieder an. An Schlaf war nicht zu denken. Sie gewahrte die Hässlichkeit des Zimmers: diese weissen Laken aus Percal, die ihr den Schweiss aus allen Poren trieben, weisse Kissen- und Deckenbezüge, straff gebügelt, Glaslampen von steril grellem Licht vor weisser Decke, zwei Ölbilder an den Wänden, vor dem Bett ein Glastischchen mit Metallbeinen, zwei Stühle mit hellbeigem Stoffbezug, ein Garderobeständer aus Plastikfournier. Spitalatmosphäre, dachte sie, suchte in ihrem Gepäck nach einem Buch, das sie ablenken würde, fand die Seresta, schluckte zwei, las ein paar Seiten, ärgerte sich und legte das Buch wieder aus der Hand.
Anne überfordert mich. Wieder der Satz. Sie starrte zur Decke. Tat sie zuviel? Manchmal waren die Zweifel da. Zweifel über all diese Aktivitäten, die sie an den Tag legte: die Arbeit in der AKW-Bewegung, in der OFRA, in der Partei. Sie hätte aufzählen können, was sie alles getan hatte in den vergangenen Monaten, Flugblätter, die sie verteilt, Häuserbesetzungen und Demonstrationen, an denen sie sich beteiligt hatte. Ja, das würde ein ansehnliches Inventar ergeben, auf das sie stolz sein könnte, hatte sie doch viel Zeit geopfert. An-

ne schreckte davor zurück, sie hatte oft genug Peinlichkeit gespürt, wenn Parteigenossen von ihren Taten erzählten oder gar darüber schrieben. Da schwang etwas Märtyrerhaftes mit, das Anne abstiess. Wie lächerlich war es doch, dieses Sich-Aufblasen mit grossen Worten, wie es oft an Parteiversammlungen geschah, wo sich die Genossen in Revolutionseuphorie hineinsteigerten.
Wie selten waren die Momente, in denen sie echte Solidarität spürte, das Gefühl, es würde wirklich etwas passieren, etwas sich verändern, so wie sie es damals am Pfingstmarsch der AKW-Gegner gespürt hatte.
Sie war mit Martin im Extrazug von Zürich nach Kaiseraugst gefahren. Das Dorf wie belagert: Hunderte, ja Tausende von Menschen, die da waren, um Nein zu sagen; Fahnen und Transparente wurden geschwungen; fremde Leute, die sich um den Hals fielen, zusammen assen, miteinander redeten. Und auf der andern Seite die Polizisten, die das Gelände abriegelten, maskiert, bewaffnet, schlagbereit, schlaggierig. Das sind Dämonen, hatte sie zu Martin gesagt. Gewalt, die sichtbar wurde, einen Namen bekam, ein Gesicht, Geräusche und Farben hatte, greifbar war. Das ist die latent in unserer Gesellschaft vorhandene Gewalt, rief einer, hier ist sie sichtbar, Genossen. Anne war, als begriffe sie mit einemmal Zusammenhänge, die sie lange nicht gesehen hatte. Auf der einen Seite die Marsmenschen, auf der andern die Demonstranten, fröhlich und heiter, viele trugen bemalte Leibchen. Jesus-People, Umweltschützer,

aber auch Bauern waren dabei, die Essen brachten, und alte Männer mit Rucksäcken. Ja, das waren zwei Welten, die da aufeinanderprallten, die nichts miteinander gemein hatten, die sich nie verstehen würden. Und je näher die Gruppen einander rückten, desto körperlicher wurde die Gewalt. Zuerst war es Angst, die Anne spürte, Angst vor dieser Meute, der sie sich näherten, dem Anonymen der Marsmenschen; und die Angst wurde zur Wut, zum Gefühl der Ohnmacht, des Ausgeliefertseins. Sie näherten sich auf etwa zwanzig Meter, dann blieben sie stehen, einen Moment herrschte Stille, dann brach auf Seiten der Demonstranten ein schallendes Gelächter aus. Alle liessen sich nieder, einige verlasen vorbereitete Voten durch das Megaphon, andere nahmen Stellung zu einzelnen Thesen, die Diskussion verlief mitunter chaotisch, wirr, die grossen Unterschiede zwischen den einzelnen Gruppen wurden deutlich. Und dennoch hatte Anne Solidarität gespürt, ein Gefühl der Zusammengehörigkeit, wie es unter fremden Menschen nicht oft der Fall war. War sie einem Phantom erlegen, einer Illusion, der sie nachrannte? Wie gross waren die Zweifel, die Anne immer wieder spürte bei ihrer Arbeit in der Frauengruppe und in der Partei. Du nimmst uns den Schwung mit deiner ewigen Zweiflerei, sagten die Genossen, dein Verhalten ist destruktiv, man muss positiv sein.
Anne trat zum Wasserhahn, trank, nässte sich das Gesicht. Was wollte sie eigentlich? Das sei doch alles Ersatz, was sie da tue, hatte Bettina gesagt,

Ersatz für das, was ihr schief gelaufen sei im Leben.
Manchmal, dachte Anne, glaubte sie an all diese Aktivitäten, glaubte sie an das Tätigsein. Sie hielt sich für tüchtig, für wirksam. Und die andern, die nichts taten, denen die Anpassung nicht gelang, die sich treiben liessen, die klagten, die hielt sie für untüchtig, für schwach. Sie müsse etwas tun, sagte sie zu Bettina, sie dürfe sich nicht treiben lassen. Wie oft hatte sie diesen Satz gesagt. Und daran geglaubt, gehofft, sie könnte sie aufrütteln oder, sie brauchte das Wort, retten. Bettina retten. Ihre Mission gleichsam. Wovor denn? Vor sich selber. Als ob einer gerettet werden könnte vor sich selber.
Anne ging im Zimmer auf und ab. Draussen war die Nacht hell. Aus der Bar war Musik zu hören. Jetzt mit jemand sein. Zu zweit. Ein Tisch bei gedämpftem Licht, Wein in blinkenden Gläsern, dunkelrot, ein Bordeaux, man trinkt sich zu. Leichte Gespräche, in vielen Gängen essen, durch die helle Nacht bummeln, kindlich vergnügt, ein Kiesweg über die Wiesen, hügelan, vom Mond beschienen, keine Politik.
Anne lachte, als müsste sie sich gewaltsam auslachen. Ja, manchmal waren sie übergross, die Wünsche nach Wohlbefinden: keine OFRA-Sitzung vorbereiten, keine zermürbenden Diskussionen um Richtlinien, Programmentwürfe, Konzepte, keine Aktionen und Demonstrationen, einfach dasein, für ein paar Stunden, ausserhalb der Zeit, Nähe erfahren, Zärtlichkeit. Bürgerliche

Träume hätten die Genossen gesagt, draussen aber ist Krieg: Nicaragua, El Salvador, die Büroräume der Elektroform, in denen neue AKW's geplant wurden, während sie mondbeschienene Kieswege beschreite.
Sie mochten recht haben, die Genossen, und dennoch wusste Anne, dieser Wunsch würde immer da sein, sich gewaltsam vordrängen, auch wenn ihr klar war: sie hatte gewählt, sie wollte diesen Weg. Und mit den Zweifeln müsste sie leben lernen, nicht sich treiben lassen wie Bettina. Etwas tun gegen die Bitterkeit, die in ihr war, die sie oft zynisch werden liess. Sie müsste an Möglichkeiten glauben lernen, auch an die Liebe.
Sie schleppte das Vergangene mit sich herum wie eine zähe klumpige Masse. Es hatte sie geprägt, dem war nicht zu entfliehen; und oft stieg daraus das schale Gefühl, gescheitert zu sein. Und das tat weh.
Sie dachte wieder an Bettina, wie sehr sie sich gegen ihre Vorwürfe gewehrt und ihren Wunsch nach Wohlbefinden verteidigt hatte. Ich wehrte das, was sie war, ab, weil es für mich das Fremde war, ein Fremdes, das ich auch in mir fühlte und es nicht hochkommen lassen wollte, weil ich mich davor fürchtete. Das Fremde im andern annehmen, um das Fremde in sich selber zu akzeptieren. Welch andere Chance birgt eine Beziehung.

Anne nahm den Wanderweg, der zunächst der Hauptstrasse, dann der Eisenbahnlinie folgte und über verlassenes Weideland zum Windgfällweiher führte, einem riesigen Tümpel, Mittelpunkt des ehemaligen Moorgebietes.
Der Tag war regengrau, wolkig, ohne Aussicht auf Sonne. Vom milden Herbstlicht der vergangenen Tage war nichts mehr zu spüren, der Wind war kalt, machte sie frösteln, gab ihrem Gang etwas Gebücktes.
Anne, die Wetterfeste, die niemals Taumelnde. Anne, die Geduldige, Harte. Anne, die Kämpferin, die Rastlose, die Elementare. Kräftig, als wollte sie Entschlossenheit markieren, drückte sie ihre Gummistiefel in die weiche schmatzende Erde, die aufspritzte.
– Sie wollen wandern, bei diesem Wetter? Die Stimme vom Nachbartisch heute morgen hatte einen trockenen, leicht süsslichen Klang gehabt, der Anne abstiess. Mit mehr als einem knappen „Ja, doch, warum denn nicht", das deutlich Zurückhaltung erkennen liess, hatte Anne auf die Feststellung der Frau, die etwas älter war als sie, nicht geantwortet. Ein neuer Gast offensichtlich. Anne hatte kein Bedürfnis, jetzt jemanden kennenzulernen, und zudem hasste sie es, am frühen Morgen angequatscht zu werden.
Anne atmete tief durch, die feuchte Regenluft tat gut. Sie fühlte sich gelöst, fern vom Alltag, fern von Rösch und seinen Printplatten. Sie lachte, als sie sich für Sekunden den Arbeitsraum in der Elektron AG in Erinnerung rief: die üblichen

griesgrämigen Montagmorgengesichter hinter der Werkbank, Rösch, aufgestellt, fröhlich, teilte die Printplatten aus, stellte den Si 152 bereit, prüfte den Wasserstand im Kaltwasserbad, erzählte dabei, wie beiläufig, von seinem Wochenendausflug, was wie gewohnt niemanden interessierte, aber dennoch alle, wer wollte es am Montagmorgen mit dem Abteilungsleiter verderben, eine scheinbar interessierte Miene aufsetzen liess. Mein leerer Platz, dachte Anne, wird ihm Gelegenheit zu einer Bemerkung geben über italienische Zustände, das Fehlen einer seriösen Arbeitsauffassung, eben, die Jugend, dann noch die Emanzipation. Das sei doch Quatsch, hatte er am Freitag zu Anne gesagt, diese Frauenemanzipation, eine Mode, nichts weiter, seine Frau jedenfalls habe sich noch nie unterdrückt gefühlt. Man solle sie doch ansehen, diese Emanzen, das seien doch keine Frauen mehr, Monster seien das, geschlechtslos und flachbrüstig.

Anne hatte zunächst geschwiegen, sich dann aber gewehrt. Viel hatte es nicht gefruchtet. Rösch war nicht so leicht zu verunsichern.

Anne blieb am Rande eines gepflügten Feldes stehen. Die dunkelbraunen Erdschollen dampften, zwischen den Schollen gewahrte sie fein gespannte, von Tau glänzende Spinnfäden, eine Beobachtung, die sie noch nie zuvor gemacht hatte. Sie genoss das Gefühl, von allen weg zu sein, unerreichbar für Freunde und Verwandte und ein wenig, wenn auch nicht weit, weg von der Schweiz. Mochte es Einbildung sein, wie Bettina sagte, aber

Anne empfand immer ein Gefühl der Erleichterung, wenn sie die Grenze überquerte, und es spielte dabei eigenartigerweise weniger eine Rolle, ob sie nach Frankreich, Italien oder Deutschland kam. Über die Grenze gehen, war ein Aufatmen, ein Gefühl von Weite bekommen, von Befreiung. Bei Martin war das genau umgekehrt. Jetzt sind wir daheim, pflegte er zu sagen, wenn sie wieder in der Schweiz waren, und er steuerte auf den nächsten Kiosk zu, um sich eine Zeitung und eine Tafel Schokolade zu kaufen. Es geht nichts über Schweizer Schokolade.

Montagmorgen, er würde auf der Redaktion sitzen, Zeitung lesen. Irgendjemand sein Leid klagen. Armer Martin, sechsunddreissig, Politologe, nierenkrank, mässiger Trinker, von seiner Frau verlassen.

– Ja, Fräulein May, die Frauen heutzutage, ich sage Ihnen, ein Jammer, wollen sich emanzipieren mit unserem Geld, heiraten Sie nie, Fräulein May. Allein leben, das einzige, was ich Ihnen empfehlen kann. Anne lachte. Sie liebte es, sich solche Gespräche auszudenken, sich Martins Gesicht vorzustellen.

Sie hatte Martin angerufen, bevor sie wegfuhr. Martins Stimme hatte gequält getönt: Verdauungsschwierigkeiten wie gewohnt. Nimm Carters kleine Pillen, vier nach dem Essen und abends einen Löffel Agiolax mit viel Wasser.

Anne, die Zynikerin, die Boshafte. Anne, die mütterlich Besorgte. Anne, die Ratgeberin in allen Lagen. Anne, die Trösterin, die Verständnisvolle.

Wieviele Rollen hatte sie in dieser Ehe gespielt? Wie oft hatte sie geduldig zugehört, hatte Nörgeleien ertragen und Ungerechtigkeiten hingenommen und dennoch immer wieder die Hoffnung genährt, es werde sich ändern, eines Tages, vielleicht.

In der Frauengruppe hatten sie sich einmal einen ganzen Abend Rollen vorgespielt: Psychodrama. Anne hatte auch Bettina zum Mitspielen veranlassen wollen, sie hatte ihre Bücher mitgebracht und sie zweimal zu den Proben mitgenommen.

– Ich fühle mich nicht wohl unter euch, hatte Bettina gesagt, ihr seid alle so selbstsicher, könnt euch ausdrücken, ich komme mir so dumm vor, so ungebildet. Bettina hatte es in jenem mitleiderregenden Ton gesagt, der Anne auf die Nerven ging.

– Du musst dich überwinden, Bettina, musst irgendwo anfangen. Wir alle haben nicht gelernt, uns auszudrücken, aber klagen nützt nichts. Wir müssen etwas tun, wenn wir nicht dahinvegetieren wollen an der Seite der Männer bis zum Grabspruch „Unsere liebe Mutter. Ihr Leben war Hingabe für die Ihren." Denk an deine, an meine Mutter. Anne hatte sich ereifert, wie es seit Neujahr Bettina gegenüber oft geschah.

Woran lag es, dass Bettina sich nicht wachrütteln liess?

Ich möchte still sein, hatte sie Anne einmal geschrieben, und für immer schweigen können. Mir ist, ich gehe träumend durch den Tag, als wollte ich nicht wissen, was geschieht. Nichts sagen, nichts sehen, nichts hören, denke ich. Wie ein

Gnom gehe ich durchs Leben und habe nur noch Angst, Angst vor Menschen, Angst, ich könnte nicht genügen, jemand könnte etwas von mir wollen, was ich nicht möchte. Ich lüge manchmal wie ein Kind, sagte sie, das Angst hat, die Wahrheit zu sagen. Ich bin so abhängig von der Gunst der Menschen, so stark darauf angewiesen, dass man mich mag. Und ich fürchte mich oft, die Gunst der anderen wieder zu verlieren, wieder allein zu sein. Und dann nehme ich Lexotanil und Ergo Sanol, spüre, wie ich ruhiger werde, ausgeglichener. Als zerfliesse etwas in mir, wie Butter, ganz weich, sanft, ein Nebel, der mich trägt, mich schweben lässt.
Und sie hatte Anne einen Traum erzählt. Ich träumte, sagte Bettina, ich sei im Haus von Bekannten, überall lagen Schlangen, echte und solche aus Holz und Papiermaché. Alle sahen ähnlich aus. Man wusste nie, wohin man trat und war ständig in Unsicherheit, ob man auf eine echte oder eine künstliche Schlange trat.
Doch einmal umschlingt mich eine grosse Schlange, ihre Haut ist sehr schuppig und klebrig. Mit der Zunge leckt sie mein Gesicht, um die beste Bissstelle zu finden. Ich entspanne mich, versuche ganz ruhig zu sein. Da erschlafft auch die Schlange. In dem Moment packe ich sie um den Hals. Ich habe ein Messer, um ihr den Kopf abzuschneiden, weiss aber nicht, auf welcher Seite die Klinge ist, und weiss gleichzeitig, ich darf nur einmal ansetzen, sonst nimmt sie mich. Ich stosse zu und erwache.

Anne setzte sich auf einen Baumstamm. In einem matten Grau schimmerte der Wasserspiegel des Weihers zwischen den Stämmen.

Mit den Eltern war sie oft in den Schwarzwald gefahren. In Hinterzarten waren sie einmal eine ganze Woche in den Ferien gewesen. Vater liebte die Gegend, die er aus seiner Zeit als Töffahrer kannte. Vor seiner Ehe war er Motocrossfahrer gewesen, hatte an Derbys und Rasenrennen teilgenommen. In der Stube über der Eckbank hatte er Medaillen und Anerkennungskarten aufgehängt; in einem kleinen, eigens dafür gezimmerten Schrank verwahrte er Pokale und Silberbecher, die er bei besonderen Gelegenheiten hervorholte und unter Beigabe von Anekdoten herumreichte. Es war eigenartig, Annes Vater liebte wohl den Schwarzwald, aber er hasste die Deutschen.

Die Kriegserfahrung hatte sein Weltbild geprägt. Er hatte Aktivdienst geleistet 1939 bis 45, hatte an der Grenze gestanden, gegen die Nazis, die er ebenso hasste wie die Kommunisten. Nach dem Krieg florierte sein Baugeschäft. Vater profitierte von der Hochkonjunktur der fünfziger Jahre und brachte es in kurzer Zeit zu Wohlstand. Geschickt kalkulierte Spekulationsbauten und rechtzeitig mit gutem Riecher getätigte Landkäufe. Das Geschäft expandierte. Die Familie bezog ein grosses Haus, Vater vermied das Wort Villa, Hanglage, Swimming Pool; kein Zweifel, Geld war genug da. Anne verlebte eine glückliche Kindheit, Mangel kannte sie nicht, alles war da. Sie war das glückliche Kind einer glücklichen Familie.

Vaters geschäftliche Erfolge imponierten ihr nicht, aber sie mochte ihn. Er war schon 52, als sie zur Welt kam. Seine zweite Ehe. Zeit für die Kinder hatte er wenig, dennoch ging Wärme von ihm aus. Er litt unter der Geringschätzung, die Anne, je älter sie wurde, gegenüber wirtschaftlichen Erfolgen an den Tag legte. Und er konnte ihr nie ganz verzeihen, dass sie in die Partei eingetreten war. Jetzt war er 84, noch immer rüstig: ein zäher alter Mann. Anne konnte mit ihm ganz gut reden, wenn sie politische, vor allem sozialpolitische Fragen und Probleme ausklammerte. Er bewahrte seinen Antikommunismus wie eingemachtes Pfirsichkompott. Und daran war nichts zu ändern. Auch mit Argumenten nicht.
Und dennoch dachte Anne nie ohne Rührung an den alten Herrn, besonders, wenn sie unterwegs war, und sie pflegte ihm jeweils eine Postkarte zu schicken. Sie würde es auch diesmal tun. Lieber Vater, würde sie schreiben, Dein Schwarzwald (er pflegte den Schwarzwald immer als den seinen zu bezeichnen), ist noch immer schön. Anne.
Die Kälte setzte Anne stärker zu, als sie geglaubt hatte. Sie schlenderte noch ein Stück den Schluchsee entlang, unterliess aber die vorgesehene Rundwanderung und kehrte frühzeitig nach Altglashütten zurück.

Anne, die sich hungrig fühlte von der Wanderung, war schon am frühen Abend im Speisesaal und studierte eifrig die Speisekarte. Gestatten Sie, dass ich mich vorstelle, Baum, Gisela Baum. Anne, die ihren Ärger über die Störung nur mühsam unterdrückte, schaute auf. Setzen Sie sich doch, sagte sie ohne Begeisterung zu der Frau, die sich schon am Morgen bemerkbar gemacht hatte.
Da Anne wenig Lust zu einem Gespräch zeigte, sassen sie sich eine Weile schweigend gegenüber, bestellten Wein und Essen.
Nach der zweiten Flasche Pfaffenulmer, Gisela hielt zum Erstaunen Annes mit, verlor sich die Steifheit zwischen ihnen, und das Gespräch wurde flüssiger, ungezwungener.
Anne erfuhr, dass Gisela nur auf der Durchreise sei, sozusagen auf halbem Weg. Sie wolle nämlich für drei Wochen ins Allgäu fahren, in eine Fastenklinik, um sich zu erholen. Sicher eine Lehrerin, dachte Anne, die sich in den Ferien etwas aufpäppelt. Tatsächlich sagte Gisela Baum, sie sei Lehrerin gewesen in einer kleinen Landgemeinde, fast fünfzehn Jahre, dann habe sie plötzlich das Gefühl gehabt, sie wolle etwas anderes tun und nicht im gleichen Dorf pensioniert werden, als zeitlose alte Jungfer enden.
Anne schaute sie an, zum erstenmal blickte sie intensiv ins Gesicht dieser Frau: ein volles Gesicht, rund, die Augen klein hinter einer grossen randlosen Brille, deutlich sichtbar die Hautfalten unter den Augen. Mein Gott, wie kann man so hässlich sein, durchfuhr es Anne, wenn sie doch das Haar

etwas länger trüge oder ganz kurz, aber nicht so halblang, dass es das ohnehin breite Gesicht noch lunarer machte.

Ja, kein Wunder, dachte Anne, sie entspricht dem Klischee der alten Jungfer, aber je länger Anne ihr zuhörte, desto mehr wurde sie von ihr angezogen. Wärme lag in Giselas Stimme, die Vertrautheit, Nähe aufkommen liess. Auch ihre Gesten schienen mit dem Sprechen sicherer zu werden, wirkten nicht mehr so linkisch und fahrig wie sie Anne anfänglich vorgekommen waren. Und auch was sie sagte, begann Anne zunehmend zu interessieren und zu faszinieren.

Sie sei Jüdin, erzählte Gisela, und mit ihren Eltern während des Krieges in die Schweiz gekommen. Der Vater sei wenige Monate nach der Ankunft in der Schweiz gestorben. Und für sie und Mutter sei es gar nicht einfach gewesen, sich in der Schweiz zurechtzufinden. Acht Monate seien sie in Biel in einem Auffanglager gewesen und danach zu einer Bauernfamilie gekommen.

Sie habe während des Krieges bei einem Schauspieler, den sie im Internierungslager kennengelernt habe, Unterricht genommen. Nach dem Krieg habe sie drei Jahre mit ihm zusammengelebt und während dieser Zeit auch mit mässigem Erfolg an verschiedenen Stadttheatern gespielt. Aber der Durchbruch sei eben ausgeblieben. Ein Leben lang kleinen Rollen nachzurennen, das habe ihr widerstrebt. Es gäbe ohnehin zuviele auf dem Theater, die sich als verkannte Genies fühlten, sich jedem Regisseur an den Hals warfen, um endlich

entdeckt zu werden. So sei sie eben Lehrerin geworden und es bis vor zwei Jahren geblieben.
Seit Frühling arbeite sie halbtagsweise als Ergotherapeutin und fühle sich gut dabei. Und Anne erfuhr von Giselas Arbeit im Rehabilitationszentrum, wo man versuche, Behinderte wiedereinzugliedern und sie den Umgang mit Krücken und Rollstuhl zu lehren.
Der Abend zog sich in die Länge. Anne erzählte von Bettina, von Martin, von ihren Versuchen, neue Wege zu finden.
Sie tranken viel. Mich kümmert's nicht, meinte Gisela, ich fahr ohnehin für drei Wochen in eine Fastenklinik, um mich zu erholen. Sie erzählte Anne, die schon das Wort Fastenklinik geradezu elektrisierte, dass sie seit drei Jahren jedes Jahr für ein paar Wochen in diese Klinik fahre, weniger, um abzunehmen, was bei ihr ja ohnehin nicht mehr wichtig sei, sondern um sich zu erholen, sich ganz dem Körper zu widmen.
Mochte es Neugier sein, die Wirkung des Alkohols oder das Gefühl, sie habe in den letzten Monaten zuviel geraucht und getrunken, Anne entschloss sich, mit Gisela zu fahren und diese Klinik zu inspizieren. Der Entschluss kam Anne, als sie allein auf dem Zimmer war, völlig verrückt vor. Wie oft war sie dagegen Sturm gelaufen, dass Frauen ständig von Gewichtssorgen sprachen. Auch ihre eigene Mutter hatte immer wieder sogenannte Abmagerungskuren gemacht und sich allen möglichen Diätkuren unterzogen.
Annes Neugier, eine solche Fastenklinik zu sehen,

war gross, rückte die Bedenken in den Hintergrund.

Anne lag lange wach, dachte über das nach, was Gisela erzählt hatte. Auch sie machte eine Therapie. Alle machten eine Therapie. Anne war schon froh, jemand zu kennen, der keine Therapie machte. Es geht nicht mit den Menschen. Wir sind eine Fehlkonstruktion. Sätze, die auch nichts nützten. Immer dieses Scheitern. All diese missratenen Beziehungen. Anne konnte es schon nicht mehr hören, es kotzte sie an.

Und doch konnte sie auch ihre eigene Geschichte nicht einfach wegschieben, auch sie war gescheitert. Auch sie und Martin hatten ein Kapital gehabt. Sie hatten es verschleudert. Wir haben Raubbau getrieben aneinander, hatte sie zu Martin gesagt.

Sie machte Licht und nahm den kleinen Porzellanfrosch, den ihr Martin zum Geburtstag geschenkt hatte, und drehte ihn in ihren Händen. Die übergrossen Augen blickten nach oben, blickten sie an, als wären es Martins Augen, seine dunklen vorstehenden Augen mit feinen roten Äderchen. Wie sehr solch kleine Zeichen noch immer schmerzen konnten und die unsinnige Hoffnung für Minuten wach werden liessen, es sei alles noch möglich. Dieses Nichtwahrhabenwollen, ein stumpfes Aufbegehren des Innern. Schöne Erinnerungen, die sich dann mit einem Mal sammelten zu einem grossen Bild, das es so nie gegeben hatte, das mit Argumenten leicht zu widerlegen war, aber nicht auszumerzen, nicht zu tilgen, in immer neuer

Strahlungskraft wiederkam. Was hatten sie falsch gemacht, sie und Martin? Anne wusste, es war eine müssige Frage. Aber sie war da, immer wieder, eine Frage, die sich auswuchs zum grossen Tier, zum Fabelwesen, das flügelschlagend und giftspeiend durch ihre Tage geisterte, verschwand und plötzlich wieder auftauchte. Am guten Willen hatte es nicht gefehlt. Sie hatten sich so vieles vorgenommen. Und dennoch waren sie immer in die gleiche Sackgasse hineingeraten. Sie kannten das Spiel, das sie miteinander spielten, und sie konnten ihm trotzdem nicht entgehen, als würden sie, von unsichtbarer Hand gelenkt, zwangsläufig auf die Sackgasse zusteuern. Warum tun wir uns immer wieder weh, hatte sie Martin geschrieben, verletzen wir uns, ohne es zu wollen. Warum dieser Teufelskreis, diese ewiggleiche traurige Geschichte. Warum schaffen wir es nicht?
Wie oft war aus einer grossen Nähe urplötzlich jene Entfernung eingetreten, in der einer dem andern fremd war, nicht mehr zu erreichen mit Worten, jeder in seinem Schützengraben gepanzert. „Wir verteidigen Bastionen."
Schon ein unbedachter Satz, eine falsche Geste konnte ausreichen, sie absacken zu lassen. „Wir haben wohl Waffen, uns zu wehren, dem andern wehzutun, aber keine Instrumente, Konflikte auszutragen, nicht einmal eine weisse Fahne. Wir sind Krüppel, Torsi ohne Arme und Beine." Martin fand Sätze, formulierte Erklärungen. „Du weisst wohl die Worte", hatte sie ihm geschrieben, „aber du kennst die Gesten nicht."

Wir tun uns weh, und dann fühlen wir uns schuldig und lecken uns die Wunden.
Was machen wir falsch? Wir treffen uns nicht. Venedig, das kleine Café am Campo dei Morosini, Silvesterabend. Sie waren gut gelaunt. Dann dieser Satz: „Kannst du nicht endlich mit Rauchen aufhören."
Manchmal hatte Anne daran gedacht, alle diese Sätze aufzuschreiben. Sie nannte sie Messersätze, sie stiessen zu, verletzten, aber töteten nicht. Ehepaare sind unerschöpflich im Erfinden von Messersätzen.
Und nun war sie Monate von Martin weg. Und dennoch nicht völlig getrennt. Obwohl sie keine Möglichkeit sah zurückzukehren, schreckte sie davor zurück, das letzte Band durchzuschneiden. Sie waren getrennt, aber nicht geschieden.
Sie konnte das Entscheidungsfähigkeit, Schwäche nennen oder auch Feigheit. Aber sie wusste auch, dass diese Wörter nicht genügten; da waren die Jahre, die sie miteinander gelebt hatten, Jahre, die man nicht einfach wegstreichen konnte. Nicht bloss sentimentale Erinnerungsbilder, die es gewiss auch gab, die sie leicht durchschaute. Die Jahre waren Geschichte. Geschichte, die nicht mit einem Federstrich abzutun war, Geschichte, mit der sie zu leben hatte.
Aber über diesem Wissen war noch etwas anderes, dem mit Worten nicht so leicht beizukommen war. Sollte sie es Gefühl nennen oder Sentimentalität? Wie auch immer: es war eine Realität. Das

hatte sie von Bettina gelernt, die ohne Worte und Begriffe sich ganz von diesem Andern treiben liess, ihm ausgeliefert war und nur mit Hilfsmitteln, Alkohol, Tabletten, Zigaretten standhalten konnte.
Lange hatte sie das an Bettina verurteilt und die Freundin insgeheim getadelt und sich selbst stark gemacht, weil sie sich vor diesem Andern fürchtete, da es sie verletzlich machte, sie auslieferte. Vielleicht müsste sie lernen, dieses auch wieder in ihr Leben hineinzunehmen, als die andere Realität. Und Bettina müsste von ihr die Worte lernen.
So konnten sie vielleicht leben, beide, als Frauen, als Menschen, nicht geschichtslos, auch mit der Vergangenheit, mit ihrer Geschichte und auf diese Weise Ganzheit erfahren.
Anne stand auf und trat ans Fenster. Ein schmaler Mond stand über der Hügelkuppe und warf ein schwaches Licht auf die Stämme. Leben, dachte Anne, wie leicht man das Wort ausspricht und wie schwer es doch war, es mit Inhalt zu füllen. Sie warf sich den Bademantel über und trat auf den Balkon hinaus.
Man müsste lernen, die Menschen nicht als Herren, sondern als Opfer ihrer Geschichte zu sehen. Bettina. Auch Martin. Sie kamen von ihrer Geschichte nicht los und gingen daran zugrunde. So ging es allen. Nur dass die einen Wege fanden, sich über diese Tatsache hinwegzumogeln, ihre Lebensläufe modisch aufpolierten und als Erfolg verkauften, während andere stolperten, im Schatten

sich ansiedelten, und wie Stehaufmännchen hochzukommen versuchten, begleitet vom Spott derer, die es geschafft hatten.

Anne setzte sich an den Tisch und schrieb Bettina einen Brief.

„Willkommen im Allgäu", stand mit schwarzen Buchstaben auf einer gelben Tafel, als Anne und Gisela nach Kempten das kurze Autobahnstück verliessen und der Fernstrasse Richtung Füssen folgten. Sie führte in ein hügeliges Land: runde, weiche Anhöhen lagen im herbstlichen Dunst, im Norden erhoben sich die Schneeberge der Allgäuer Alpen. Kleine Seen und Tümpel von brauner Farbe wechselten mit unebenen Weiden, auf denen manchmal noch Kühe im kraftlosen Grün auf und ab trotteten. Vereinzelte Gehöfte, dann und wann – auf einer Anhöhe oder an einer Wegkreuzung – eine Kapelle, ein Marienaltar oder ein Holzkreuz mit Blumen und einer Kerze darunter. Bei Kreuzegg hielt Gisela vor einem solchen Wegaltar an und wies mit der ausgestreckten Hand auf einen bewaldeten Buckel: Da hinten liegt Hopfen. Es wird dir gefallen.
Anne sagte nichts. Je näher sie dem Sanatorium kamen, desto verrückter erschien ihr das Vorhaben, auf das sie sich eingelassen hatte, und am liebsten wäre sie gleich wieder umgekehrt. Fahr noch ein Stück, sagte sie, und halt vor dem nächsten Gasthaus, ich möchte noch einen kippen, bevor wir in dieses Kloster einrücken.
Sie zog die Gespräche beim Gockelwirt in Zell so in die Länge, bis zwei Halbe, ein doppelter Obstklarer und der mit der Dämmerung aufziehende Nebel in Anne ein Gefühl sachter Ergebenheit auslösten, so dass sie Gisela ohne Widerrede folgte. Sie warf die angebrochene Zigarettenschachtel in den Abfalleimer auf dem Parkplatz. Rauchen,

das hatte Gisela mit aller Deutlichkeit vermerkt, sei im Alpensee-Sanatorium streng untersagt.
Langsam glitten sie über die kurvenreiche Strasse durch den dichten Nebel. Das ist der Hopfensee, sagte Gisela und hielt auf dem kleinen Parkplatz. Am verlassenen Bootssteg war ein grüngestrichenes Ruderboot festgemacht. Laub lag auf den Holzpritschen für das Sonnenbad unter zwei hohen Weidenbäumen, Papierschnitzel hingen im Bretterzaun. „Alpensee-Sanatorium Dr. Klumpp" war mit schwungvollen Buchstaben auf eine Blechtafel gemalt.
Die Hausdame, die sich als Frau Flor vorstellte, führte sie auf ihre Zimmer. Der lange dunkle Flur war mit giftgrünen Teppichen ausgelegt, Kupferstiche hingen an den Wänden, runde Glaslampen gaben gedämpftes Licht. In Annes Nase stieg ein Jodgeruch, der sich nie mehr verlieren sollte, solange sie in diesem Sanatorium war. Er erinnerte Anne an das Haus, in dem sie mit ihren Eltern eine Zeitlang gewohnt hatte, wegen Umbauarbeiten am eigenen Haus. Ein dunkles Treppenhaus mit ausgetretenen Steinstufen hatte in die Altbauwohnung im ersten Stock geführt. Überall hing dieser Jodgeruch, so dick und schwer und körperlich, als sei er anzufassen. Er stamme vom alten Gauli, hiess es: ein Achtzigjähriger, der im obersten Stock wohnte.
Annes Zimmer war klein und niedrig, hatte aber wenigstens ein Fenster zum See. Der Boden knarrte bei jedem Schritt. Anne packte ein paar Sachen aus: Bücher, Kleider, das Schminktäschchen.

Nach dem Essen, das man ihnen ausnahmsweise aufs Zimmer gebracht hatte, machten Anne und Gisela noch einen Bummel. Eine mondhelle kühle Herbstnacht.

Die Seestrasse entlang reihte sich Hotel an Hotel: „Sonnenröschen", „Morgenröte", „Waldesruh", „Seeblick", „Allgäuerhof". Anne las die Namen, sah die Lichter, die sich in den Wellen spiegelten, den Mond, der über dem dunklen Wald aufstieg und eine Lichtstrasse auf den See warf. Weit draussen schwankte eine Boje, das Schilf neigte sich. Anne kam sich fremd vor, weit weg. Und dennoch war alles Zurückgelassene ganz nah, türmte sich vor ihr auf wie eine riesige Mauer, die nicht überwindbar schien. Lebe ich noch? Mondschein, See, spielende Wellen, nehme ich das noch wahr? Bin ich noch fähig zu geniessen? Sie sah zu Gisela auf, die schweigend neben ihr schritt.

– Mir ist oft, sagte sie zu Gisela, als sie im „Abendstern" einen halben Roten tranken, ich sei auf der Flucht, immer unterwegs, Orte wechselnd wie Kleider, bald in diesem, bald in jenem Bett, die Zahnbürste immer in der Handtasche. Und doch ist da manchmal übergross der Wunsch nach Ankunft, nach Geborgenheit. Meine Freundin schluckt Tabletten, und ich tadle sie, weise sie zurecht. Aber ich mache es nicht besser. Meine Droge ist der Aktivismus. Etwas tun, immerzu. Doch ist das Leben? Manchmal denke ich, es müsste so einfach sein, es bräuchte so wenig, um sich leicht, unbeschwert, glücklich zu fühlen. Und dennoch schaffe ich es nicht.

Sie schwieg. Auch Gisela sass da und sagte nichts. Sie waren jetzt beinahe allein im Lokal. Nur ein indisches Ehepaar mit zwei Kindern löffelte Eis aus grossen Bechern. Ein alter Mann mit Hut und Regenmantel warf Zweimarkstücke in den Geldautomaten an der Wand. Sie zahlten. Anne kaufte sich noch zwei Büchsen Bier. Dann gingen sie zurück, fanden schon alles still und dunkel im Haus, nur das Boot unten am Steg schlug hart gegen die Pfähle.

Mit Allgäuer Heimatmusik begann für Anne und Gisela das Fasten. Im Frühstücksraum war für sie gedeckt. Anne sah sich um: ein dunkles Zimmer mit brauner Holztäferung, Stabellen um runde Tische, an den Wänden Geweihe, ausgestopfte Vögel, Messing- und Zinnbecher, eine Bildtafel der geschützten Pflanzen, ein Gestell mit Büchern: Saftfasten ganz einfach; Die gesunde Ernährung nach Dr. Klumpp; Biologischer Landbau; Schütze die Pflanzen deiner Heimat.

Neben der Serviette lag eine Mappe. Anne blätterte: Anweisungen, Preislisten, Telephonnummern, eine Anleitung zum Fasten: „Saftfastenkuren sind von alters her bekannt und werden in der Literatur immer wieder erwähnt. Der eigentliche Sinn der Fastenkur ist, dem Körper die Möglichkeit zu einer Selbstbesinnung, zu einem Rückgewinnen seiner Harmonie zu geben." Harmonie! Anne lachte vor sich hin. Auch ein Fastenprotokoll lag in der Mappe. Das musst du ausfüllen, sagte Gisela. Warum safte ich? stand auf dem Blatt. Anne las die elf Möglichkeiten, zauderte,

welche sie wählen sollte, konnte sich lange nicht entscheiden zwischen Nieren- und Blasenbeschwerden, Gallendruck und Nervenstress und schrieb schliesslich ins leere Feld „Fressucht und Alkoholismus". Lachte wieder.
Sie bekamen Frühstück: ein Glas Glaubersalz zur Darmreinigung und ein Glas Zitronensaft. Abscheulich, fluchte Anne, so etwas trinkt man höchstens vor dem Abkratzen. So, und jetzt den Saft schön auslöffeln, ja nicht trinken. Hier musst du alles löffeln. Giselas belehrender Ton ärgerte Anne.
– Um zehn gehen wir zur Ärztin.
Anne trat hinaus ins Freie. Die Sonne drückte durch den Nebel. Auf dem breiten Balkon zum See hin standen Blechtische und Stühle. Sie lehnte sich über die Holzbrüstung. Das bräunliche Wasser unbewegt wie eine Samtdecke; den Hals eingezogen, lag ein Schwan im Wasser. Auf dem asphaltierten Uferweg schob ein Rentner seine Frau im Rollstuhl vor sich her. Wie in Zeitlupe glitten die beiden an Anne vorüber. Die Frau war in Decken eingemummt und hatte einen gestrickten Schal um Kopf und Oberkörper geschlungen, von dem sich das bleiche Gesicht abhob. Der Mann, leicht vornüber geneigt, umklammerte fest mit beiden Händen die Stange, so, als müsste er sich selber festhalten. Das Bild berührte Anne stark. Am liebsten hätte sie dem Alten eine Rose ins Knopfloch gesteckt.
Anne schaute ihnen nach, bis sie im Nebel verschwanden. Wieder kam eine Gruppe von alten

Leuten über die Seepromenade. Langsam schritten sie über den mit Laub bedeckten Weg, verhüllte Gestalten, ohne Blick für den See, die Bäume. Die Spaziergänge mit Bettina, von Mellingen die Reuss entlang hinauf zum Kloster Gnadental, das ein Altersheim war. Weiss schimmerten seine Mauern durch die Bäume. Überall standen alte Menschen herum, wie Vogelscheuchen, lehnten sich ans Geländer und starrten ins Wasser. Einige sassen am Ufer und badeten die Füsse. Ich möchte nicht alt werden, hatte Bettina gesagt, schau, wie hilflos die Alten herumstehen, als würden sie auf etwas warten. Aber nichts passiert. Einfach nichts. Ihre Haare sind weiss, die Bewegungen zaghaft und gebrechlich. Ich kann Mutter verstehen, sagte Bettina, wenn sie sagt, sie wolle nie ins Altersheim, lieber früh sterben als noch ins Heim. Und Bettina erzählte von Vater, der nie vom Sterben spreche, als hätte er das längst mit sich ausgemacht. Er sitzt da, als blickte er nur noch nach innen. Ich frage mich oft, was für Gedanken er hat. Ich schaue ihm zu, wie er abwesend durch den Garten geht, langsame Schritte auf dem schmalen Weg zwischen den Beeten, die er immer noch mit Centimetergenauigkeit anlegt. Manchmal bleibt er stehen, bückt sich und zerrt Unkraut aus oder entfernt eine Schnecke. Geht zum Kaninchenstall, öffnet das Gittertürchen und schiebt den Tieren ein wenig Heu hinein, streichelt sie, schliesst das Gitter wieder zu. Er schreitet seinen Garten ab wie ein Bauer sonntags die Felder. Selten verlässt er den Garten. Keine Spaziergänge mehr in die

Wälder und den Fluss entlang. Durch den Garten gehen, jäten manchmal, die Erde auflockern zwischen den Kartoffelstauden, dann wieder am Fenster sitzen, Zeitung durchblättern, trinken.
– Vater kommt mir manchmal wie ein kleines Kind vor, hatte Bettina gesagt, das mit Bauklötzen spielt, Sandburgen baut und Bleisoldaten aufstellt.
Und Vaters vergessene Gesichter fallen mir ein:
Vater, im blauen Matrosenanzug, schreitet im Kinderumzug mit, tanzt, lacht. Das Gesicht voll Fröhlichkeit, Übermut. Vaters verlorenes Kindergesicht.
Vater, der vom Aktivdienst erzählt, Anno 40. Die Stellung am Rhein, nächtliche Patrouillen, manchmal Flüchtlinge. Beschämung in Vaters Gesicht. Kein begeisterter Soldat. Aber einmal war er dem General begegnet. Das hatte ihn nicht unbeeindruckt gelassen.
Vater, wie er früher sonntags über die offene Wiese gegangen war, den Milchkessel umgebunden, um Beeren zu suchen im Rehhag oben, die Hosenbeine in die Stiefel gestopft, bedächtig der Schritt, breit und ziellos, Sonne im gebräunten Gesicht, das schwarze Haar wirr.
Vater am Piz Palü, Pickel und Seil, das Gesicht vermummt, ein Zug von Strenge darin.
Vaters verlorene Gesichter. Die Maske, die aus dem Fenster starrt, aufgedunsen vom Alkohol, gerötete Adern, die Lider entzündet, die Pupillen klein, starr.
Anne spürte die Kälte des Nebels. Sie wandte sich ab und ging auf ihr Zimmer. Sie wollte die Zeit

hier wenigstens zum Lesen nutzen. Sie fühlte sich elend und wünschte sich, sie könnte jetzt wegfahren.
Die leitende Ärztin des Sanatoriums war seine beste Reklame: Dr. med. Lore Kolb war lang und hager und so spindeldürr und knochig, dass Anne glaubte, sie müsste beim Gehen klappern. Ihr norddeutscher Akzent mit den gepresst gesprochenen sp und st unterstrich diesen Eindruck. Die tiefliegenden Augen in einem Gesicht mit vielen Falten sahen irgendwie traurig aus. Gisela erzählte später Anne, Lore Kolb sei eine Bekehrte, die früher ausschweifend gelebt und dann durch eine schwere Herzkrankheit zur Umkehr bewogen worden sei. Seither soll sie stur sein bis zum Salatblatt. Alle im Sanatorium nannten sie unsere liebe Frau Doktor und stets schwang Hochachtung mit, die ebenso ihrer Sachkenntnis, wie ihrer strengen äusseren Erscheinung galt.
Anne mochte sie nicht. Es war etwas herablassend Elitäres in der Art, wie sie Anne und Gisela herumkommandierte. „Die Selbständigkeit des Patienten, seine aktive Teilnahme, sein Wille zur Mitarbeit sind die wichtigsten Voraussetzungen für eine erfolgreiche Heilung." So stand es im Prospekt.
Lore Kolb fragte, schrieb, mass – und entschied. Annes Fingerspitzen und Zehen wurden mit einer Elektrode betupft, die auf dem EHG-Dermatron einen Pendelausschlag bewirkte. Keine Erklärungen. Und Anne fragte nichts. Cysto-Pyelitis stand später als Diagnose auf Annes Blatt. Und sie be-

kam, nach zehn Minuten Elektrotupferei, homöopathische Medikamente für 150 Mark verordnet, vier Teilmassagen zu 18 Mark, ein Darmbad zu 45 Mark, eine Bindegewebemassage zu 20 Mark, zwei Quarkwickel zu 8 Mark und einen Kneipp-Guss zu 5 Mark, im weiteren wurden 70 Mark für die zehnminütige Untersuchung verrechnet. So macht man Geschäfte, sagte Anne zu Gisela, fehlte nur noch, dass sie mir eine Blutegel-Behandlung oder eine Fango-Paraffin-Packung verschreibt.

Der Speisezettel war an der Tür zum Speisesaal angeheftet:

Frühstück: Zitronensaft oder Hagebuttentee

Mittagessen: 1 Selleriesaft und 1 Rüeblisaft

Abendessen: 1 Kirschapfelsaft und 1 Gemüsebrühe

Anne sass mit Gisela in einer Ecke des Speisesaals: zwei Reihen von Vierertischchen, weiss gedeckt und millimetergenau ausgerichtet, Plastikblumensträusse auf jedem Tisch, an der Wand übergross das Bild des Gründers der Saftfastenkuren: Dr. med. Alphons Klumpp, verstorben in der Blüte seiner Jahre. Dem sind die Säfte offenbar nicht gut bekommen. Annes Zynismus verwandelte sich in Wut, als die Serviererin zwei Gläser mit Saft und einen Löffel vor sie hinstellte.

– Ich bin die Franzigret Klumpp und wünsche all meinen lieben Fastern eine gesegnete Mahlzeit. Denken Sie daran, schön langsam auszulöffeln, viel zu trinken: unser gutes Wasser wird Ihrem Magen bekommen. Ich habe die Freude, zwei neue Gäste zu begrüssen und hoffe, sie werden sich unter uns wohl fühlen. Für den Abend darf ich Ihnen zwei Vorträge ankündigen: die Frau Doktor wird Ihnen etwas erzählen über die Saftfastenkuren nach Dr. Klumpp, und unser lieber Gärtner, Herr Josef Guggemoos, Sie kennen ihn von unsern Allgäuer Heimatabenden auch als Allgäuer Sepp, wird Sie bekannt machen mit den Wiesenblumen unserer Heimat. Mahlzeit.

Franzigret Klumpp kam zu Gisela und Anne und drückte ihnen die Hand. Die Puffmutter, flüsterte Anne Gisela zu, als Franzigret gegangen war.

Anne löffelte gleichmässig den milchigweissen Selleriesaft, blickte auf: Frauen sassen um die Tische, die meisten über 50, keine unter vierzig, die einen nippten an ihrem Saft, die anderen löffelten, bedächtig, keine Gier, keine Hast, kaum Worte, eine Art Ergebenheit, schien es Anne, ging von ihren Gesichtern aus, stille Resignation, selten ein Lachen; ein tiefer Ernst lag über der Runde. Angegrautes oder gefärbtes Haar, Falten im Gesicht, die Körper etwas schwer, unförmig geworden, einzelne hatten die Beine eingebunden, Krampfadern vielleicht oder Gelenkschmerzen, Gicht, Rheuma, Gehbeschwerden. Frauenkrankheiten, dachte Anne.

Und Fragen stiegen in ihr auf, je länger sie diesen alternden Frauen zusah, wie sie vor ihren Sellerie- und Rüeblisäften sassen. Was hatte sie so gezeichnet? Wie manchen unnützen Gang hatten sie getan, um ihren Männern eine Last abzunehmen, was hatte ihre Rücken krumm, ihre Gesichter run-

zelig oder schwammig, ihre Körper schwer und unförmig gemacht? Woher die Krampfadern, die Rückenschäden, die Kreislaufstörungen, die Nieren-, Blasen- und Verdauungsbeschwerden?
War das zu heilen durch Bindegewebemassagen, Lymphdrainagen, Bürsten- und Schlenzbäder, Moor- und Fango-Paraffin-Packungen, durch wochenlanges Fasten, also wieder Entbehrungen als Antwort auf Entbehrungen. Warum, zum Teufel, nahmen sie das hin, statt aufzubegehren, zu leben, diese selbstverschuldete Unmündigkeit abzuwerfen. War es ein Zufall, dass fast nur Frauen hier waren? Wo waren die Männer?
Anne sah sich im Speisesaal um: Gespräche im Flüsterton, verstohlene Blicke über die Tische hinweg, manchmal Gesprächsfetzen, die herüberschwappten und alle mit Essen zu tun hatten: die Verträglichkeit von Selleriesaft wurde in Frage gestellt, die Wirkung von Frischkäse gerühmt, biologischer Landbau angeregt, der vorzügliche Geschmack des Honigs gelobt.
– Die machen so ernste Gesichter, schauen einander kaum an. Und schau, welch gierige Blicke die Fastenden auf die Teller derjenigen werfen, die essen. Anne hielt inne. Etwas Lüsternes und demütig Ergebenes zugleich lag in den Gesichtern. Franzigret oben am Tisch, über ihr an der Wand ein ausgestopfter Hirschkopf.
Pervers, dachte Anne, als sie diesen säfteschlürfenden Frauen zusah, eine Wut erfasste sie.
– Hast du dir auch schon überlegt, fragte sie Gisela, warum alle diese Frauen hier sind und ausser

den beiden Fettsäcken dort in der Ecke keine Männer?
Gisela sah auf. Weil wir Frauen eben mehr auf unser Äusseres geben als die Männer.
– Und warum tun wir das? Weil die Männer uns so haben wollen. Eine Frau muss schön sein, attraktiv, kein Übergewicht, keine Hängebrüste, keine krummen Beine. Du kennst die Sprüche der Männer. Frauen leiden unter allem Möglichen. Hast du aber schon je einmal gehört, dass ein Mann sich seiner X-Beine schämte, seines Schmerbauches, seiner dicken Waden?
Wütend trank sie den Selleriesaft in einem Zug leer. Und wir Frauen machen Lifting, pumpen die Brüste mit Silikon voll oder fasten, nur damit wir ansehnlich bleiben, knackig. Wenn das nicht pervers ist. Schon standen die ersten Frauen auf, verliessen den Saal. Der Tagesplan verordnete Ruhe nach dem Essen. Anne ging auf ihr Zimmer, ging ein paar Schritte auf und ab, als wollte sie durch das Knarren des Bodens die Ruhe stören. Sie kam sich gefangen vor in dem Raum, zu Untätigkeit verurteilt. Wie in einem Käfig, dachte sie, auf und ab gehend. Und draussen eine fremde Landschaft, die nichts in ihr auslöste, als wäre sie nicht hier, als ginge sie dies nichts an.
Der See glitzerte in der Sonne, Schwäne im Schilf. Surfer nutzten den Wind.
Im Korridor schnappten die Schlösser, die Toilettenspülung rauschte, die Böden knarrten.
Unten an der Strasse gingen zwei junge Männer mit langen Messlatten auf und ab. Der eine hielt

jetzt die Latte senkrecht, während der andere sich hinter einer Art Fernrohr duckte. Anne sah die braune Haut unter dem offenen Hemd, die spärlich behaarte Brust, den schwarzen Wuschelkopf, die verwaschenen Jeans, die breiten Füsse in Holzsandalen. Ein Mann, ihn heraufholen, einfach so, nichts sagen, mit ihm schlafen, so richtig suhlen, ein, zwei Stunden, und ihn dann wegschicken. Sie hatte es manchmal getan, wenn sie Lust verspürte, mit jemandem zu schlafen. Hatte sich einen Mann geholt für eine Nacht. Die Wärme einer fremden Haut auf der eigenen. Keine Namen, keine Fragen. Jemand spüren. Dasein. Dies sachte Suchen und Entdecken eines Körpers, seine Gesten erfahren, die neu waren, überraschend manchmal und nur diese eine Nacht galten. Und nichts danach. Denn oft genug hatte sie erfahren, wie rasch sich ein Eindruck verbraucht, auch wenn er ungewöhnlich ist. Die Erregung der ersten Minuten, die Faszination des Unbekannten, danach: Repetition. Gewöhnung trat ein. Wie ein Gespenst hockte sie hinter allen Begegnungen. Und je länger sie dauerten, desto mehr war zu leisten an Lüge und Betrug. Und je älter sie wurde, glaubte Anne zu erkennen, desto kürzer wurde die Zeitspanne, bis die Lüge grösser war als die Nähe. So blieb die Erinnerung an einen Körper, der für eine Nacht dagewesen war, ebenso auswechselbar wie die Gipsstukkatur oder die Holzmaserung an der Zimmerdecke. Anne bildete sich nichts ein auf diese Erfahrungen, aber sie hätte sie auch nicht missen wollen.

Auf dem See zwei Surfer mit gebauschtem Segel, weit draussen zwei Tretboote. Blätter in den Bäumen, leicht bewegt vom Wind, auf dem Balkon flatterte die Fahne, auf der Brüstung lag ein Handtuch zum Trocknen.
Welches Gewicht hier jede Einzelheit bekommt, weil einfach nichts passiert.
Vor dem Spiegel sah Anne die schleimig belegte Zunge, ausgetrocknet waren Rachen und Mundhöhle, klebrig die Zähne, überzogen von einem süsslichen Schleimbelag. Sie nahm die Arnikatinktur und gurgelte, ein kurzes heftiges Brennen in den Schleimhäuten, die steif wurden wie Glas.
Anne packte ihre Bücher aus. Wenigstens lesen, damit die Zeit nicht ganz vertan ist. Am Nachmittag wollte ihr Gisela die Königsschlösser Hohenschwangau und Neuschwanstein zeigen. Sie hatte ihr einen Führer aufs Zimmer gelegt: Ludwig II. – sein Leben und sein Ende. Auf der Titelseite war er abgebildet: ein zierliches Gesicht, dunkler Teint über der ordenbehängten Uniform, schwarzer Spitzbart. Der Romantiker auf dem Königsthron.
Anne interessierte der Besuch der beiden Schlösser nicht besonders. Sie hatte mit Martin genug historische Objekte besucht. Sie widersprach Gisela nicht, weil sie froh war, aus dem Sanatorium herauszukommen. Der Touristenandrang auf die beiden Schlösser war gross. Anne und Gisela mussten am Eingang von Hohenschwangau Schlange stehen: Deutsche, Japaner, Franzosen mit umgehängten Fototaschen, T-Shirts, Sonnenhüten,

Landkarten. Eine dichte Menschentraube drängelte sich um den Souvenirstand: Bilder Ludwigs II., kleine Büsten des Königs und Richard Wagners, der im Schloss gewohnt hatte, Fähnchen, Spazierstöcke, Dia-Serien.

In den Gemächern das gleiche Gedränge, eine dumpfe Masse, die sich vorwärts schob, die monotone Stimme des Führers, der Namen und Daten in die Runde warf, aufblitzende Kameras, Einzelheiten, die für Sekunden ins Blickfeld traten: das Bett Richard Wagners, verschimmeltes Brot aus der Zeit des Prinz-Regenten Luitpold, ein Fenster, von dem aus Neuschwanstein zu sehen war, die kleinen Sterne, die sich Ludwig in die blaue Decke seines Schlafzimmers hatte montieren lassen, um nachts unter erleuchtetem Sternenhimmel zu schlafen, ein Schaukasten mit sämtlichen Orden der Welt. Orden auf geschwellter Männerbrust: bildlicher Ausdruck, dachte Anne, in Silber, Gold und farbigen Bändern für den ganzen militärischen Stumpfsinn einer Männerwelt von Ehre, Tapferkeit und Disziplin, hinter Glas ausgestellt, halb verblichen schon, vergilbt, von Staub zerfressen, Relikte einer noch immer nicht vergangenen Zeit. Flüchtige Eindrücke, zufällig und ungeordnet. Anne war froh, als sie über eine schmale Wendeltreppe das Schloss verlassen konnten. Auf Neuschwanstein verzichtete sie. Fahren wir lieber noch über Land. Gisela war einverstanden.

Sie folgten ein Stück der Strasse Richtung Marktoberdorf-Kaufbeuren: eine ländliche Gegend mit weiten Feldern, Tümpeln, in denen sich Bäume spiegelten, schmale Wiesenpfade, die sich im Grün verloren.

Am Tisch des kleinen Landgasthauses, in welchem sie entgegen der strengen Fastenregel von Dr. Klumpp einen zusätzlichen Kaffee tranken, sass eine junge Frau mit ihren Eltern. Anne fiel die Unruhe und Verstörtheit im Gesicht der Frau auf. Bald sprach sie überlaut, wirre Sätze, dann leise flüsternd. Ihr kommt doch wieder am nächsten Sonntag. Wenn niemand kommt, dürfen wir nicht hinaus. Der Mann und die Frau nickten, beteuerten unaufhörlich, sie würden wieder kommen. Lange Pausen. Der Mann nippte fortwährend an seinem Bier und wippte mit dem rechten Bein, so dass der Tisch leicht vibrierte, die Frau sah immer wieder auf die Tochter. Dann bin ich erwacht, sagte diese, und wusste nicht, wo ich war. Und ich schrie. Und niemand ist gekommen.

Anne wollte immer wieder ein Gespräch mit Gisela beginnen, aber das Gesicht der jungen Frau zog sie an. Ein gerötetes Gesicht mit feinen Zügen, schmale Brauen über hellen Augen, das kurzgeschnittene Haar war sorgfältig gekämmt, ihre Gesten waren hektisch, die Hände unablässig in Bewegung. Mein Gott ist die nervös.

Das hatte man auch von Bettina gesagt. Bettinas ungelenke Bewegungen. Ihre trippelnden Schritte. Bettinas blaue Augen, der schmale Mund mit den dünnen Lippen. Bettina in Cornwall letzten Sommer, ganz vorn auf der Steilküste. Der Wind in ihrem Haar. Bettina zu Hause in ihrer Wohnung. Die Blechspielsachen auf dem Büchergestell. Das Bild mit den drei Katzen im leeren Zimmer. Die verdorrte Silberdistel aus dem Burgund. Bettinas Fotoalbum: Das kleine Mädchen mit dem gestrickten Plaid auf dem Dreirad, Sommer 61. Mit dem Vater auf dem Fahrrad, die Hände fest ans Lenkrad geklammert. Mit Blumen im Haar auf dem Kirchweihfest in Kirchleerau. Im Badeanzug an der Reuss, einen breitrandigen Sommerhut auf dem Kopf. Mit den Eltern auf der Diavolezza: Reise des Konsumvereins, Frühjahr 66. Mit ihren Schulkameraden auf dem Fronleichnamszug vor der katholischen Kirche: sechzehn Jahre alt, ein blondes Mädchen mit kurzem Haar, Sommersprossen im Gesicht, weisse Kniesocken, flache Schuhe mit einem schmalen Band über dem Rist. Bilder, die Anne geblieben waren. Bettina hatte ihr das Fotoalbum oft gezeigt. Es lag auf dem Büchergestell bei den Spielsachen und Kinderbüchern. Auf den Umschlag hatte Bettina kleine Muscheln geklebt.

Ist Bettina nicht immer dieses kleine Kind geblieben, dachte Anne, oder ist es am Ende nur das Bild, das ich mir von ihr zurecht gemacht habe. Bettina, das Kind, das man über Strassen und Plätze führen musste, mit dem man in den Sommer-

wiesen Blumen pflücken und sie ihm als Kranz ins Haar stecken sollte und Pilze suchen in den grossen Wäldern und ihr von Zwergen erzählen, die in Höhlen wohnen, Drachen steigen lassen im Herbst und Schneemänner bauen im Winter, Schneemänner mit langen Nasen aus Karotten, einer Mütze und einem Halstuch.
Anne erinnerte sich, wie sie einmal, es war im Spätherbst gewesen, über Stoppelfelder spaziert waren. Bettina hatte Ähren gesammelt und zu einem Kranz geflochten. Siehst du, hatte sie zu Anne gesagt, so haben sich die jungen Mädchen früher in unserer Umgebung, im Freiamt, Hüte aus Stroh geflochten und sind damit zu Tanze gegangen. Das hat mir Mutter erzählt. Und die mit dem schönsten Hut ist die Ehrendame des Abends geworden. Manchmal denke ich, hatte sie weiter gesagt, ich möchte einmal ganz lieben, lieben mit all meinen Kräften, mich ganz verlieren und dann sterben.
– Das ist doch dumm, hatte Anne gemeint, da Bettina das gleiche früher schon einmal gesagt hatte. Das sind Kleinkinderträume, was du da erzählst, Bettina.
Bettina hatte nur geschwiegen, den Kranz vom Kopf genommen und weggeworfen.
– Ich schaff das nicht mehr, hatte sie gesagt, diesen Alltag, diese Morgengesichter, es kotzt mich an. Ich möchte wieder Freude am Leben haben. Aber wie? Alles in mir ist so brüchig geworden. Und alle um mich herum sind so tüchtig und meistern das Leben. Bloss ich bringe es nicht fertig.

Ich habe es nie vermocht, mich zu ändern, mich einem Du zu öffnen. Etwas muss falsch sein mit mir. Als hätte sich, früh und unbemerkt, in das Gewebe, das ich wurde, ein Webfehler eingeschlichen. Äusserlich ist er nicht zu sehen und fällt vielleicht gerade darum so schwer ins Gewicht. Es muss ein Webfehler sein, der nicht zu korrigieren ist, es sei denn, man zerstört das ganze Gewebe, löst es auf in die vielen Einzelfäden und setzt es neu zusammen. Ich finde keine neuen Wege, keine neuen Gesichter. Nur die Kraft wird kleiner von Tag zu Tag. Und doch, ich möchte leben, verstehst du, leben.

Anne verstand es so nicht. Leben, was hiess das, das Wort war ihr zu schwammig, jeder verstand etwas anderes darunter. Wenn sie doch ein klein wenig von dem begreifen würde, was Realität ist, ein wenig Boden unter den Füssen ist doch alles, was sie bräuchte.

Anne sah sie wieder vor sich: wie sie am Bahnhof zaghaft durch die Menge der Wartenden ging, wie sie das Weinglas zum Munde führte, wie sie im Pyjama auf ihrem Sessel kauerte und Percy Sledge hörte, wie sie mit nackten Füssen den Strand entlang tänzelte.

Szenen, dachte Anne, Einzelbilder, ausgeschnitten aus einem Buch, das als Ganzes verloren gegangen schien, bis auf wenige Seiten, die so schwer zu einem Bild zusammenzufügen waren. Oder liegt es nur an mir, dass ich es nicht zusammenbringe? An meiner Unfähigkeit, auf andere einzugehen?

– Du hast verlernt zuzuhören, hatte Bettina gesagt, du bist so hart geworden.
Anne war erschrocken, damals, doch was hatte sie geändert? Vorsätze ja, immer Vorsätze: mehr Zeit zu haben für andere, im Augenblick zu leben. Was hatte sie verwirklicht davon? Hatte sie Bettina wirklich zugehört?
Einmal hatte Bettina erzählt, wie sie sich im Bus plötzlich einsam und fremd gefühlt habe. Und als sie aus dem Bus gestiegen sei, sei ihre Tasche zu Boden gefallen. Ich bückte mich, wollte sie aufheben und bekam in dem Augenblick von hinten einen solchen Stoss, dass ich vornüber auf den Gehsteig fiel. Sekunden mit dem Gesicht auf dem Asphalt atmete ich den Geruch verbrannten Öls ein, heulte los, wie ein kleines Kind. Ein Mann half mir aufstehen und entschuldigte sich. Ich stand da und heulte. Und ich war unfähig, mich zu bewegen, als sei alle Kraft aus meinem Körper gewichen. Und sie habe, hatte Bettina weiter erzählt, dann lange vor einem Schaufenster gestanden und habe sich so sehr gewünscht, es möge ihr doch wieder gut gehen, sie möchte wieder Freude am Leben haben.
– Ich habe mir tausend schöne Dinge vorgestellt, sagte sie, aber alles hat nichts geholfen, hat mich nicht herausgerissen aus meinen dunklen Gedanken.
Und sie habe lange einem jungen Mann zugeschaut, der auf der Zitter Liebeslieder aus alter Zeit gespielt habe. Es habe ihr gefallen, wie sehr

sein ganzer Körper hingegeben gewesen sei in sein Spiel, als hätte er sich ganz darin verloren, aufgelöst in Töne und Worte.
Fast beiläufig erzählte sie Anne solche Einzelheiten, als seien sie eigentlich nicht wichtig. Und meist lagen sie auch schon Wochen zurück.
Manchmal, hatte Bettina gesagt, schreibe sie solche kleinen Erlebnisse auch auf. Oder sie mache eine Zeichnung. Damit etwas hängenbleibe von ihrem Leben.
Sie hatte kleine graue Hefte mit weissen Etiketten, wie Schulhefte, mit dünnen Kartoneinbänden, die sie mit Blumen vollklebte. Wie sehr Anne auch bat, in den Heften ein wenig blättern zu dürfen, hier blieb Bettina hart. Das gehört nur mir, sagte sie, es sind meine Märchenbücher.
Auch Träume schrieb sie auf. Meine Träume sind meine Bilderbücher, in denen ich gerne blättere. Bettinas Träume. Anne kannte viele. In einem dieser Träume, der Anne immer wieder einfiel, hatte sie ihre Mutter besucht, die für Monate in eine fremde Stadt gefahren war, eine weite graue Grossstadt, mit hohen Strassenschluchten, düsteren Hinterhöfen mit baumelnden Wäscheleinen und stinkenden Unrathaufen. Meine Mutter verübte in dieser Stadt ein Verbrechen, sagte Bettina, irgendeines, welches weiss ich nicht mehr. Doch an der Stelle meiner Mutter wurde ich verhaftet und eingesperrt, obwohl ich unschuldig war. Meine Mutter tat nichts, um den Irrtum aufzuklären, sie schaute gleichgültig zu, wie die fremden Polizisten in ihren blauen Uniformen mich abführten,

mich in einen niedrigen, dunklen Raum brachten, der durch einen blakenden Span leicht erhellt war. Überall lagen Menschen, gefesselt an Händen und Füssen, etwas erhöht war ein Pult mit einem weissgekleideten Mann, dem Untersuchungsrichter. Ohne mich anzuschauen zählte er meine Delikte auf. Und während er sprach, hart, klar und unnachgiebig, gewahrte ich in einem Türspalt meine Mutter. Mit unbewegter Miene hörte sie sich an, was man mir vorwarf. Ich schrie nach ihr, wollte sie bitten, das Unrecht aufzuklären, wollte zu ihr rennen, aber ich stolperte, weil meine Füsse gefesselt waren. Meine Mutter drehte sich um und ging ohne ein Wort davon, ohne den Irrtum aufzuklären, überliess mich meinem Schicksal. Und ich wusste, dass sie die Stadt verlassen und mich allein hier zurücklassen würde, allein in dieser fremden Stadt, deren Sprache ich nicht kannte und angeklagt eines Verbrechens, das ich nie begangen hatte. Verzweiflung kam über mich und Hass, Hass auf diese Frau, die meine Mutter war.

Anne stand auf. Es ging gegen halb elf, auf dem Seepfad brannten kleine Lampen. Geräusche in die Stille: eine Wasserleitung, die rauschte, die sirrende Neonröhre über dem Spiegel.
Jeder quälte sich ab. Mit irgendetwas. Und war allein damit. Bettina mit ihren Ängsten. Gisela mit ihrem Alleinsein. Die Frauen unten im Speisesaal mit ihrem Übergewicht.
Draussen, in gleichgültiger Stille, der See, Schlingpflanzen, Bäume, ein Boot, Nebelschwaden krochen um die Lampen. Der Sinn von all dem? Sie drückte Bayern 3, Popmusik, nahm die Bierdose, trank stehend.
Schlafen. Was war sonst zu tun?
Sie dachte an Bettina. Sie war einsam, und ich habe diese Einsamkeit zu wenig wahrgenommen oder zu wenig ernstgenommen. All das Versäumte heisst Schuld, ein Berg, der wächst und wächst, Schutthalden, nichts als Schutthalden. Das, und nichts anderes, ist es, was bleibt von den Menschen, von den Verknüpfungen zwischen ihnen. Schuld. Hatte Martin gesagt.
War es nicht das gleiche Gefühl wie damals, als Mutter so krank geworden war in den letzten Monaten. Gewiss, sie hatte sie gepflegt, war die gute Tochter gewesen, war heimgekommen an jedem Wochenende, hatte die Mutter ausgezogen, gewaschen, gebadet, sie zu Bett gebracht. Sie war mit ihr zum Arzt gefahren. In der Nacht war sie oft aufgestanden, hatte sie auf die Toilette gebracht, wieder ins Bett, hatte das Erbrochene aufgewischt. Sie hatte ihr die Kleider gewaschen, die Wohnung gereinigt.

Ja, sie hatte alles getan. Und dennoch hatte ihr oft geekelt. Mutter war unordentlich geworden durch Alter und Krankheit, manchmal klebten Speisereste an ihrem Kleid, auch die Wäsche schien sie nicht mehr häufig zu wechseln. Mutter liess sich gehen, wirkte schmuddelig, vernachlässigt. Anne wusste, es war das Alter, Mutter war 69, die Krankheit. Sie schämte sich für ihren Ekel, wusste, auch sie würde alt werden, noch zwanzig oder fünfundzwanzig Jahre, und sie würde ähnlich sein wie Mutter.

Und während sie sie pflegte, spürte sie, wie fremd ihr Mutter geblieben war, wie wenig sie zu sprechen wussten miteinander. Und Anne erschrak oft, wenn sie merkte, wie sie sich zur Freundlichkeit zwingen musste. Sie kam sich schäbig vor dabei, kümmerlich und armselig.

Sie war Mutter nie gerecht geworden. Anne wusste es. Manchmal waren Schuldgefühle dagewesen, aber irgendwie war es ihr immer gelungen, sie zu verdrängen.

War ihr Widerwille gegenüber Bettina nicht eine Form der Distanz, durch die sie sich vor der kranken Bettina in die Welt der Gesunden absetzte, der sie, Anne, auch wenn sie sich einerseits dagegen wehrte, sich anderseits eben doch zugehörig fühlte. Die Gedanken quälten Anne. Hatte sie überhaupt ein Recht, sich zu distanzieren? Wehrte sie sich hier nicht gegen etwas, was in ihr selber angelegt war, was sie nicht hochkommen lassen wollte?

Hatte sie nicht selber auch manchmal diesen

Hang, sich einfach Stimmungen hinzugeben, sich tragen zu lassen von Melancholie und Mutlosigkeit? Wie oft war sie, gerade in der Zeit, als Martin und sie sich immer weniger verstanden, in eine ähnliche Mutlosigkeit versunken, hatte ihr Schicksal beklagt und sich noch wohl gefühlt dabei: Du, die Einsame, die unglückliche Anne, der alles schief läuft.
Anne öffnete die zweite Dose Bier, trank hastig. Jetzt eine Zigarette. Da war nichts zu machen. Sie fluchte. Warum war sie bloss in dieses Sanatorium mitgegangen? Und wie sollte sie die Bierdosen verschwinden lassen?
Anne erwachte früh. Draussen begann es zu dämmern. Dichter Nebel staute sich an den Scheiben. An Schlaf war nicht mehr zu denken. Zuviele Gedanken, die sie nicht losliessen. Wieder dies Gefühl der Enge im Zimmer. Sie betrachtete das Bild an der Wand: ein Blumenstrauss, grelle Farben, in einer unförmigen Vase aus braunem Ton.
Sie setzte sich an den Schreibtisch, begann einen Brief, doch schon nach wenigen Wörtern hielt sie inne, legte den Kugelschreiber auf den Tisch zurück. Das Radio andrehen. Nein, zu früh. Lesen. Kotzt mich an. Duschen. Ja. Sie legte sich den Bademantel um, trat in den Korridor hinaus und schritt über den knarrenden Boden zur Dusche. Das warme Wasser auf der Haut tat gut. Als kehrte Leben in den Körper zurück. Etwas tun.
Anne kleidete sich rasch an und verliess das Haus. Sie fröstelte ein wenig, zögerte ein paar Sekunden und nahm dann entschlossen den Weg um den See. Dicht und körperhaft war der Nebel.

Auf einer Anhöhe tauchte unvermittelt ein Haus aus dem Nebel auf, es sah aus, als schwebe es auf den grauen Schwaden. Das Haus auf dem Hügel. So nannten Martin und sie das Bauernhaus, in das sie eingezogen waren nach ihrer Heirat.

Eigenartig, dachte sie, wie sehr man verwächst mit einem Haus, das ein Gesicht hat: ihr windschiefes Haus auf dem Hügel. Noch lebten seine Räume in ihr fort, waren immer da in den Träumen. Die Küche besonders: mit dem Jugendstilbuffet, auf dessen Porzellanschubladen violette und gelbe Blumen gemalt waren, darunter in schwarzer Zierschrift die Namen von Gewürzen, die in die einzelnen Schubladen gehörten. Dort hatte sie die selbst gepflanzten Gewürze verwahrt. Majoran, Thymian, Rosmarin, Basilikum. Der ovale Holztisch mit der feinen Holzmaserung: wieviele Stunden hatte sie da gesessen, allein manchmal, mit Martin, mit Freunden. Im Winter beim offenen Herdfeuer. Anne liebte das dumpfe Dämmerlicht der Küche, die langgestreckt, schmal und niedrig war. Maiskolben hingen an den Wänden, alte Bratpfannen aus Messing und Kupfer, die sie in der Scheune gefunden und gereinigt hatte. Die Pendeluhr, ein „Bauernregulator", der im Estrich gelegen hatte, wurmstichig das Gehäuse, angerostet das Pendel, dennoch hatten sie sie wieder in Stand stellen können. Wie oft hatte das Ticken dieser Uhr in die Stille geschlagen, ins Schweigen zwischen Martin und ihr, die Stundenschläge, hell und fröhlich.

Räume, an denen Erinnerungen klebten, Bilder

von sieben Jahren: helle, dunkle, dumpfe, fröhliche. Was würde aus diesen Bildern werden. Anne konnte sich nicht vorstellen, dass sie nur noch ein Stück Vergangenheit waren, das schmerzte, weil es nicht mehr zurückzuholen war: ein Stück Tod. Jede Liebe ist ein Stück Tod, hatte Martin einmal gesagt, etwas in uns stirbt, eine kleine Fläche wird schwarz, bleibt stumm, eine Wunde, die nie mehr heilt, zuweilen aufbricht, uns aufschreckt. Und sie sah ihr Gesicht, das sich in der Scheibe des Zuges gespiegelt hatte, als sie von ihm weggefahren war im Sommer vor einem Jahr, für ein paar Wochen, wie sie geglaubt hatte: ihr Gesicht im verregneten Glas, verwischte Konturen, bleich, unkenntlich, aufgelöst in unzählige Einzelheiten: eine Strähne Haar in der Stirn, blasse Ränder unter den Augen, verschmierte Wimperntusche, die gespreizten Hände an die Scheiben gedrückt; ein Hauch von Atem, der sich niederschlug am Glas. Und Martin, draussen auf dem Bahnsteig, die Hände verknotet wie zum Gebet: „Wenn die Hände zu sprechen begonnen haben, was redet dann noch in uns? Es ist doch etwas, das redet weiter, wir hören es doch."

Nach ihrer Rückkehr hatten sie noch Monate zusammengelebt in dem Haus. Aber zwischen den beiden Welten war keine Brücke mehr und eine neue liess sich nicht schlagen. Etwas war da zu Ende gegangen. Man darf nicht Vergangenem nachhängen, sonst bleibt man stehen, verliert den Boden. Ich muss, dachte sie und empfand etwas wie Genugtuung dabei, neue Räume suchen und sie

für mich bewohnbar machen und darin die alten aufheben. Heimat, diesen Irrtum war sie losgeworden, war nicht, was einmal gefunden und dann bewahrt werden soll wie die sterilisierten Früchte im Keller, Heimat war immer neu zu suchen, war nicht an Räume, Orte, Länder gebunden, und nur, wer unentwegt unterwegs war, die offenen Strassen kannte, dem gelang es von Zeit zu Zeit, Heimat zu finden.
Und die Suche muss in mir selber beginnen, dachte sie, ich muss das finden, was ich bin, zulange habe ich das gelebt, was andere in mir sehen wollten. On the Road hiess das Buch, das sie so liebte.
– Du wirkst so sicher in allem, was du tust, hatte Bettina gesagt. Anne wusste, sie war es nicht. Sie war bloss nicht bereit, sich im Schmerz um Vergangenes zu verlieren. Und das war es auch, wurde ihr jetzt klar, was sie an Bettina abstiess, diese fast elegische Trauer, dieses sich Einpuppen in Schmerz und Selbstmitleid. Das war kein Weg, machte nur kraftlos und mutlos, machte krank. Das wollte sie Bettina schreiben. Und fröhlich, fast übermütig stieg sie den immer schmaler werdenden Pfad hinan. Bald lag der braune Moorsee unter ihr; wie ein getrübter Spiegel sah er aus im Nebel. Anne fühlte sich leicht, sie summte eine Melodie vor sich hin. Und nicht einmal der Gedanke an Frucht- und Gemüsesäfte konnte ihr diese Stimmung verderben.
Nach dem Frühstück musste Anne zum Darmbad, das für alle Fastenden obligatorisch war, wie

die Anfangs- und Schlussuntersuchung; Gisela hatte sich wegen eines Hautausschlages für ein Molkenbad entschieden. Nachher wollten sie zusammen in die Sauna. Anne wartete vor der mit dem Schild „Darmbad" bezeichneten Tür. Eine junge Frau öffnete und hiess Anne eintreten. Ich bin Regine und soll deinen Darm ausspülen.
– Ich bin Anne.
Anne zog sich aus und legte sich auf den Tisch. Jetzt tut's ein bisschen weh. Regine kam mit einem grossen Schlauch, der in Annes Darm eingeführt wurde. Ich lass jetzt Wasser einlaufen. Sobald es schmerzt, sagst du halt.
Langsam quoll der Bauch auf, die Bauchdecke spannte sich. Regine stoppte das Wasser und begann die Bauchdecke zu massieren. Langsam strömte das Wasser zurück.
Auf dem Rücken liegend, die Knie leicht angezogen, sah Anne wie hinter der Glasscheibe die Kotklumpen sichtbar wurden, die das Wasser durch den Schlauch aus ihren Därmen beförderte, während Regine mit weichen Händen den Bauch massierte, um das eingepumpte Wasser herauszudrücken. Klumpen um Klumpen, grössere und kleine, manchmal zu Fetzen zersetzt, quollen aus ihrem Leib, als sei ihr Inneres ein endloser Kothaufen. Deine Verdauung scheint nicht die allerbeste, sagte Regine und liess erneut Wasser in Bauch und Därme strömen. Ja, sagte Anne gequält und sah in Regines rundes Gesicht. Regine mochte kaum dreissig sein, trug das schwarze Haar aufgeknotet. Langsam drehte sie am Wasser-

hahn und kontrollierte aufmerksam den Zeiger, der die einströmende Wassermenge angab. Regines ruhige Art gefiel Anne. Wieviel Wasser geht denn da hinein? fragte sie.
– Zwei bis drei Liter, es ist ganz verschieden, sag einfach wenn es schmerzt, dann lasse ich es zurücklaufen. Regine drehte langsamer.
– Ja, es ist genug, sagte Anne.
– Schau, wie deine Därme herausgedrückt werden durch das Wasser. Unter der Bauchdecke wurden gekrümmte Wülste sichtbar. Wieder förderte das Wasser Kotklumpen, die auf und ab schwappten, ins Fensterglas.
Anne fühlte sich leicht, als sie von Regine wegging. Leicht und müde und leer: als sei aller Schmutz aus ihr herausgespült worden, alte Schlacken und Überreste, die wie unnötiger Ballast auf Körper und Seele drückten. Zurück in ihrem Zimmer schlief Anne ein.
Die Sauna war sehr eng, zwei Holzpritschen, der Ofen, eine Sanduhr. Anne legte sich auf die obere Pritsche. Gisela auf der unteren Holzpritsche. Die Falten in ihrem Gesicht, die matte, bleiche Haut, das Haar von einzelnen grauen Strähnen durchzogen, die Brüste schon ein wenig schlaff. Verblüht, würden die Männer sagen. Wie rasch das geht. Anne erschrak für einen Moment. Noch fünf, sechs Jahre, und sie würde die gleichen Zeichen auch an sich finden: die ersten grauen Haare eines Morgens. Viel Zeit blieb ihr nicht mehr. Anne gefiel, wie Gisela ihren Körper annahm, nichts tat, das Alter zu verbergen, die Haare grau sein

liess. Nein, sie spielte das Spiel der männlichen Kosmetikindustrie nicht mit. Könnten es Frauen und Männer nicht schaffen, dachte Anne, zueinander zu finden, zu Nähe und Zärtlichkeit, ohne den Umweg zu nehmen über die Lüge des falschen Scheins der Kosmetik- und Textilindustrie?
Gisela nahm, auch wenn sie nie davon sprach, ihren Körper so, wie er war. Anne sah, wie der Schweiss aus den Poren von Giselas Körper trat, der weichen Haut einen Glanz gab, der ihn schön machte. Ja, sie fühlte für einen Moment Zärtlichkeit für diesen Körper. Den Körper einer andern Frau schön finden, so wie er war, ihn nicht messen und vergleichen mit dem eigenen, ihn nicht als Konkurrenz betrachten, wie sie es seit ihrer Schulzeit getan hatte.
Die letzten Körner der Sanduhr waren nach unten gerieselt, ein mattes Rot im schmalen Glas. Zeit zu duschen.
Im Berghaus gab es den Vieruhrkaffee. Ein heller Raum mit Ledersesseln und Klubtischen aus Marmor. Überall lagen zerknautschte Zeitungen, Illustrierte, Modejournale. In Zweier- und Dreiergruppen sassen die Frauen um die Tische. Wie Lemuren, dachte Anne.
Eine junge Frau brachte ihnen Kaffee und ein kleines Schälchen mit Honig. Anne genoss den Kaffee, trank in kleinen Schlucken.
Die junge Frau setzte sich an ihren Tisch und verwickelte sie in ein Gespräch. Sie erzählte von ihrem Verlobten, der Elektriker sei und einen Sprachfehler habe. Er stottere, immer beim D

stosse er an. Sie übe jetzt jeden Abend mit ihm, weil ihn das Stottern unsicher mache. Er helfe ihr dafür, das Sch richtig auszusprechen. So würden sie einander helfen. Sie seien sehr glücklich zusammen.

Glücklich. Das Wort berührte Anne. Wann hatte sie sich zum letztenmal glücklich gefühlt, uneingeschränkt glücklich?

Anne setzte sich an den kleinen Tisch, räumte den Blumenstrauss und die Fruchtsäfte weg und schrieb an Bettina.

Es sei ihr ein zentrales Anliegen, allen Patienten im Haus die Ideen ihres verstorbenen Gatten Dr. A. Klumpp nahezubringen, welche nach wie vor die Grundlage der Saftkuren hier im Haus bildeten, eröffnete Franzigret Klumpp den Vortragsabend, zu dem fast ausnahmslos alle Fastenden erschienen waren. Nur die Frau Böse habe es vorgezogen, frühzeitig schlafen zu gehen, flüsterte Frau Wiechmann ihrer Nachbarin Riedel zu. Es sei für die Klinik ein ganz besonderer Glücksfall, fuhr Franzigret Klumpp fort, dass es gelungen sei, in der Person von Frau Doktor Lore Kolb eine Ärztin zu finden, welche die Ideen von Dr. Klumpp aufgenommen habe und sie in seinem Sinne weiterführe. Deshalb wolle sie der lieben Frau Doktor nun das Wort erteilen.

Frau Riedel klatschte begeistert in die Hände, Frau Wiechmann fiel zögernd ein, die anderen zogen nach, Applaus, keine wusste genau warum. Sie sassen alle im Halbkreis um den Kamin, von dem der ausgestopfte Hirschkopf auf die Runde blickte. Anne und Gisela hatten in der zweiten Reihe Platz gefunden.

Lore Kolb trug an diesem Abend ein grünes Deux-Pièces, dessen Jupe knapp über die Knie reichte. Sie musterte, bevor sie zu sprechen begann, aufmerksam die Runde, lächelte dieser und jener Frau zu.

Fasten sei, eröffnete die Ärztin ihre Ausführungen, angesichts einer immer massloser um sich greifenden Fressucht, die, wie man täglich neu feststellen könne, erschreckende Formen angenommen habe, Fasten sei also eine der zentralen Forderungen unserer Zeit. Ja, sie wolle deshalb ihren Vortrag unter das Motto stellen „Fasten, um zu überleben", oder in Anlehnung an einen Gedichtrefrain „Lieber Fasten als Sklaverei des Fettes".

Was also sei Fasten? Schon Plinius der Ältere berichte von Saftfastenkuren, was in Anbetracht der im römischen Reich geradezu sprichwörtlichen Trink- und Fresslust begreiflich sei. Aber schon vor den Römern sei die Heilwirkung des Fastens bekannt gewesen. Sie kenne Schriften darüber, die auf rund 2000 Jahre vor Christi Geburt zu datieren seien, etwa die der alten Ario-Inder Atharveda und Ahuraveda, aber auch von Hippokrates, dem berühmtesten Arzt der alten Welt. Im Mittelalter habe der Benediktinermönch Lumpatius der Schmale die Idee des Fastens wieder aufgenommen und in seinem Werk „ De tota veritate rerum manducandi ac ieiunium servandi" ausführlich dargelegt und zu einer christlichen Essanleitung ausgeweitet. Das Buch sei ein Standardwerk geworden, welches in allen Benediktinerklöstern vorhanden gewesen sei. Aus diesem Grunde habe Kaiser Karl der Grosse Diätkuren gefördert und auch den Anbau von Gemüsen und Heilpflanzen in Klostergärten zur Vorschrift gemacht. So seien die Klöster von Monte Cassino und Salerno bald zu Zentren der Heilkunde geworden. Mancher Fürst des Mittelalters habe ihm darin nachgeeifert.

Anne sah, wie die Dämmerung, ein feines Blau, das rasch dunkler wurde, an den Scheiben aufzog, dahinter die schroffen Konturen der Berge. Vor ihr die Frauen im grellen Neonlicht, Frau Riedels schütteres Haar, flach gekämmt und auf beiden Seiten aufgeknotet. Vorn die Ärztin, die knochigen Hände ans Pult geklammert.

Kaiser Barbarossa habe, fuhr sie fort, sogar eine homöopathische Medizinalgesetzgebung ausgearbeitet und für die aus Salerno hervorgehenden Ärzte eine medizinische Approbation geschaffen, den Codex Salernitanus. Und noch kurz vor seinem bedauerlichen Tode durch Ertrinken im Badehaus einer syrischen Kleinstadt habe er sich von seinem Schreiber aus dem Buch „Physica" der heiligen Hildegard vorlesen lassen und in seinem Kreuzritterheer Schlemmereien streng untersagt. Ähnliches sei von Ludwig IX. von Frankreich zu berichten, der auch der Heilige genannt werde und regelmässig Saftfastenkuren durchgeführt habe; diesem Umstand sei seine ungewöhnliche Fitness zuzuschreiben, die es ihm im Alter von 56 Jahren erlaubt habe, noch einen Kreuzzug durchzuführen. Überhaupt seien im Mittelalter die Vorzüge des Fastens allgemein bekannt gewesen. Sie denke da nicht nur an Ausnahmefiguren wie Ignatius von Loyola, der 40 Tage gefastet habe, oder an den karolingischen König Karl den Kahlen, der sich vor jedem Feldzug einer strengen Fastenkur unterzogen habe, sondern auch an das einfache Volk.

Erst mit dem Wohlstand der neueren Zeit seien solche Kenntnisse durch einen ganz Europa erfassenden Hang zur Schlemmerei vergessen und ei-

ner immer raffinierteren Genussüchtigkeit geopfert worden, was ja zwangsläufig auch zu einer geistigen Dekadenz geführt habe. Ein vollgestopfter Körper müsse ja zu einer geistigen Trägheit und zur allmählichen Verblödung führen.
Frau Riedel fixierte bei diesen Worten mit missbilligenden Blicken Frau Flachmeyer, die ihre 110 Kilo in einem weiten Baumwollrock verbarg und beschämt die Augen niederschlug, während Frau Wiechmann begeistert nickte.
Der grösste Arzt aller Zeiten sei jedoch Theophrastus von Hohenheim, genannt Paracelsus. Er habe die Erkenntnis der Wirkungskräfte der Pflanzen auf eine höhere Stufe gestellt und wissenschaftlich diszipliniert. Wie Hippokrates für die Antike, könne Paracelsus für den Humanismus als Vorläufer Hahnemanns, des Schöpfers der Homöopathie, gelten. Hahnemann, er habe von 1755 bis 1843 gelebt, habe innerhalb der wissenschaftlichen Medizin eine neue Methode begründet, die nunmehr als Methode der Zukunft gelten dürfe. Neben Stoffen aus dem Mineral- und Tierreich würden auch zahlreiche Pflanzen in höchst rationeller Weise für die Krankenbehandlung verwertet. Vor den Teekuren habe das homöopathische Verfahren den Vorzug, dass nicht Unmengen von Wasser in den Körper gelangten, sondern nur Einzelmittel zur Verwendung kämen.
Die Ärztin hielt einen Moment lang inne, schob die Brille zurück, schaute zu Franzigret Klumpp hinüber, die mit übereinandergeschlagenen Beinen unter dem Hirschkopf sass und von Zeit zu

Zeit auf das Porträt ihres verblichenen Gatten blickte. Sie nickte der Ärztin ermutigend zu, worauf diese ihre Ausführungen wieder aufnahm.
Von Hahnemann gehe es dann weiter: Kneipp habe neben Kräutern das Wasser bevorzugt. Glünicke habe mit Extrakten besondere Anwendungsformen geschaffen, die nicht die Nachteile der Wasserfluten gewöhnlichen Tees hätten. Und ihr Vorgänger schliesslich, Dr. med. Alphons Klumpp, habe das System vervollkommnet und wolle mit seinen Saftfastenkuren dem Körper eine Möglichkeit zur Selbstbesinnung geben, damit er seine Harmonie zurückgewinnen könne. Die Reinigung des ganzen Körpers, seine völlige Entschlackung, sowie eine Wiedereinordnung aller Funktionen, der körperlichen wie der geistigen, sei der Hauptzweck der Saftfastenkuren.
Anne blickte auf die Frauen, die aufmerksam den Ausführungen der Ärztin folgten und ihr durch Kopfnicken ihre Zustimmung bedeuteten. Und während Lore Kolb ausführlich die körperlichen Reaktionen des Fastens beschrieb, musste Anne an die Magersüchtigen in Bettinas Klinik denken: Vera, die noch ganze 35 Kilo wog und aus Verzweiflung jede Nahrungsaufnahme verweigerte.
Wir sind alle krank, dachte sie, die einen fressen sich voll, andere hungern sich aus, die dritten saufen, schlucken Tabletten oder Drogen. Irgendein Mittel sucht jeder, um zu überleben. Krankheit, Sucht, das ist tief in uns eingesickert, als wäre dies eine grosse Heimsuchung, wie einst die Pest im Mittelalter, nur unscheinbarer und hämischer.

Und unsere neuen Priester sind die Ärzte und Psychologen, die ihre Kunst für gutes Geld verkaufen. Hoffnung aus dem Tranquilizer, Frischzellenspritzen gegen ungelebtes Leben, Lexotanil gegen unerfüllte Sehnsüchte, Seresta gegen Einsamkeit, Molkenbäder gegen Hautfalten.
Wo lag der Unterschied zwischen diesem Gesundfastersanatorium und Bettinas Klinik? War es bloss jene kleine Nuance im Grad der Verzweiflung, der die einen hierhin, die anderen dorthin gehen liess, oder einfach der Zufall? Worin lag der Unterschied der Mittel, die zur Heilung angewendet wurden? Lore Kolb bekämpfte Hautfalten, Fettpolster, Gelenkschmerzen mit Bädern, Saften, Massagen – die Psychiater in Bettinas Klinik glätteten Neurosen, dämpften Depressionen mit Chemie. Funktionsfähigkeit ist das Ziel. Nicht-aus-der-Rolle-fallen ist gefragt.
Anne blickte wieder auf Lore Kolb, die mit Eifer und Überzeugung ihre Thesen vortrug, selbstsicher, der Wirkung ihrer Sätze bewusst, unerschüttert im Glauben an die Richtigkeit ihres Evangeliums, geschmeichelt durch Zuneigung und Anhänglichkeit ihrer Gemeinde.
Regelmässige Saftfastenkuren würden die Gesundheit und Ausdauer des Körpers fördern, sagte sie, und zu einem langen ungetrübten Leben verhelfen. Und sie schloss mit einem eindringlichen Appell, sich streng an die Fastenregeln zu halten, ihre Ausführungen, die in der Runde viel Beifall fanden, ebenso wie Franzigrets Aufforderung, nun zum gemütlichen Teil überzugehen und bei

einem Glas Tee noch ein wenig zu plaudern.
Anne und Gisela kamen dabei mit Frau Flachmeyer ins Gespräch, die bekannte, sie fahre jedes Jahr für sechs Wochen in diese Klinik und fühle sich jeweils wie neu geboren.
Alle bekamen ein Glas Tee und ein Schälchen Honig. Franzigret ging von Tisch zu Tisch. Frau Riedel forderte zu einer Partie Bridge auf. Die Frauen sassen um Vierertische. Die einen spielten, andere sassen einfach da und blätterten in Illustrierten und Zeitungen, manchmal ein scheuer Seitenblick, ein Lächeln, lautlos und knapp. Einige hatten sich zur Ärztin gesetzt, die mit ihren Ausführungen fortfuhr, und es zu geniessen schien, im Mittelpunkt zu stehen: ein Guru, der seinen Segen erteilte.
Eine ältere Frau sass abseits, als gehe sie das alles nichts an. Ihre Hände umklammerten die Teetasse, ihre Augen blickten leer auf das Tischtuch, gefangen in seinem Häkelmuster. Anne blickte immer wieder im Saal umher, als suche sie etwas, als müsse sich etwas ereignen. Ein Mord müsste passieren. Sie stellte sich die Gesichter der Damen vor, wenn plötzlich hinter dem Vorhang hervor eine Leiche in den Saal stürzte, mitten auf den Bridgetisch oder in Lore Kolbs Rede über die Lebensverlängerung.
Doch nichts geschah, überall die gleichen knappen Bewegungen, die gleichen müden Gesichter, die etwas zu erwarten schienen, wie tot wirkten in ihrer Ergebenheit, blass, ohne Ausdruck und Kraft. Mochte es am gelblich gedämpften Licht liegen, an

den halblauten Gesprächen, am matten Braun des Spannteppichs, an den Teetassen, Anne kam sich gefangen vor, angekettet. Wieder spürte sie dieses Unbehagen, einen Ekel. Abreisen, dachte sie, abreisen, so schnell als möglich. Sie hörte nur oberflächlich zu, was Frau Flachmeyer erzählte. Übermorgen, dachte Anne, würde sie fort sein.
Anne verliess den Saal, trat durch die Tür ins Freie. Sie ging hinunter zum See und setzte sich auf den Bootssteg. Was sind all meine Aktionen gegen diese Trauer, die in den Menschen hockt.
Das Wasser im Boot klatschte durch das Schaukeln. War Bettina, die sich treiben liess, nicht ehrlicher? Nein. Das war kein Weg. Hatte sie, Anne, wenigstens in bezug auf Bettina etwas von dem gelebt, wovon sie immer sprach?
Ich muss zurück und ganz für sie dasein. Mit ihr leben. Sie so annehmen, wie sie ist. Der Schwarzwald, die Fastenklinik, das ist doch nur eine Flucht gewesen, ein Versuch, mich zu drücken.
Fast drei Monate war Bettina nun in der Klinik. Anne war, als sei das auch für sie eine Zeit der Heilung gewesen. Aber die muss nun zu Ende sein. Bettina muss heraus. Ich muss sie herausholen, ich habe es versprochen. Wir müssen anfangen. Endlich etwas tun. Anne fühlte die feuchte Kälte des Nebels und schlang die Arme um den Oberkörper. Etwas war verändert zwischen ihr und Bettina.
Sie stand auf und bummelte auf dem Seepfad. Laub lag auf dem Asphalt. Der See war dunkel und still. War Leben nicht möglich ohne dies Gefühl der Schuld?

Den letzten Tag wollten Anne und Gisela noch zusammen verbringen. Sie fuhren nach Stötten am Auerberg, wo Gisela den katholischen Gottesdienst besuchen wollte. Eine schöne Barockkirche mit ausgelaugten Holzbänken von hellem Braun, an den Wänden Votivbilder, von der Empore die Fahnen: Kriegerverein 1866, Schützen Stötten, Veteranenclub 1914–1918, für Kaiser und Reich. Fahnen, verwaschene Tücher ins Halbrund der Kirche gesenkt. Beim Aufgang zum Chor schlugen zwei Männlein aus Gips jede Viertelstunde mit eisernen Stäben auf eine Weltkugel, ein heller Klang ging durch die Kirche, die verrinnende Zeit. In der Kirche fast nur Frauen, meist ältere. Die Hände gefaltet, blickten sie mit strengen Gesichtern auf den Pfarrer. Bauersfrauen, dachte Anne, als sie die aufgeschwollenen zerschürften Hände sah, schwarze Wollstrümpfe steckten in schweren Schnürschuhen. Neben ihr sass eine rundliche kleine Frau, die von Zeit zu Zeit mit ihren dicklichen Händen in einer braunen Stofftasche nestelte und ein weisses Spitzentaschentuch herauszog, schnell ihre Nase schneuzte und es dann rasch wieder verschwinden liess.

Anne, die lange nicht mehr in der Kirche gewesen war, liess sich von der Stimmung tragen: Knaben in langen weissen Messgewändern schwangen die Weihrauchgefässe, der Pfarrer sang die lateinischen Worte mit einer hellen Stimme, ohne Pathos, fast beiläufig.

So hatte Anne es in Erinnerung aus ihrer eigenen Kindheit: die sonntäglichen Kirchenbesuche mit den Eltern. Längst vergangene Bilder kehrten wieder: Anne, das Kind mit den langen dunklen Haaren, konnte ihre Kleider nie sauber halten. Wenn du nicht brav bist, sag ich's dem Herrn Pfarrer. Der liebe Gott straft die bösen Mädchen. Mutters fremde Stimme. Die Blumen an Mutters Grab.

– Mir hat das gefallen, sagte sie zu Gisela, als sie nach dem Gottesdienst zum Auerberg spazierten. Offene mattgrüne Herbstwiesen in einer hügeligen Landschaft. Unten lag das kleine Dorf Bernbeuren am Ufer des Lech. Das sei eine Merowingersiedlung gewesen, sagte Gisela, schon in fränkischer Zeit habe da eine Kirche gestanden. Frau Flor habe das erklärt, als sie vor drei Jahren einen Gruppenausflug gemacht hätten. Gisela erzählte von ihrem ersten Aufenthalt bei Klumpps. Aus schierer Verzweiflung sei sie damals in dieses Sanatorium gefahren, weil sie einfach nicht mehr weitergewusst habe. Enttäuschung, Leere, wie das eben so manchmal sei im Leben. Und hier bei Klumpps habe sie sich langsam wieder zurechtgefunden: dank Spaziergängen, Gesprächen, Zeit zum Lesen.

Das habe ihr gut getan damals. Und darum sei sie auch jedes Jahr wiedergekommen, aus einer Art Nostalgie. Anne schwieg. Ihr sei es, sagte sie dann, genau umgekehrt ergangen. Sie habe sich hier keine Minute wohl gefühlt und sie sei nun froh, wegzufahren. Vielleicht liegt das auch an mir, fügte sie bei, zuviel Unerledigtes habe ich zurückgelassen, das mich hier nicht losliess. Sie erzählte von Bettina, von der bevorstehenden Schei-

dung. Ich muss zurück, mich all dem stellen. Nicht ausweichen.
Der Wind wurde heftiger, Flocken wirbelten. Sie schwiegen, vergruben die Hände in den Taschen. Ein schmaler Feldweg führte zur Kapelle auf dem Auerberg.
– Bei gutem Wetter sieht man hier weit in die Ferne, bis nach Kaufbeuren. Gisela deutete mit dem ausgestreckten Arm in die Ebene, die weicher Dunst füllte.
Die Kapelle war mit Marienfresken ausgemalt, nach den lateinischen Versen des Magnifikat, Anima mea Dominum: Et Exultavit spiritus meus in Deo ..., Respexit ..., Fecit ..., Misericordia eius ... Anne betrachtete die einzelnen Medaillonfresken, las die lateinischen Sätze Exurientes ... Hungrige hat er erfüllt. Maria reicht Jesus die Brust, die Sonne auf Marias Brust, und in ihren Händen hielt sie Bilder, auf denen der Stall von Bethlehem und die Kreuzigung dargestellt waren. Glauben können, dachte Anne, man müsste glauben können. Vor dem Hochalter stand zwischen Holzsäulen St. Georg, eine Holzschnitzerei. Von St. Georg hatte Bettina gesprochen in einem ihrer ersten Briefe aus der Klinik. Ja, dachte Anne, es ist Zeit, zurückzukehren, Angefangenes zu Ende führen, Neues anfangen.
Sie fuhren zurück. Duschen und uns in Gala stürzen, dann auf zum Allgäuer-Heimatabend, dachte Anne, und sie lachte, als sie noch einmal das Plakat las, das im Vorzimmer aufgehängt war: „Unsere Heimat Bayern in den Klängen ihrer Musik! Es

unterhalten: Die drei fidelen Hopfener, Gesangs-Duo Guggemoos, Hopfener Alphornbläser. Conferencier: der Allgäuer-Sepp."

Der Saal im Kurhaus war bis auf den letzten Platz gefüllt. Bierkrüge standen auf den Tischen, dahinter einheimische Männer in bayrischen Lederhosen und Kniesocken und Frauen im weitausgeschnittenen Dirndlkleid, das die Brüste zu runden Kugeln presste, viele Touristen im Abendanzug, gesetzte Herren neben jungen Damen, sonntäglich gekleidete Kinder, Rauchschwaden, schwitzende Kellner. Anne und Gisela sassen eingezwängt neben vier jungen Bayern, die masslos tranken. Auftanz der Jungen, hiess die erste Nummer, die der Klinikgärtner als Allgäuer-Sepp ankündigte. Mädchen und Knaben tanzten zu den Rhythmen des Gesangs-Duo Guggemoos, Alphornbläser, ein Jodler-Ehepaar mit Kind. Nummer um Nummer rollte ab. Die Stimmung im Saal erreichte einen Höhepunkt, als der Sepp nach harmlosen Witzen auch anzügliche zum besten gab. Im Saal begannen die ersten Paare zu tanzen. Nach dem zweiten Mineralwasser bestellte Anne Bier und bayrische Würste. Giselas Warnungen halfen nichts. Mit Heisshunger stürzte Anne sich auf das Essen, trank Bier. Auf diese Scheissfasterei, rief sie.

Die vier Bayern begannen zu schunkeln: „So ein Tag, so wunderschön wie heute ..." Wieder die Erinnerung: die Fahrt damals mit Bettina ins Tessin, der Zwischenhalt in Zug.

Anne bestellte einen zweiten Krug Bier, Gisela blieb hart.
Anne sah, wie unbehaglich sie sich fühlte, belästigt von dem betrunkenen Bayern, der sie immer wieder anstiess, ihr zuprostete und derbe Witze machte.
Diese Zärtlichkeit für Gisela, die sie schon in der Sauna gespürt hatte, sie war jetzt wieder da. Und diesmal wehrte sich Anne auch nicht dagegen. Sie berührte ganz sachte Giselas Hand und hielt sie eine Weile fest.
Anne merkte, wie ihr das Bier in den Kopf stieg. Du bist aus der Übung, dachte sie, und nahm noch einen Schluck, schüttelte sich vor Ekel. Komm, lass uns doch gehen. Gisela war einverstanden.
Es mochte nach Mitternacht gewesen sein, als Anne und Gisela das Kurhaus verliessen. Anne, die ziemlich betrunken war, hielt sich an Gisela fest. Die Nacht war kühl, ein schräger Mond stand über dem See.
Sie nahmen den schmalen Fussweg den See entlang. Auf der Terrasse des Kurhotels brannte noch Licht, Stimmen drangen herüber. Erleuchtete Zelte auf dem Campingplatz, wie Lampions in matten Farben in der hellen Nacht, vereinzelt der bläuliche Schimmer eines Fernsehers.
Anne hielt Gisela eng umklammert. Ihre Gesichter berührten sich. Es war gut, sich anlehnen zu können. Sie taumelten mehr als sie gingen, blieben manchmal stehen, blickten in den See, über dessen schwarze Fläche der Mond eine schmale Bahn schob.

Wieder war es dunkel im Sanatorium, still. Nur das Seil der Fahnenstange schlug hart gegen das Holz. Die aufgestapelten Plastikstühle wirkten wie Monster. Es dauerte, bis es Gisela gelang, aufzuschliessen. Jetzt kein Lärm. Wie zwei Diebe tasteten sie sich treppaufwärts.

– Kommst du noch zu mir. Anne folgte Gisela aufs Zimmer. Sie sassen eine Weile, sahen sich an, sprachen wenig. Gisela zog sich aus und legte sich aufs Bett. Anne betrachtete wieder ihren Körper, wie sie es schon in der Sauna getan hatte. Und sie empfand das gleiche Gefühl von Nähe, das Bedürfnis, diese Nähe auch zu leben. Sie zog sich aus und legte sich zu Gisela.

IV

Von Lindau aus, wohin sie Gisela gefahren hatte, rief Anne in die Klinik an und verlangte Bettina. Sie sei im Moment nicht zu sprechen. Der Schwester schien der Anruf ungelegen zu kommen. Sie zögerte, als Anne um weitere Auskunft bat. Und Anne hörte die folgenden Worte wie von weit weg: Bettina sei nicht mehr in der Klinik, ein Rückfall auf dem Wochenendurlaub, Zusammenbruch auf offener Strasse, Überweisung in die Poliklinik, Vergiftung durch eine Überdosis von Schmerzmitteln.

Anne hielt, ehe sie auflegte, noch eine Weile den Hörer in der Hand. Es geht mir besser, hatte Bettina noch gesagt, als sie in den Schwarzwald gefahren war. Und ich Trottel habe ihr geglaubt.

Frau Hauri sah Anne einen Augenblick unentschlossen an, hiess sie dann eintreten. Sie setzten sich.

– Nehmen Sie Kaffee?

– Nein, danke.

– Sie wissen, was passiert ist?

– Ja, so ungefähr, die Schwester war sehr zugeknöpft.

Frau Hauri zögerte. Mein Mann, wissen Sie, das wird immer schlimmer. Sie deutete mit der Hand hinaus in den Garten. Anne sah ihn draussen sitzen auf einer Holzbank, mit leeren Blicken sass er da, die Arme verschränkt.

– Er hat es nicht fassen können, sagte sie, er begreift das nicht. Unsere Bettina. Sie haben uns angerufen am Samstag aus der Poliklinik, wir möchten doch herkommen, es stehe schlecht um Betti-

na. Eine Vergiftung hat der Arzt gesagt, durch Tabletten, monatelang viel zuviele Tabletten habe Bettina genommen. Es müsse nun eine systematische Entgiftung vorgenommen werden. Der Arzt hat nicht glauben wollen, dass wir nichts davon gewusst haben. So etwas lasse sich doch nicht verbergen, Bettina müsse schon vor Jahren damit angefangen haben. Ihre Tochter ist in höchstem Masse tablettensüchtig. Wir haben immer gedacht, sie muss in die Nervenklinik wegen ihrer Angstzustände.
Anne sagte nichts. Natürlich hatte sie gewusst, dass Bettina häufig Schmerzmittel nahm. Ich habe solche Kopfschmerzen, sagte sie oft, nichts hilft. Und dann nehme ich halt Zäpfli.
Anne schaute durchs Fenster. Herr Hauri sass noch immer an der gleichen Stelle. Neben sich eine Weinflasche. Das Gesicht gerötet, blutunterlaufen.
– Ja, ich habe schon gewusst, dass sie Schmerzmittel nimmt, aber ich habe das nicht so ernst genommen. Wieder hielt Anne inne. Suchte sie sich zu rechtfertigen? Frau Hauri sah sie noch immer fragend an, als erwarte sie von Anne eine Erklärung für alles, was geschehen sei.
Anne schwieg. Die Uhr tickte. Ein Strauss Strohblumen stand auf dem Tisch, auf der Bank lag eine Strickarbeit. Müsste sie, dachte Anne, jetzt alles sagen, was sie wusste. Über diese Kindheit, über die vielen kleinen Kränkungen, die Bettina von dieser Frau eingesteckt hatte. War das die Stunde der Wahrheit, der Abrechnung?

– Schauen Sie, Frau Hauri, vieles kommt zusammen. Anne sah in das Gesicht der Frau. Nicht mehr die strengen, harten Züge der Frau im roten Kopftuch, von der Bettina erzählt hatte, nicht mehr jene Frau, die das Restaurant führte, die nachts Bettina auflauerte, bis sie nach Hause kam. Ein müdes Gesicht starrte auf Anne, kleine Augen hinter einer gelblich matten Haut, eine alte Frau auf einem Stuhl, die Hände in die Taschen der weissen Schürze gesteckt, die Beine eingebunden. Und draussen im Garten der Mann mit einer Strickjacke, wie eine Statue auf der Holzbank, über ihm die Zweige des Ahornbaumes, hinter ihm die umgestochene Erde mit bräunlichweissen Schneeflecken auf den gefrorenen Schollen. Eine Katze streifte durch das schmale Weglein zwischen den Beeten, dürre Blätter hingen am Drahtzaun.

Und in die Stille tickte die Uhr, auf dem Sekretär das Hochzeitsfoto, an der Wand das Ölbild: Heuernte im Sommer. Nicht schweigen jetzt, dachte Anne wieder.

– Niemand, Frau Hauri, weiss die Wahrheit. Es ist nicht leicht zu sagen, was vorgeht in einem Menschen. Es braucht jetzt Geduld, viel Geduld. Frau Hauri erwiderte nichts. Sie strich sich die Schürze über dem Knie zurecht. Und Anne fragte, was der Arzt denn gemeint habe. Vier bis sechs Wochen müsse Bettina im Kantonsspital bleiben zur Entgiftung. Dann müsse man weitersehen. Eine Prognose könne er nicht stellen.

Anne stand auf. Wie betäubt trat sie durch das

Gartentor auf die Strasse. Die Katze strich um die Beine des Mannes, ohne dass er Notiz davon nahm. Als ginge ihn das alles nichts an.
Die Bifangstrasse wirkte leer an diesem Spätnachmittag. Spärliche Schneereste auf der Rasenfläche, zwei Kinder spielten mit grossen Pappkartons. Eine Frau hängte Wäsche auf.
In den Briefkästen steckten Drucksachen. Anne zog sie heraus, öffnete dann den Kasten. Keine Briefe.
Die Wohnung war dunkel, Anne zog die Storen hoch und öffnete die Fenster. Eine Weile blieb sie in Bettinas Zimmer stehen. Nichts war verändert. Die roten Zahlen des Radioweckers zeigten 16.28. Auf dem Gestell standen die Blechspielsachen, eine blaue Bluse hing an einem Kleiderbügel an der Schranktür.
Sie muss doch dagewesen sein, dachte Anne, und ging in die Küche. Auf dem Tisch stand der Blechturner am Reck. Anne tippte ihn leicht an, bis er eine Drehung machte, zog den gelben Plastikhund auf, der auf den Hinterfüssen stand und mit den Vorderpfoten auf eine Pauke schlug, langsam watschelte er über den Tisch. In einer Schüssel lagen angefaulte Äpfel, eine geschälte Banane, eine aufgerissene Ergo Sanol Packung, daneben ein Brief.

Liebe Anne,
nun bin ich zum erstenmal wieder allein in der Wohnung und nichts ist verändert. Die gleichen Räume, die gleichen Gegenstände.
Wie habe ich mich darauf gefreut, wieder zu Hau-

se zu sein, weg von der Klinik mit dem immer gleichen Tageslauf, weg von den Gesichtern der Menschen, mit denen ich Monate zusammen war.
Und nun sitze ich hier und habe das Gefühl, mein Zustand habe sich nicht gebessert, eher noch verschlechtert.
Monate bin ich fortgewesen. Und was ist das Ergebnis? Ich bin am Aufgeben. Mir ist, ich finde nie aus dem Tunnel heraus.
Franz hat mich hergebracht. Und nun bin ich hier allein in der Wohnung, bis am Abend die Eltern kommen und mich abholen.
Ich bin diese Woche auch auf Stellensuche gegangen, denn zu Crossmann kann ich definitiv nicht zurück, wie mir Rebmann mitgeteilt hat. Wir bekommen hier in der Klinik Adressen. Es ist gleich am Anfang schief gelaufen. Ich sollte als Übergang eine provisorische Stelle bei der PTT bekommen in der Gepäckabfertigung. Dr. Blum und Herr Marti, der Sozialarbeiter, haben mir Zeugnisse geschrieben. Aber nach einem Besuch beim Vertrauensarzt der PTT bekam ich einen abschlägigen Bescheid ohne weitere Begründung. Als ich dann auf Betreiben Martis eine Begründung verlangte, hiess es, der Entscheid sei ausschliesslich in meinem Interesse erfolgt, man habe das Gefühl, es sei hier nicht das richtige Arbeitsklima für mich, ich würde zuwenige zwischenmenschliche Kontakte finden. So habe man sich zu dem bedauerlichen Entscheid durchgerungen, nicht ohne die Hoffnung, ich würde anderswo eine mir angemessene Stellung fin-

den. Herr Marti hat dann herausgefunden, dass Rebmann in seinem Zeugnis geschrieben habe, ich hätte auf Grund gesundheitlicher Störungen häufig gefehlt und wenig disziplinierte und kontinuierliche Arbeit geleistet. Du kannst dir vorstellen, wie niedergeschlagen ich war. Herr Marti hat mich dann zu trösten versucht und gemeint, der Weg aus der Klinik sei eben mit vielen Vorurteilen gepflastert, ich dürfte mich davon nicht beirren lassen. Ich habe jetzt noch zwei Adressen, aber mein Mut ist stark geschwunden. Wieder sind die alten Fragen da, ob es mir auch wirklich gelingen werde, mich zurecht zu finden.

Ich habe gehofft, dich zu erreichen, obwohl ich ja wusste, dass du fort bist.

Sag mir doch, Anne, was soll ich tun, damit es mir besser geht? Ich habe diese Woche wieder oft Kopfweh gehabt und viele Zäpfli genommen. Doktor Blum hat gesagt, das müsse jetzt endlich anders werden mit meinen Zäpfli. Ich habe auch einen bösen Streit gehabt mit Vera. Wir haben uns richtig angeschrien. Ach, Anne, ich bin wieder die alte Klageliese, die nur von ihrem Elend heult und doch so fröhlich sein möchte.

Hilf mir doch, Anne, wenn du mir nicht hilfst, hilft mir niemand.

Deine Betti

Anne legte sich aufs Bett. Was hatten die Wochen in der Klinik gebracht? Sie fragte sich das oft. Immer waren die Fragen da. Würde sich Bettina nie mehr zurechtfinden, nie mehr in der Lage sein, zu leben wie alle andern?

Anne erinnerte sich, wie sie noch zusammen gewesen waren vor ihrer Abfahrt in den Schwarzwald: Bettina hatte am Tisch gesessen vor dem vollen Teller – Anne hatte Riz Casimir gekocht – und hatte vor sich hingestarrt, wortlos, abgewandt, als wäre sie in einer andern Welt. Wenn sie doch wenigstens heulen oder schreien oder toben würde, hatte Anne gedacht, nur nicht dieses stumme Vor-sich-Hinstieren, diese Lähmung, die ihr wie Leichenstarre vorkam. Und sie, Anne, hatte zu sprechen begonnen, hatte wie besinnungslos vor sich hingeplappert, alles Mögliche, was ihr gerade eingefallen war: sie hatte von ihrem gemeinsamen Leben gesprochen, wenn sie, Bettina, aus der Klinik zurück sei, von Ausflügen, Wanderungen, die sie machen, von Filmen, die sie drehen würden, sie beide, Anne und Bettina. Und sie hatte von all den Möglichkeiten gesprochen, die sie dann haben würden zusammen.

Wie ein Sturzbach war das gewesen, ihre Rede, damals, Sätze, Wörter hatte sie hinausgeschleudert wie eine Besessene, als gälte es, einen Toten aufzuerwecken, Wiederbelebungsversuche anzustellen. Und Bettina hatte dagesessen, unbewegt, als sei ein Vorhang vor ihrem Gesicht, undurchdringlich, lichtlos und schwarz.

Und nach dem Essen hatten sie einen Spaziergang gemacht. Frische Luft würde gut tun, Bewegung, hatte Anne gedacht. Sie gingen dicht nebeneinander zwischen beleuchteten Fassaden der Hoch-

häuser. Kein Mensch in den leeren Strassen; aus den Parterrefenstern der bläuliche Lichtschimmer der Fernseher: Samstagabend.
Anne hängte sich bei Bettina ein. Gestern habe ich im Zug in einer Illustrierten eine englische Kurzgeschichte gelesen, sagte Anne, sie begann wie ein Märchen, die ersten Sätze sind mir geblieben.
„Es war einmal eine Frau, die liebte ihren Mann, aber sie konnte nicht mit ihm leben. Der Mann wiederum hing aufrichtig an seiner Frau, doch er konnte nicht mit ihr leben." Siehst du, so einfach ist das. Das sind die modernen Märchen. Nur spielen sie sich nicht bloss in der Phantasie einiger Geschichtenerzähler ab, sondern jeden Tag hundertmal. Bis zum Überdruss. Das wird so aufgeschrieben, beiläufig, unterkühlt, als wäre es wirklich die natürlichste Sache der Welt. Ist es vielleicht auch, und doch tut es so unendlich weh, wenn man es selbst erlebt.
Sie überquerten die Hauptstrasse, bogen in die hügelan führende Talstrasse ein. Je höher sie stiegen, desto grösser und aufwendiger die Villen. Hier, sagte Bettina, als sie das Bahngeleise überquert hatten, beginnt das Akademikerviertel, weiter oben sind dann nur noch Direktoren, Unternehmer, Bankiers.
Von der Hügelkuppe blickten sie auf dieses seltsame Gebilde herab, das weder Dorf noch Stadt war: ein Meer von Lichtern, willkürlich in die Talmulde eingeschüttet, mit Beton hundertfach gesichert. Wie eine Mondlandschaft, sagte Bettina, mit lauter beleuchteten Kratern. Sie legte die Hän-

de um ihr von der Kälte gerötetes Gesicht, trat von einem Fuss auf den andern. Komm, laufen wir ein Stück und trinken dann im Roten Hahn einen Punsch. Das wird uns aufwärmen.
Bettina war es in den folgenden Tagen besser gegangen. Und Anne hatte Hoffnungen gehabt, hatte daran geglaubt, dass es besser werden könne.
Vierzehn Tage später war sie in den Schwarzwald gefahren. Wenn ich zurück bin, kannst du bald aus der Klinik weg. Und dann fangen wir neu an. Wir beide.
Und nun schien wieder alles so hoffnungslos und würde wieder von vorn anfangen, dachte Anne, und aus all den Plänen würde nichts werden.
Sie stand auf und ging noch einmal in Bettinas Zimmer. Im Kassettenrecorder steckte noch ein Bändchen. Anne drückte die Taste: Percy Sledge, When a man loves a woman. So mochte sie dagesessen haben, am Samstag, im braunen Sessel, und leise die Melodie mitgesummt haben. Sie sah Bettinas Gesicht vor sich, wie es sich in ihre Erinnerung eingeprägt hatte: die bleiche Haut mit den Sommersprossen, das dunkelblonde Haar, das ihr tief in die Stirn fiel, bis über die Augen, der schmale Mund. Doch was gab das Gesicht preis, von dem, was in ihr vorging? Was sagten die grossen Augen aus, deren wässeriges Blau Anne so gefiel. Auf dem Gestell lagen die Fotos, die sie von Bettina gemacht hatte. Anne blätterte die ganze Serie durch, legte die Bilder nebeneinander auf den Boden. Bettinas dünne zerbrechliche Gestalt, die da-

zu angetan schien, Mitleid zu erwecken. Auf einem Bild lächelte sie. Je länger Anne die Bilder betrachtete, jede Geste studierte, desto fremder schien ihr Bettina zu werden. Hatte sie jemals begriffen, wer sie war? Und würde sie es jemals begreifen?

Bettina lag in einem Einzelzimmer in der toxikologischen Abteilung der Poliklinik. Sie drehte leicht den Kopf, als Anne die gelben Ringelblumen auf das Tischchen stellte und sich ans Bett setzte.
– Gut, dass du da bist.
Anne nickte.
– Ich bin noch sehr müde und schlafe viel.
– Du musst auch nichts reden. Anne war froh, wenn sie nicht sprechen mussten. Gespräche im Krankenhaus berührten sie oft genug peinlich. Fast täglich hatte sie damals ihre Mutter im Krankenhaus besucht in den letzten Wochen vor ihrem Tod. Und sie hatten nichts zu reden gewusst miteinander. Manchmal war Vater dabeigewesen und hatte Mutter aufzumuntern versucht mit Zukunftsplänen. Und doch hatten sie alle gewusst, dass Mutter das Spital nie mehr würde verlassen können. Zuviele Metastasen, hatte der Arzt gesagt. Mutter hatte vor dem Sterben keine Angst gehabt. Einmal ist jeder an der Reihe, sagte sie.
– Wie ist es im Schwarzwald gewesen, fragte Bettina nach einer Weile des Schweigens. Und Anne erzählte von ihren Spaziergängen, von der Begegnung mit Gisela, von der Fastenklinik. Bettina lachte, als Anne von den Mahlzeiten berichtete, die Hungergesichter der Frauen nachahmte und den abscheulichen Geschmack der Gemüsesäfte beschrieb. Anne erzählte mehr, als sie erzählen wollte. Es war gut, Worte zu haben, egal, was sie ausdrückten. Und manchmal wurde die Stille zwischen den Worten gross, draussen im Flur die

dumpfen Laute der Schritte auf dem Linoleum, das Scheppern eines Servierboys oder das Rollen eines Spitalbettes. Sonne drang durch das geöffnete Fenster und bildete auf der Bettdecke einen hellen Fleck. Bettina erzählte nichts von dem, was geschehen war, und Anne fragte nichts. Und doch dachte sie darüber nach: Bettinas lange Tage, lange Nächte, während sie, Anne, unterwegs war. Was wäre zu verhindern gewesen, dachte Anne, was hätte ich tun können? Auf dem Nachttischchen stand ein kleiner Wecker, daneben ein Fix und Foxi Heft, ein Wasserglas, eine Schüssel mit Obst. Bettinas weisses Gesicht, die blonden Haare fettig, fast unsichtbar die Sommersprossen, gebleicht, blässlich schimmernd wie hinter Milchglas.

– Ich hasse Sommersprossen, hatte Bettina gesagt, als sie einmal zusammen in der Sonne gelegen hatten, unten an der Reuss. Als Kind habe ich alle möglichen Cremen und Salben eingeschmiert, um sie zum Verschwinden zu bringen, um eine reine Haut zu haben. Mutters reines weisses Kind. Anne hatten die Sommersprossen immer gefallen.

Bettina setzte sich auf, trank einen Schluck Wasser. Anne blätterte im Fix und Foxi, legte es dann wieder beiseite, schaute Bettina an. Keine Angst, Betti, es wird schon werden. Bettina sagte nichts. Die Schwester, die ins Zimmer getreten war, bedeutete Anne zu gehen. Anne stand auf, küsste Bettina auf die Stirn. Ich komme Donnerstag wieder. Bis dann. Mach's gut, Betti.

Der Arzt, den Anne nach dem Besuch bei Bettina

aufsuchte, war zu einem Gespräch bereit. Bettina werde hier, sagte er, noch während sie sein Büro betraten, einer gründlichen Entgiftungskur unterzogen. Und während er die Folgen der überdosierten Medikamenteneinnahme beschrieb, blickte Anne auf seine vor dem Bauch gefalteten Hände, grosse Hände, dachte sie, fast zu grob für einen Arzt.

Von draussen mischte sich Strassenlärm in die Stimme des Arztes, der erklärte, wie die Medikamente zu einer chronischen Vergiftung und allmählichen Funktionsstörung des gesamten Organismus geführt hätten.

Sonne fiel durch das Fenster, auf Pult und Hände des Arztes, der die Hauptgefahr der Medikamente in der herabgesetzten Empfindlichkeit des Zentralnervensystems sah, und im Falle Bettinas die Kombination von Schmerzmitteln wie Optalidon und Ergo Sanol mit Tranquilizern wie Tenebral, Seresta und Valium als besonders verhängnisvoll darstellte.

Anne sah, wie die Schattenmuster der Pappel vor dem Fenster auf der Wand des Arztzimmers sich langsam hin- und herbewegten. Der Arzt hatte seine Hände noch immer gefaltet, nur manchmal drehte er die beiden Daumen übereinander. Und Anne, die bald durch das Fenster, bald auf die Hände des Arztes blickte, hörte seine Ausführungen über die Heilungsmöglichkeiten der Politoxikomanie, über die dabei auftretenden Entzugserscheinungen, über mögliche bleibende körperliche und seelische Folgen.

Der Arzt mochte über vierzig sein, rundlich, mit einem weichen Ton in seiner Stimme.
Auf die Frage Annes, wo denn die Sucht beginne, denn schliesslich hätten sie alle in der Apotheke Medikamente geschluckt, meinte der Arzt, hier sei eben gerade der springende Punkt, denn der Übergang von der Gewöhnung zur Sucht vollziehe sich schleichend und sei schwer festzustellen. Junge Leute, sagte er dann, seien heute leider allzu rasch bereit, ihren Problemen durch Flucht in Medikamente oder Drogen auszuweichen.
Anne blickte dem Arzt in die Augen. Der vorwurfsvolle Ton, den sie in diesen letzten Worten herauszuhören geglaubt hatte, reizte sie zum Widerspruch, doch liess sie es bleiben.
Anne verliess nach dem Gespräch mit dem Arzt die Poliklinik. Von der Politerrasse blickte sie auf die Stadt, auf der ein mildes Licht lag. Die Uhr auf Sankt Peter zeigte fünf nach drei. Junge Männer und Frauen lagen auf den Bänken der Terrasse. Wie eine graue Schlange zog sich die Limmat durch das Gewirr der Häuser.
Vom ehemaligen Globusprovisorium wehte eine blau-weisse Zürcherfahne, ein Tramzug überquerte die Bahnhofbrücke. Dort waren sie 68 mit Holzlatten und Pflastersteinen auf die Polizisten losgegangen.
Damals hatte sie Martin kennengelernt. Er war noch Student gewesen und hatte sie manchmal zu Demonstrationen mitgenommen. Eine grosse Bewegung, hatte er gesagt, die die ganze Gesellschaft erfassen werde. Was war daraus geworden? 68 –

das war lange her, Zürich war eine ruhige Stadt geworden, sah man von ein paar Mauerinschriften ab, die Tramzüge verkehrten ungehindert, die Auslagen der Geschäfte an der Bahnhofstrasse und am Limmatquai waren reich geschmückt. Im Niederdorf spielten die ersten Strassenmusikanten und verstärkten das Gefühl eines tiefen Friedens. 1979 kein Jahr der grossen Ereignisse, die Wachstumsrate war wieder im Steigen, keine Arbeitslosen, ein paar Unzufriedene allenfalls, die in der Nacht eine Schlägerei anfingen, Stühle oder ein paar Scheiben demolierten, das war keine Schlagzeile wert. Anne erinnerte sich an die Gespräche, die sie damals, 68, mit Martin geführt, an dieses Gefühl von Nähe, das sie gespürt hatte, sie hätte es damals Geborgenheit oder Heimat genannt. Was war daraus geworden? Eine siebenjährige Ehe mit vielen Enttäuschungen und uneingelösten Versprechen.

Anne dachte an die bevorstehende Scheidung von Martin und was es bedeuten würde, von ihm und all dem, was mit diesen Jahren verbunden war, endgültig Abschied zu nehmen. Auch wenn es immer noch ein wenig schwer war, sie wusste, es war richtig so. Denn eines hatte sie gelernt: es gab viele Möglichkeiten zu leben. Und sie würden, jeder für sich, wieder Möglichkeiten finden und sie zu Wirklichkeit werden lassen. Darüber wollte sie mit Martin reden.

Das Leben, das oft so schwer zu begreifen war, würde weitergehen, auf andern Wegen, mit andern Gesichtern, aber weitergehen. Neu begin-

nen, dachte Anne, vorwärts schreiten. Eine Wohnung wollte sie suchen, für sich und Bettina. Und eine neue Arbeitsstelle. Es würde nicht leicht sein, aber man musste ein Ziel vor Augen haben, Perspektiven, Aussichten.
Anne sah wieder hinunter auf die Stadt. Alles ist ruhig, dachte sie. Keine Demonstrationen. Adorno und Bloch waren tot, Marcuse auch. Nichts bewegt sich mehr. Martins Sätze. Als wäre er der trauernd Hinterbliebene. Und hätte nichts als diese Trauer. Manchmal fielen ihr noch Sätze von ihm ein. Doch schon wie etwas Fremdes, das zur Erinnerung gehört. Wie ein gelesenes Buch. Aber etwas musste kommen, dachte Anne.
Das Hotel Zürich hatte damals noch nicht gestanden. Und das Drahtschmidli war noch ein Jugendhaus gewesen. Jetzt war dort eine Baugrube für eine Expressstrasse. Überall waren sie am Werk, die Betonierer. Ja, etwas müsste kommen.
Anne setzte sich auf das Geländer und zündete sich eine Zigarette an. Ein Dackel trottete über den Sempersteig und schlug sein Wasser ab, das Polibähnli war neu gestrichen und trug jetzt ein Reklameschild für die Schweizerische Bankgesellschaft, welche die Sanierung des Bähnchens bezahlt hatte. Der Fahrpreis betrug das Fünffache von damals. Unten am Central war der Wurststand durch eine Schnellimbissecke ersetzt worden. Die Strassenmusikanten hatten sich ins Niederdorf zurückgezogen.
Zwölf Jahre, dachte Anne, und was war mit ihr selber passiert in dieser Zeit? Mit langsamen

Schritten verliess sie die Politerrasse und stieg die Stufen abwärts über den Sempersteig. „Diese Scheisse wird brennen", war auf die Mauer gesprayt. Überall Hundekot auf dem Sempersteig. Anne überquerte den Seilergraben, setzte sich auf eine Bank bei der Predigerkirche. Mit den vielen Erinnerungen, die sich mit diesen Strassen verbanden, leben lernen und vorwärts schreiten. Neue Wege gehen. Auf dem Brunnen sassen zwei Tauben und wetzten am Trogrand die Schnäbel. Ein Polizist kontrollierte die Parkuhren, klemmte Bussenzettel unter die Scheibenwischer. Das Licht fiel schräg durch die Platanen und warf bewegte Schattenmuster auf das Kopfsteinpflaster.
Anne gab sich eine Weile der Stimmung hin, spürte die warme Sonne auf der Haut.
Dann stand sie auf und ging mit eiligen Schritten zum Auto. Morgen müsste sie wieder bei Rösch antreten: Print löten.
– Meinetwegen, sagte sie trotzig und summte ein Lied.